더블

# 더블

두 구의 시체, 두 명의 살인자    정해연 장편소설

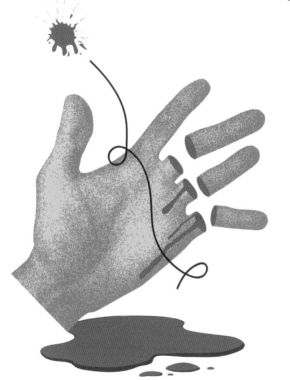

해피북스
투유

10년 전, 세상을 놀라게 할 만큼 끔찍한 사건을 저지른 범죄자들이 겉으로 보기에는 아주 평범해 보이는 사람들이었다는 이야기를 방송에서 보고 이 소설을 썼다. 10년이 지난 지금 이 이야기가 아직도 쓰일 수 있는 세상이라는 것이 씁쓸하다.

옛말에 깨물어서 안 아픈 손가락 없다고 했다.

보통 자식을 두고 하는 말이다. 그리고 그 '자식'은 작가들에게 때로 자신의 작품을 말하기도 한다.

나는 깨물어서 안 아픈 손가락 없다는 말에 동의하지 않는 편이다. 덜 깨물면 덜 아픈 것이고, 아예 깨물지 않는 손가락도 있다. 깨물지 않으면 아플 일이 없다.

《더블》은 스릴러 작가로서의 내 첫 작품이면서도 깨물지 않는 손가락이었다. 절판이 된 것은 알고 있었지만, 새로운 자식에 정신이 팔려, 그 손가락에 대한 생각은 하지 않았다. 그런데 선배이신 정명섭 작가님께서 《더블》을 이대로 두면 너무 아깝다고 하셨다. 나는 쳐다보지도 않던 《더블》을 몇 번에 걸쳐 재출간하라고 응원해 주셨다.

그렇게 10년 만에 (종이책은 2013년도에 나왔지만, 전자책으로 2012년에 먼저 출간되었다.) 내가 내놓은 자식인 《더블》이 내 모니터에서 부활했다. 그리고 감사하게도 재출간 전 드라마화가 결정되었다.

말도 잘 안 듣는 후배 작가를 끌어다 미팅 테이블에 앉혀주신 정명섭 작가님께 무한의 감사와 존경을 드린다.

10년이나 지난 만큼 현실과 맞지 않는 부분은 수정했고 탈고를 거쳤다. 출판사도, 표지도, 편집도 모든 것이 달라졌지만 달라지지 않은 부분이 있다.

10년 전이나 지금이나 내가 글을 쓰는 목적은 그대로다. 내 소설을 읽어주시는 그 귀한 시간이 지루하지 않았기를.

2022년 겨울
정해연

차례

# 프롤로그

　허기가 졌다. 정사를 마치고 나면 늘 그랬다. 뭔가 먹을까, 하는 생각을 하지 않은 것은 아니었지만 지금 중요한 건 그게 아니다. 온몸에 뒤집어쓰고 있는 땀을 씻어내는 것이 더 시급했다. 욕실로 가기 위해 침대에서 내려와 문을 열려다가 문득, 현도진은 뒤를 돌아보았다.

　이불을 덮고 있는 여자의 머리카락이 베개 위에 흐트러져 있었다. 머리카락에 멈췄던 시선이 목선을 타고 내려갔다. 이불 안에 감춰진 몸이 아직 나체인 것을 떠올리자 지난밤의 성취감이 척추를 타고 흘렀다. 그는 나직이 웃으며 방의 문을 열었다.

　적막한 거실의 어둠을 방에서 쏟아진 빛이 두 조각으로 갈랐다. 현도진은 알몸인 채로 나와 그대로 욕실로 들어갔다.

　곧 샤워기에서 쏟아지는 물소리가 들렸고, 그가 샤워를 마치고 나올 때까지 거실은 어둠에 갇혀 있었다.

샤워를 마친 도진은 젖은 몸을 꼼꼼히 닦고 다시 방으로 들어갔다. 바닥에 아무렇게나 던져진 옷을 하나하나 꿰어 입었다. 그러고는 드레스룸으로 들어가 모자를 하나 골라 썼다. 아무 문양 없는 검은색 야구모자였다.

그는 편의점에 갈 생각이었다. 무엇을 사야 할지는 머릿속에 꼼꼼히 담겨 있다. 현관문을 열고 밖으로 나갔다. 아파트의 복도 역시 어둠에 잠겨 있었다. 걷기 시작하자 그 걸음을 따라 센서등이 켜졌다.

계단을 통해 1층으로 내려갔다. 새벽 1시. 꽤 늦은 시간임에도 밖으로 나가 올려다본 아파트에는 드문드문 불이 켜져 있었다.

고요한 길을 걷자니 왠지 자유로운 기분이 들었다. 뺨에 와 닿는 시원한 공기를 느끼며 그는 편의점을 찾아 여유롭게 걸었다.

편의점은 멀지 않은 곳에 있었다. 그렇게 크지는 않지만 사야 할 물건들은 다 있을 터다. 문을 열고 들어가자 20대 초중반쯤 되는 청년이 일어섰다.

"어서 오세요."

현도진은 간단히 묵례만 하고는 안으로 들어가 진열대를 살폈다. 우선 고무장갑을 집어 들었다. 본인이 쓸 것이니 대형이 좋다. 걸레를 사고 싶었는데 그것은 없었다. 대신 행주용으로 나온 천이 있어 그것을 샀다. 양말도 하나 집어 들었다. 이제 종량제봉투만 사면 되는 건가, 하고 생각했을 때 도진의 눈에 우동 컵라면이 들어왔다. 허기가 조금 더 짙어졌다. 원래 인스턴트식품은 즐기지 않지만 인근에는 이 시간에 문을 연 식당이 없다.

결국 컵라면을 집어 들고 계산대로 갔다.

"종량제봉투 20리터 한 장 주세요."

"네."

아르바이트 청년이 종량제봉투에 골라온 물건들을 담아주었다. 계산은 현금으로 했다. 현금영수증이 필요하냐는 말에 고개를 젓고는 우동 컵라면을 꺼내 들고 편의점 제일 구석으로 들어갔다. 거기에 온수를 사용할 수 있는 정수기가 있었다. 물을 붓고 자리에 앉았다.

익기를 기다리면서 통유리 바깥으로 눈을 돌렸다. 이따금 지나가는 차들 외에는 도로에 인적이 없었다. 오랜만의 여유가 느껴졌다. 근래 들어 시간에 쫓기지 않고 야식을 사 먹은 적이 있는지 기억조차 나지 않았다.

잘 익은 우동 컵라면은 인스턴트식품치고 생각보다 맛이 나쁘지 않았다.


집으로 돌아왔을 때 여자는 아직 침대 위에 누워 있었다. 사온 물건을 바닥에 내려놓고 이불을 걷었다. 여자의 나체가 고스란히 모습을 드러냈다. 그럼에도 여자는 꿈쩍도 하지 않았다.

당연한 일이었다.

여자의 하얀 목 위에 붉은 혈흔이 있었다. 여자의 희번득 한 눈은 천정을 향했고 입은 흉측하게 벌리고 있었다. 시체를 보는 현도진의 표정은 심드렁했다. 그는 우선 양말을 꺼내 신었다. 그리고 고무장갑을 손에 꼈다.

침대 위로 올라가 여자의 시신을 획 하니 밀어냈다. 여자의 몸이 한쪽 벽으로 가 처박혔다. 그는 다용도실에서 청소기를 가지고 와 청소를 하기 시작했다. 침대 위에는 여자가 몸부림치면서 가랑이 사이로 흘린 오물이 묻어 있었지만 오물을 치우는 것이 그의 목적은 아니었다. 떨어졌을지 모르는 그의 각질이나 머리카락 등을 수거하는 것이 중요했다. 보이지 않는 유전자가 떨어졌을지도 몰라 결국 침대 시트와 이불을 벗겨냈다.

방바닥과 현관 입구에서 방으로 들어오기 위해 거치는 거실을 모두 청소기를 이용해 청소했다. 이쯤 하면 됐다 싶을 즈음 청소기를 끄고 본체 뒷면을 열었다. 구식 청소기라 필터가 장착되어 있었다. 필터 안에는 먼지가 가득했다. 현도진은 자신이 사온 종량제봉투에 필터를 빼서 버리고, 새 필터로 교체했다. 새 필터는 찾아볼 것도 없이 다용도실의 서랍 안에 들어 있었다. 자신의 집처럼 여자의 집을 들락거렸으니 그 정도 물건을 찾아내는 것은 어렵지 않았다.

새 필터로 교체한 후 현도진은 청소기를 들고 집안 구석구석을 다니며 청소했다. 필터 안에 먼지가 어느 정도 남아 있어야 자연스럽다. 그래야 증거 인멸을 위해 청소기를 사용한 사실과 필터를 비운 것을 들키거나 의심받지 않는다. 여분의 침대 이불은 장롱 안에 들어 있었다. 그걸로 대충 여자의 몸을 덮었다.

청소를 마친 뒤 현도진은 차분하게 다음 일을 진행했다. 여자를 죽이기 전 정사 때 콘돔을 꼈으니 시신에서 그의 정액은 발견되지 않을 것이다. 현도진은 침대 옆 보조 테이블에 아무렇게나 던져놓은 콘돔을 종량제봉투 안에 넣었다. 그러고는 사온 행주를 빨아 보조 테이블에 행여 묻었을지 모르는 것들을 꼼꼼하게 닦아냈다. 다음으로는 차근차근 자신이 이 집에 들어와 있는 동안 만졌던 것들을 닦았다. 이미 이 집 안에서 벌어진 모든 일들은 계획한 후에 이행된 것인지라 부주의하게 아무것이나 만지지 않았다. 만진 것들은 이미 그의 머릿속에 모두 들어 있었다.

욕실 청소도 잊지 않았다. 샤워부스부터 바닥의 배수트랩 거름망까지, 행여 끼어 있을지 모르는 체모들을 제거했다. 청소된 모든 것들은 종량제봉투 안으로 들어갔다. 혹시 잊었을지 모르는 것들이 있을 수 있으니 다시 한번 집 안을 둘러보았다. 빠진 것은 없다. 자신의 흔적은 이미 이 집에 없고, 죽은 여자는 며칠이 지난 뒤에야 발견될 것이다. 외로움에 치를 떨던 여자였으니, 죽음마저 그러할 것이다.

방의 불을 끄고 거실로 나왔다. 장갑을 낀 채로 리모컨을 이용해 에어컨을 가동시켰다. 내릴 수 있는 최저까지 온도를 내렸다. 곧 여름의 한복판에 접어들 것이다. 냄새가 바깥으로 나가면 재미없는 일이 벌어질지도 모른다. 부패가 급속도로 진행되는 것을 어느 정도는 막아줄 것이다.

종량제봉투를 들고 나와 신발을 신고 현관문을 열었다. 복도로 나와 주변을 둘러보았다. 늦은 시간이라 오가는 사람은 없었다. 그제야 현도진은 고무장갑을 벗어 종량제봉투 안에 집어넣었다.

현도진은 이곳에 들어올 때처럼 엘리베이터를 타지 않고 계단을 이용했다. 엘리베이터는 감시카메라에 찍힐 위험이 있다. 오래된 아파트라 동 입구에는 감시카메라가 없었다. 그러니 계단을 이용해서 밖으로 나가는 것이 가장 적합했다.

건물 밖으로 나온 다음 현도진은 아파트 단지를 걸어서 빠져나왔다. 경비원들은 대부분 야간에 아파트 여기저기를 돌아다니며 순찰을 한다. 그때 주차일지를 적기도 한다. 세워져 있는 차량의 번호를 순서대로 적는다. 행여 자신의 차량이 적히는 불상사가 생길까 싶어 현도진은 아파트 단지 바깥에 차를 세웠다. 아파트에서 나와 5분 정도 걷자 어두운 골목에 세워진 자신의 차가 보였다.

차에 올라타 종량제봉투를 조수석에 던졌다. 시동을 걸기 전, 그는 크게 숨을 내뱉었다. 긴장된 탓이 아니었다. 온몸을 채

우는 황홀감이 자신을 터뜨려버릴 것 같았다.

그녀의 죽음, 그녀의 아파트, 그 어디에도 그의 흔적은 없다.

모든 것은 그의 계획 아래 간단하게 끝났다.

살인은 생각보다 대단한 일이 아니었다.


현도진은 차를 몰아 자신의 아파트로 돌아왔다. 새벽 시간이라 마침 쓰레기 수거 차량이 단지 안에 들어와 있었다. 마침 잘되었다, 고 생각했다.

쓰레기 분리수거장 쪽에 차를 대었다. 종량제봉투를 들고 내리려는데, 경비원이 눈에 들어왔다. 쓰레기 분리수거를 하고 있으니 제대로 실어 가는지 확인하려는 것 같았다. 차의 시동을 끄자 경비원의 고개가 이쪽으로 돌아왔다. 현도진은 자신의 차에 있는 쓰레기라도 치우는 것처럼 허리를 숙여 종량제봉투 안에 이것저것을 버렸다. 그러고는 자연스럽게 차에서 내렸다.

"이거 여기에 버려도 되나요?"

수거를 하고 있던 용역직원이 심드렁한 얼굴로 도진을 보고는 이내 종량제봉투를 받아들고 휙 수거차에 던져 넣었다. 현도진의 입가에 차가운 미소가 드리워졌다.

"오늘도 늦게까지 수고가 많으셨나 봅니다, 형사님?"

경비원이 반색하며 인사를 건네었다. 강력계 형사라는 직업 때문에 자주 집에 들어오지는 못하지만, 들어오는 시간이 거의 심야 시간이라 경비원에게는 인상에 남는 입주민 중 하나일 터였다. 현도진은 친절하게 미소 지으며 묵례했다.

"별말씀을요. 아저씨도 고생이 많으시네요. 아저씨나 저나 이렇게 밤에 깨어 있어야, 편안히 잠드는 누군가도 있는 것이니까요."

"옳으신 말씀입니다."

사람 좋아 보이는 웃음을 지으며 경비원이 말했다. 그때 수거차 용역직원이 낑낑거리며 큰 쓰레기봉투를 들고 왔다. 주저하지 않고 현도진이 얼른 손을 뻗어 수거차에 싣는 것을 도왔다. 평소에도 늘 그래왔던 것처럼 몸에 배인 듯한 친절이었다.

"감사합니다."

아까는 심드렁한 표정을 짓던 용역직원이 허리를 굽히며 말했다. 현도진은 그런 감사의 인사가 오히려 쑥스럽다는 듯 뒷머리를 긁었다.

"그럼 저는 이만 들어가 보겠습니다. 수고하십시오."

현도진은 돌아섰다. 그리고 자신만의 공간, 자신만의 성으로 걸음을 옮겼다.

안으로 들어가는 현도진의 뒷모습을 수거차 직원과 경비원이 물끄러미 보았다.

"누구예요?"

"여기 입주민."

"우와. 이렇게 고급 아파트에 사는 사람들 콧대만 높고 여우 같은 줄만 알았더니 저렇게 친절한 분도 있네요."

"그럼. 저런 사람 요즘 흔치 않아."

감탄하는 두 사람의 대화가 현도진에게 들렸다. 그는 한쪽 입술만 끌어올려 비죽, 차갑게 웃었다.

그는 오늘도 좋은 이웃이다.

# 실종

**1**

커튼 틈 사이로 아침의 빛이 새어 들어 방 안을 채웠다. 방은 호화로웠다. 브라운 계열의 옷장은 수입 가구 매장 매니저의 말대로 세련되면서도 고급스러웠고, 세트로 주문한 침대는 옷장과 색을 같이해 조화를 이루었다. 침대 옆에는 보조 탁자를 두었고, 가끔 불면증이 찾아오는 밤이면 편히 책을 읽으려 산 안락의자가 대각선으로 놓여 있었다. 발치에는 스마트TV를 두었을 뿐 더 이상의 다른 장식은 피해, 방은 전체적으로 과하지 않으면서도 화려했다.

굴절되어 대각선으로 내려온 빛이 구름의 흐름을 따라 서서히 이동했다. 아직 잠에서 완벽히 깨지 않은 도진은 얼굴 위로 쏟아지는 갑작스러운 햇살에 미간을 찌푸렸다. 이불을 머리끝까지 끌어올려 덮어썼다. 피곤에 찌든 몸은 조금이라도 더 긴 휴식을 요구했다. 하지만 원하는 만큼의 휴식 시간을 가질 수 있는 것은 실업자가 아닌 이상, 그 나이 대에서 흔치도, 좋지도 않은 일이다.

몸을 뒤척였다. 곧 뒤척임을 멈추고 내쉬는 깊은 한숨에 몸에 가득 찬 잠자리의 온기가 빠져나가는 듯했다. 상체를 일으켜 머리맡 벽에 기대앉았다. 보조 탁자에 손을 뻗어 담배와 라이터를 집었다. 일어나면 제일 먼저 담배에 손이 가는 것은 오랜 습관이다. 라이터의 불이 담배에 옮겨 붙었다. 힘껏 빨았다가 후, 내뱉었다. 벽에 머리를 기대고 눈을 감았다.

나른하다.

잠시 그러고 있으려니 제 몸속의 음습한 곳, 그중에서도 제일 밑바닥에서부터 아무런 방해도 받지 않는 듯한 평화가 찾아왔다. 그러나 그는 곧 쿡 하고 웃으며 눈을 떴다.

평화로운 시간과 공간에 누운 육체의 어느 한 곳만은 전혀 평화롭지 않아 보였다. 몸을 덮고 있던 흰 이불을 걷었다. 아침이라 그런지 성기가 단단해져 있었다. 남자의 육체란 얼마나 치욕스럽게도 솔직한가.

그는 달력으로 눈을 가져갔다.

'토요일.'

아쉬운 웃음을 지었다. 오늘이 월요일이라면 좋았을 텐데.

도진은 그 자세 그대로 앉아 재희의 풍만한 가슴을 떠올렸다. 부드럽고 말캉하다. 글래머라 둔해 보이는 면도 있지만 오히려 그가 선호하는 스타일이다. 벗긴 뒤를 상상하는 재미가 있다. 그 큰 가슴을 손에 놓고 희롱할 때마다 몸을 뒤트는 재희를 보면 정복의 희열이 온몸에 짜릿하게 퍼졌다. 거의 매주 월요일이면 재희는 그 최상의 가슴을 드러내고 도진의 침대 위에 누워 거칠고 야릇한 숨을 몰아쉬었다.

그 정사는 의식과도 같은 것이라고, 그녀는 말했다. 시간이 날 때나 그 짓이 하고 싶으면 잠깐 들러 그동안 쌓아왔던 욕정을 분출하는 남편의 흔적을 씻어 내는 의식이라고 했다.

'그렇다고 매주 하는 건 아니잖아'라고 말하는 도진에게 재희는 웃으며 말했다.

'나도 욕정을 분출해야지.'

의식이든 남성 편력이든 도진으로서는 상관없었다. 유부녀를 안는 것에 대한 죄책감은 조금도 없었다. 오히려 그녀가 유부녀라는 사실에 도진은 섹스를 할 때마다 더한 쾌락을 얻었다.

다른 남자의 것을 내가 빼앗아 왔다. 그리고 이 여자는 나에게만 흥분할 수 있다. 다른 누구도 아닌 이 나에게.

이따금 그녀의 집에 가서 일을 치른 적도 있었다. 물론 남편이 집을 비웠다는 조건이 전제되어 있을 때만이다. 재희는 도진의 집에서 하는 걸 좋아했고, 도진은 재희의 집에서 하는 걸 좋아했다. 재희는 자신의 집으로 가자는 도진의 말에 항상 꺼림칙한 표정을 지었다.

'남편과 함께 쓰는 이불에서 하는 건 좀 그래.'

바람을 피우는 여자의 마지막 양심이었는지도 모른다. 그런 그녀에게 도진은 항상 주저 없이 '그래서 가는 거야'라고 했다.

'자기는 말이야. 뭐랄까…….'

언젠가, 몸을 섞고 난 뒤 품에 안겨 그녀는 적당한 단어를 선택하듯 천장을 응시하다 말했다.

'음, 상처받은 야수 같아.'

미간을 찌푸리고 도진은 그녀를 응시했다. 자신과 그다지 어울리는 단어는 아닌 것 같았다. 오래된 영화에서나 나오는 작위적인 대사 같다. 하지만 재희는 오히려 신이 나서 말했다.

'여자들은 그런 남자 절대 그냥 두지 못하거든. 자기만이 그 남자의 상처를 위로할 수 있다고 믿으면서.'

재희는 도진의 표정을 살피며 장난스럽게 말했다.

'하지만 난 절대 당신을 구속한다든가 당신의 세상을 내 안으로 끌어들이지는 않을 거야. 왜냐하면 자기의 어둠은 너무 깊어 보여서 위험하거든.'

그렇게 말하며 그녀는 침대 위를 기어 도진에게 손을 뻗었다. 가슴을 드러내 보이며, 도진의 눈을 가리고 있는 앞머리를 손으로 젖혔다. 새카만 눈썹 아래 검은색 눈이 깊은 빛을 발했다. 그녀는 그 눈을 똑바로 응시하면서 감탄과도 같은 미소와 함께 말했다.

'매력적이지만, 너무 치명적이라.'

"그렇게 잘 알았으면, 빠져들질 말았어야지."

도진의 중얼거림은 느릿하면서도 차가웠다. 그는 시선으로 방 안을 훑었다. 이 방에 있는 것들을 바꿔야겠다고 도진은 맥락 없이 생각했다. 커튼도, 옷장도, 하다못해 이 침대까지 모두 재희의 취향이었다. 하지만 이제 그 취향은 이 방에 필요치 않다.

월요일이 와도 재희는 더 이상 이 방에 오지 않을 테니까.

도진은 침대에서 일어나 곧장 욕실로 향했다. 상의를 벗고 거울 앞에 섰다. 꽤 오래 운동을 해온 덕분에 제법 모양 좋은 근육질의 몸이다. 형사라는 직업 때문에 몸에 상처 자국이 꽤 많지만, 이 상처가 나쁜 영향을 준 적은 없다.

'상처받은 야수.'

도진은 재희의 말을 떠올렸다. 그리고 상처 하나하나에 입술을 붙이던 모습도 떠올렸다. 그녀를 비웃듯 입술을 끌어올렸다. 거울 속의 자신을 보았다. 그리고 그 얼굴 안에 있는 자신의 승리감을 만끽했다.

이제 이 세상 어디에도 그녀는 없다.

손을 내려다보았다. 그녀를 소멸시킬 때의 강렬한 촉감이 아직도 손 마디마디에 남아 있었다.

'남편이 아는 것 같아. 이참에 이혼하려고. 당신 아이를 갖고 싶기도 하고.'

괜찮지 않다. 그는 분노했다. 그녀를 만나면서도 책임을 져야 하는 관계라고는 한번도 생각한 적이 없었다. 지저분한 치정 관계에 얽히는 것은 이쪽에서 사양이다. 남편이 아는 것 같다니. 그렇게 모호하게 말할 일이 아니다. 여차하면 자신은 모든 것을 잃는다. 그녀의 말을 듣고도 아무렇지 않은 척 잠자리를 가졌다. 그녀가 알지 못하는 그의 분노는 오히려 그날 밤 그녀를 더 황홀경에 빠트렸는지도 모른다. 만족감에 젖어 누워 있는 재희의 목을 두 손으로 감싸고 약간의 힘을 더 넣었을 때, 재희는 눈을 동그랗게 뜨더니 이내 피식 웃었다.

'뭐야, 이런 취미까지 생겼어?'

그녀는 장난처럼 도진의 손을 툭 쳐냈다. 하지만 그의 손이 쉽게 밀려날 리 없었다. 서서히 재희의 입가에서 미소가 사라졌다. 같은 속도로 손에 힘이 가해졌다. 재희의 눈동자가 흔들렸고, 그 눈동자를 잠식한 것은 공포였다. 그것은 그녀의 실수였다. 도진의 피가 반갑다는 듯 들끓었다. 그녀는 공포를 내보이지 말아야 했다. 공포를 보는 순간 도진은 신이 되었다. 그녀를 벌하고, 숨을 거두어 오는 것도 오직 그만이 할 수 있는 일이었다. 얼마의 시간 동안 도진에게 매달려 버둥거리던 그녀의 몸이 이내 축 늘어졌다. 짜릿한 쾌감이 등줄기를 타고 머리를 쳤다. 아까 재희가 느꼈던 황홀경은 이번엔 온전히 도진의 몫이었다. 이전에는 느껴 보지 못한 압도적인 쾌감이 그의 온몸을 삼켰다.

## 2

출근을 하기 위해 집 앞에 세워져 있는 2019년식 SM7에 몸을 실었다. 차 안은 청결하고 쾌적했다. 잠복 기간이 길어 시간이 여의치 않을 때를 제외하고는 적어도 열흘에 한 번 정도는 내부 세차까지 하는 편이다. 덕분에 특유의 곰팡이 냄새나 싸구려 가죽 시트 냄새 따위는 없다. 집처럼 자동차에도 유난스러운 장식은 하지 않았다. 나무색으로 된 깔끔한 디자인의 전화번호 판과 콘솔박스에 놓아 둔 방향제가 전부였다.

레몬향 방향제는 산 지 얼마 되지 않아 향이 짙다. 레몬 역시 재희가 가장 좋아하던 향으로, 장을 보다 생각났다며 사 온 것이었다.

도진은 방향제를 코에 대고 깊게 들이마셨다. 폐가 팽창하며 상큼한 레몬향이 온몸 구석구석까지 퍼지는 기분이었다.

머리가 맑아지는 것 같았다. 더없이 상쾌했다.

버튼을 눌러 운전석의 창을 내렸다. 방향제를 든 손을 밖으로 뺐다. 다른 한손으로는 오디오를 켰다. 지금의 기분과 잘 어울리는 록 분위기의 음악이 요란스레 퍼졌다. 출발할 준비가 끝남과 동시에 들고 있던 방향제를 손에서 놓았다. 도로에 방향제가 굴렀다. 그 위로 주저함 없이 차를 출발시켰다.

차가 떠난 뒤 골목에는 다시 찾아온 적막과 레몬향 방향제만이 남았다. 그곳에는 아쉬움이나 미련 따위는 없었다.

차가 도로에 합류하자 좀 더 속력을 내었다. 입으로는 연신 라디오에서 흘러나오는 음악을 따라 흥얼거렸다.

그가 근무하는 송파경찰서는 30분 남짓 운전을 해야 도착하는 거리에 있다. 초등학교와 인접해 있기 때문에 도진은 스쿨존에 들어서자 급격히 속도를 낮추었다. 직업상 이 구역에서 사고를 냈다가는 귀찮아질 일이 수두룩하다.

높다란 담장을 따라가다 송파경찰서라고 적힌 표지판이 보이는 곳에서 우회전하자 바로 입구가 나왔다. 입구에는 육군훈련소에서 차출되어 온 전경이 서 있었다. 도진을 알아본 전경이 경례를 붙였다. 도진은 보일 듯 말듯 묵례만 살짝 하며 그대로 경찰서 안으로 차를 진입시켰다.

주차장은 붐볐다. 직원들의 개인 차량과 관용 차량만으로도 넘쳐 나는데 민원인 차량까지 들어와 늘 이 모양이다. 도진은 간신히 빈자리를 찾아 차를 세웠다. 안전벨트를 풀고 내리려다 멈칫했다.

룸미러에 자신의 모습을 비춰 보았다.

스스로 생각해도 놀라울 정도로 평정을 유지하고 있었다. 어젯밤 그런 일을 저지른 사람으로는 보이지 않았다. 아무도 지난밤 그가 한 일을 눈치채지 못할 것이다. 사람이 보이는 것과 다르다는 사실은 긴 형사 생활을 통해 알고 있었지만 조금의 흥분도 남아 있지 않은 것은 신기한 경험이었다. 입장을 바꿔, 포커페이스를 가장하는 범인을 가려낼 자신이 없어졌다.

하지만 분명 도진은 그 일이 있기 전과는 달라져 있었다. 그는 자신의 손을 내려다보았다. 그 모든 감촉을 손이 기억하고 있었다. 바로 이 손으로 그 일을 했다. 충동적으로 일어난 일이었지만 숨이 끊어지고 2분도 지나지 않아 그는 곧장 심호흡을 하고 상황 파악을 한 뒤 자신이 저지른 살인사건에서 빠져나올 계획을 세웠다. 빠져나오고 그 구멍을 덮을 계획이었다. 계획을 세우고 이행하는 일은 어렵지 않았다. 지긋지긋하도록 이어온 형사 생활이 가장 도움이 될 때가 바로 살인의 순간이었다니, 참 아이러니한 일이 아닐 수 없다.

눈을 감고 크게 한숨을 내쉬었다. 잠시 뒤 눈을 뜨자 가장 먼저 경찰서의 위풍당당한 건물이 보였다. 자기도 모르게 침을 삼켰다.

저 안은 수많은 사냥개로 넘쳐 나는 곳이다. 그야말로 이 바닥의 선수들이 모여 있는 곳. 작은 변화 하나, 수상한 행동 하나를 놓칠 리 없다. 이상한 낌새를 눈치챘다 싶었을 때, 만약 시신이 발견된다면 그 이후 진행은 어떻게 될지 장담할 수 없다. 재희의 죽음부터 자신에게 초점이 모아지기까지의 연결선은 그가 생각하는 것보다 훨씬 더 짧을지도 모른다. 가장 중요한 것은 이상하다고 생각하게 만들어서는 안 된다는 것이다.

똑똑.

누군가 운전석 창을 두드리는 소리에 도진은 소스라치게 놀랐다. 그런 그를 의아한 얼굴로 들여다보고 있는 것은 강력1팀

후배 선우신이었다. 경력 3년 차지만, 머리 회전이 빠르고 영민해 다른 형사들에 비해 도진이 가까이하는 편이었다. 무엇보다 외양이 깔끔한 것이 마음에 들었다. 머리는 자주 커트를 하여 단정히 관리했고, 장기간 잠복수사를 해도 옷은 항상 깨끗했다.

재희의 죽음에 관해 생각하고 있던 터라 도진은 자기도 모르게 긴장하며 버튼을 눌러 창을 내렸다.

"뭐야?"

"무슨 아침 인사가 그래요?"

선우신이 어이없다는 듯 웃었다. 인사를 하겠다고 다가온 사람에게 건넨 아침 인사치고 확실히 거칠기는 했다.

"아, 미안."

"왜 안 내리고 계세요? 어디 안 좋으세요?"

"아니, 그냥 생각할 게 있어서."

도진은 느긋하게 차에서 내렸다. 그렇게 빨리 들킬 만한 일은 아니다. 지레 뒤가 구려 동동거릴 필요는 없다.

도진의 그런 생각을 짐작할 리 없는 선우신이 하얀 이를 드러내며 웃었다.

선우신은 형사과와는 조금 동떨어진 외양을 가지고 있다고 도진은 생각해왔다. 마른 데다 유난히 흰 피부다. 거기다 특유의 선한 심성과 밝은 미소가 직업상 이왕이면 날카롭고 독해 보여야 하는 형사와는 어울리지 않았다.

"생각할 거요? 무슨 일이실까?"

선우신이 애교스럽게 웃었다. 도진은 아무렇지 않은 투로 말했다.

"저기 들어가면 말이다. 범인들보다 더 정신없는 게 우리 형사들이다. 너도 알겠지만 들어가기 전에 정신을 모으고 들어가지 않으면 정확한 판단을 하기가 힘들어."

"오."

선우신이 입을 헤 벌리며 감탄했다.

"난 또……."

"또?"

되묻는 도진을 향해 선우신은 어깨를 으쓱했다.

"장 팀장님 때문에 들어가기 싫어 그러시는 줄 알았죠."

장 팀장, 이라는 말이 나오기 무섭게 도진의 미간이 찌푸려졌다. 그 사람을 지칭하는 단어를 듣는 것만으로도 몹시 불쾌해졌다.

장주호 팀장.

넉 달 전 강력1팀에 팀장으로 배속되어 왔다. 그를 싫어하는 것은 비단, 팀장 자리를 빼앗겨서 만은 아니다. 아니, 사실 그것이 밑바탕에 깔려 있는지도 모른다. 도진은 당시 강력1팀을 맡고 있던 팀장이 다른 팀으로 전과된다는 사실에 은근히 기대하고 있었으니 말이다.

"아, 선배님. 저는 민원과에 좀 들렀다 가겠습니다."

건물 안으로 들어서며 선우신이 걸음을 멈췄다. 장주호 팀장에 대한 생각에 인상을 구기고 있던 도진이 얼른 표정을 풀고 예의 느긋한 얼굴로 돌아왔다.

"그래."

선우신이 허리를 숙여 꾸벅 인사를 하고는 반대편 복도 끝으로 사라졌다. 그 모습을 멍하니 보고 있던 도진은 다시 천천히 걸음을 뗐다. 지금의 여유는 강력팀의 문을 열고 들어가는 즉시 사라질 것이기 때문이다. 재희의 표현을 빌리자면 나름의 '의식'이었다. 소란의 소용돌이에 들어가기 전 마지막 여유.

문득 걸음을 멈추고 옆을 보았다. 벽에 걸린 거울에 그의 전신이 비쳤다. 말끔한 정장을 맵시 있게 차려입은 모습이다. 옷은 구김 하나 없고 구두는 반짝거렸다. 머리는 단정하면서도 유행에 뒤떨어지지 않는 스타일을 고수해오고 있다. 모르는 이가 보면 증권가의 넥타이 부대에서 이탈한 사람처럼 보일 정도다. 어쩌면 이런 그의 외양이 장주호와의 사이에서 불쾌한 기류가 흐르게 된 시발점이 된지도 몰랐다.

'그렇게 차려입고 점방에서 아이스크림 훔쳐 먹는 코찔찔이나 잡겠어, 어디?'

첫 만남에 그렇게 쏘아붙이던 장주호의 목소리가 떠오르자 다시 인상이 구겨졌다. 득시글한 후배들 앞에서 장주호는 말 한마디로 도진의 얼굴에 먹칠을 했다. 첫 출근에, 초면에, 그것도 본인 때문에 승진에서 밀려난 사람에게 말이다. 그러잖아도 승진 문제로 껄끄러운 사이가 되기 십상이었는데, 첫 대면에 그런 말을 듣고 좋은 감정이 되려야 될 수 없었다.

그가 하고자 하는 말이 무엇인지 머리로는 알고 있다.

죽자 살자 도망가는 범인을 잡을 때 구두는 적합하지 않다.

하루가 멀다 하고 낡은 관용차에 앉아 밤을 지새우는 형사에게 각 잡힌 정장 바지도 필요 없다. 여차하면 범인과 몸싸움도 불사해야 하는데 온몸을 명품으로 처바를 이유 또한 없다. 그쯤은 도진도 수긍하고, 충분히 알고 있다. 당연히 수사 때는 구두를 신지 않는다. 다만 경찰서로 출근 시에만 갖춰 입는다. 특별한 일 없이 내근과 대기를 위해 출근할 때만 그렇게 입는 것이다. 비상시 입을 옷과 운동화를 준비해 두면 그 정도는 무리가 되지 않는다. 그것을 장주호에게 해명한 적도 있다. 하지만 장주호는 수긍하지 않았다. 이유야 어찌 됐든 장주호는 도진의 머리끝부터 발끝까지를 싫어했다.

"장주호."

도진은 거울에 비치는 자신의 얼굴을 보며 한 자, 한 자 힘을 주어 그의 이름을 내뱉었다. 입으로 뱉자 머릿속에 장주호가 모습을 드러냈다. 떠올리기만 해도 미간이 찌푸려졌다.

장주호는 늘 허리를 구부정하게 숙이고 다녔다. 눈을 치켜뜨고 검은 뿔테 안경 너머로 사람을 넘겨다보곤 했다. 그의 그런 특유의 행동이 불쾌했다. 매일 카키색 여름 점퍼를 입고 다녔는데, 세탁을 하긴 하는 건지 의심스러웠다. 머리는 덥수룩하고, 이에 뭔가 낀 사람처럼 자주 쩝쩝거렸다. 그는 전체적으로 꾀죄죄하다고밖에 표현할 수가 없는 사람이었다. 경찰서에 일만 터지면 한 달이고 두 달이고 집에 들어가지 않았다. 자연히 옷도, 몸도 청결을 유지할 수 없었다.

청결하지 않으면 숨도 쉬기 힘든 도진으로서는 이해할 수도, 못 본 척 무시할 수도 없는 사람이었다. 그의 말투, 행동, 차림새, 일거수일투족이 거슬렸다.

강력1팀의 문을 열었다. 퀴퀴한 냄새가 도진의 코로 훅 밀려 들었다. 7월 중순을 넘기면서 상승한 온도 탓에 평소보다 냄새가 심해지고 있었다. 당직을 서는 형사들이 씻지 않아 그렇거니와 온통 사내들뿐인 조직이니 이런 냄새는 고쳐지지 않았다. 그저 코를 틀어막을 수밖에.

도진은 주머니에서 손수건과 향수를 꺼냈다. 빠르고 익숙한 태도로 향수를 칙칙 두 번 눌러 손수건에 뿌렸다. 그러고는 그 것을 그대로 코와 입에 대어 막았다. 손수건에 코를 박고 숨을 크게 들이쉬고 나서야 안으로 발을 들일 수 있었다.

그런 그의 모습을 양세혁 형사가 발견했다. 그는 도진을 보며 인상을 찌푸리고는 고개를 절레절레 저었다. 그 고갯짓은 '또 시작이군'이라고 말하고 있었다. 양 형사는 도진과는 동기로, 될 대로 되라 식의 남자였다. 누가 봐도 게을러 보이는 복부 비만을 가지고 있었고, 의자에 똑바로 앉는 법 없이 항상 비스듬히 기대어 있었다. 가끔은 기대앉는 자세의 도가 지나쳐 거의 누운 것처럼 보일 때도 있었다. 도진은 양 형사의 표정 따위에는 상관하지 않고 곧장 창문으로 걸어가 문을 활짝 열었다.

곧 강력1팀 내에서 원성이 터졌다.

"아우, 에어컨 바람 나가요, 선배!"

"쩌 죽나!"

쏟아지는 원성이 한 방에 제압되었다. 도진은 콧방귀를 끼고 문을 열어 둔 채로 자리로 가 털썩 앉았다. 아무도 그가 열어 놓은 창문을 다시 닫지 못했다. 자리에 앉은 그는 새삼스레 강력1팀의 내부를 둘러보았다. 평소와는 조금 다른 분위기가 느껴졌다. 강력1팀은 흡사 고등학교 교무실처럼 책상이 다닥다닥 붙어 있다. 책상의 주인과, 부름을 받고 앉아 고개 숙인 사람들의 모습은 교무실이라고 해도 과언이 아니었다. 책상들 사이로 사람들이 바쁘게 지나다녔다. 그러고 보니 오늘따라 사람이 많고 소란하다. 언제나 많은 사건이 오가니 소란스럽기는 시장 바닥 저리 가라지만 오늘은 조금 더 유난해 보였다. 굳이 말하자면 시장의 장날. 구경꾼이 많은 듯했다.

"너는 그 유난 떠는 거 언제 그만둘래?"

창문을 열었다고 탓하며 다가온 것은 양 형사였다. 장난스러운 표정으로 싱글거리고 있었다. 대답 없이 쳐다보자 도진의 책상에 엉덩이를 반쯤 걸치고 앉았다. 그의 엉덩이는 책상 전체를 내어줘도 부족할 것 같았다. 시선을 잡아 끄는 양 형사의 엉덩이에서 눈을 애써 돌리며, 아까부터 사람이 많이 몰린 곳을 턱으로 가리켰다.

"뭐야, 저 사람들은?"

도진이 가리키는 곳을 따라 시선을 옮긴 양 형사가 곧 아아, 했다.

"오늘 경찰대학 애들 오는 날이잖아."

"아."

"웬일이야, 현도진이 그런 걸 다 잊고."

양 형사가 피식 웃으며 도진의 어깨를 쳤다. 사람을 죽이고 처리하는 일이 바빠 잠시 잊었다, 고는 할 수 없어 도진은 그저 씁쓸하게 웃어주었다. 경찰대 재학생들은 실습 및 견학 차원에서 1년에 한 번 주기적인 방문을 해오고 있다. 더군다나 도진은 오늘 특별 강의까지 맡게 되었다. 강력1팀에는 장주호 팀장이 있지만, 특별 강의는 도진에게 맡겨졌다. 하긴 카키색 점퍼에, 감지 않은 머리, 구부정한 자세로 매사에 귀찮아하는 장주호를 파릇파릇하고 꿈 많은 새내기에게 내놓기는, 윗선에서도 낯이 서는 일은 아니었을 것이다. 장주호 역시 이런 일은 달가워하지 않기에, 도진에게 그 임무가 맡겨졌을 때에도 가타부타 말을 하지 않았다.

특별 강의는 10시부터 시작이었다. 아직 40분 정도의 시간이 남아 있다. 휴대폰에 걸린 USB를 노트북에 꽂았다. 남은 시간 동안 미리 정리해 둔 강의 자료를 읽어봐야 할 것 같다.

'2022 경찰대학 특강 자료'라고 되어 있는 파일을 불러냈다.

차분히 검토하며 불필요한 내용들을 지워냈다. 어젯밤 재희의 일은 굳이 'DELETE' 버튼을 누르지 않아도 이미 도진의 머릿속에서 지워져 있었다.


# 3


프로젝터가 강단에 걸린 하얀 천막 위에 빛을 쏘았다. 오른쪽으로 비켜선 도진이 리모컨의 버튼을 누르자 검은색 글씨가 화면에 한가득 펼쳐졌다.

'PSYCHOPATH'

사이코패스라는 말이 나오자 학생들의 표정이 바뀌었다. 단어 하나에 집중하는 학생들을 보며 도진은 자기도 모르게 비죽, 웃었다. 잔인성에 대한 흥미는 모두 가지고 있다. 이런 순간이 도진은 재미있다. 세상이 경악할 만한 범죄가 벌어지면 사람들은 기사를 찾아보고 그 잔인성에 혀를 내두르지만, 손은 빠르게 조금이라도 더 자세히 찍힌 현장 사진과 자극적으로 묘사된 기사를 찾는다. 로맨스 영화는 300만 관객을 넘기 힘들어도, 살인에 관한 이야기는 쉽게 화제를 몰고 오고, 관객이 넘친다.

누구에게나 숨겨진 어둠이 있다.

"사이코패스라는 말은 다들 한번씩 들어는 봤을 거다. 요즘 영화나 드라마, 소설로 많이 다루어지니까."

다시 한번 버튼을 누르자 이번에는 외국인 남자의 사진이 나왔다. 앳된 모습의 청년이었다.

"샌디에이고 출신, 빌리 리 채드다. 범행 당시 21세였고, 피해자는 29세의 남성 델마 브라이트. 둘은 가학적 동성성교를 맺기로 했고, 덕분에 빌리 리 채드의 살인마적 성향이 발동했지."

남자끼리의 동성성교라는 말에 강의실이 술렁였다. 몇몇 남학생은 토하는 시늉을 해 보이기도 했다. 하지만 흥미를 잃어버린 표정들은 아니었다. 더욱 자극적인 이야기를 원하는 것을 느낄 수 있었다.

"가학적 성교를 위해 빌리는 델마를 묶었고, 그 모습에서 살인 충동을 느꼈지. 그런데 그는 조금 의아했어. 뭔가 부족하다고 느꼈지. 그게 뭐였을까?"

학생들을 둘러보았다. 몇몇이 수군거리기는 했지만 손을 드는 사람은 보이지 않았다. 도진은 수년 전 이 이야기를 조사 관련 의견 수렴을 위해 방문했던 정신과 박사에게 들었다. 도진은 '그게 뭐였을까?' 하는 말에 조금의 주저함도 없이 답을 말했다. 그것은 정답이었고, 박사는 당혹해하는 표정을 숨기지 못했다. 도진의 입장에서는 오히려 정답을 모르는 쪽이 이상했다. 그에게는 어려운 문제가 아니었으니까.

하지만 오늘 이 자리에는 자신과 같은 부류의 사람은 없는 것 같았다. 아무도 손을 들지 않아 도진이 답을 말했다.

"두려움."

장내가 갑자기 조용해졌다. 학생들을 눈으로 훑던 도진의 시선이 강의실 창에 고정되었다. 강의실 밖 복도에서 이쪽을 보고 있던 장주호의 눈과 마주쳤다. 그 눈은 도진이 어떻게 하나 지켜보는 눈이 아니었다. 이쪽을, 도진을 노려보고 있었다. 마치 도진의 심연 속 즐거움을 꿰뚫어 보는 듯, 그의 눈은 서늘하고 매서웠다. 일순 어깨가 흠칫했다. 도진은 두려움이라고 말하던 자신의 표정이 어떠했는지 생각해 보았다.

아마도, 웃었던 것 같다.

"빌리는 피해자가 공포를 느낄수록, 더욱 살인의 쾌감을 느끼는 반사회적 인격 장애와 끊임없이 자신의 만족만을 추구하던 나르시시즘적 성향을 가진 복합적……."

강의를 하는 동안 창밖 장주호의 존재가 계속해서 거슬렸다. 내내 그 시선이 불쾌함으로 남았다.

강의가 끝나고 학생들이 모두 빠져나간 뒤 장주호가 어슬렁거리며 들어왔다. 프로젝터를 연결했던 선을 정리하던 도진이 그를 발견하고는 미간을 찌푸렸다. 아까의 불쾌감이 되살아났다. 마주하고 싶지는 않지만 그렇다고 해서 피하고 싶지도 않았다. 도진은 고개만 살짝 숙여 묵례하고는, 선 정리를 마무리 지었다.

"강의 잘 들었어, 현도진 선생. 수업 내용이 아주 흥미진진하더만?"

"칭찬으로 듣겠습니다."

"누구 맘대로?"

신경을 긁어 놓자고 작정한 사람 같다. 도진의 눈이 매섭게 장주호에게로 향했다.

"그렇게 볼 것 없어. 칭찬 맞아. 강의하는 내내 범죄자의 심리를 정확히 분석해서 설명하는 걸 보면 뭐랄까, 마치 범죄자의 마음과 하나가 된 것 같단 말이야."

그렇게 말한 장주호가 도진을 보며 씨익 웃었다. 그 웃음이 도진을 긴장케 했다. 그것은 불길함, 혹은 불안과 비슷한 느낌이었다.

"팀장님께서 절 싫어하시는 것 알고 있습니다."

"눈치 빠른데?"

"이유, 여쭤도 되겠습니까?"

"안 된다고 하면 안 물을 거야?"

장주호는 징그러우리만치 싱글거리는 얼굴을 도진에게 바짝 들이댔다. 도진은 피하지도, 물음에 답변하지도 않은 채 입을 다물고 장주호의 얼굴을 응시했다. 그가 속삭이듯 도진의 귀에 대고 말했다.

"나는 네가 싫어. 언젠가 네가 사고를 꼭 치고야 말 것 같거든."

도진이 장주호의 얼굴을 보았다. 장주호가 도진에게로 숙였던 몸을 일으켜 세웠다. 그러고는 낄낄거리며 몸을 돌려 사무실 쪽으로 향했다.

'뭐랄까, 마치 범죄자의 마음과 하나가 된 것 같단 말이야.'

'언젠가 네가 사고를 꼭 치고야 말 것 같거든.'

그 두 마디가 귓전을 울렸다. 장주호의 모습이 완전히 사라질 때까지 도진은 그의 뒷모습을 노려보았다.

"장 팀장님이 또 뭐라고 하셨어요?"

소리가 난 쪽을 돌아보니 선우신이 와 있었다.

"아, 뭐 그냥."

"너무 신경 쓰지 마세요. 선배님 속 긁어 놓으려고 작정한 분 같다니까요."

늘 하던 대로, 그저 아무 이유 없이 속을 긁으려고 한 말인 걸까? 그렇지는 않을 거라고, 도진은 막연히 생각했다. 조금 전 강의실 밖에서 자신을 지켜보던 장주호의 눈빛을 떠올렸다. 공포를 원하는 살인자를 이야기하며 웃던 자신의 모습에서 무엇을 본 건 아닐까? 아주 잠시나마 그런 생각이 들었지만 도진은 곧 고개를 저었다. 그럴 리가 없다. 그는 대한민국의 형사다. 젊은 나이지만 차기 강력1팀장으로 유력하게 거론되었던 사람이다. 그 외피는 도진에게 굉장히 중요한 것이었다. 그 단단한 외피를 뚫고 그의 심연을 보는 것은 불가능했다. 그것을 가능으로 만들 수 있는 사람은 단 하나뿐이다.

그와 동질인 자.

"선배?"

"아."

그제야 선우신의 존재를 깨달은 사람처럼 도진이 고개를 돌렸다.

"너무 신경 쓸 거 없다니까요. 그냥 밥이나 먹으러 가요."

도진은 과장되게 어깨를 으쓱했다. 애써 아무렇지 않은 척 목소리를 한 톤 높였다.

"아무튼 난 저 사람하고는 안 맞아, 안 맞아."


경찰서 건물 지하 1층에 있는 직원식당은 흡사 방공호를 떠올리게 했다. 막힌 데 하나 없이 뻥 뚫린 곳에 12시를 땡, 치면 개미 떼처럼 우르르 몰려 배식을 기다린다. 지하인 탓에 공기에는 습한 추위가 감돈다. 천장이며, 벽마다 곰팡이는 기본이다. 가끔 학생들의 급식에서 머리카락이나 바퀴벌레가 나왔다는 호들갑스러운 뉴스를 볼 때마다 도진은 씁쓸했다. 여기는 무려 정체불명의 발 달린 물체도 나왔다, 이 말씀이야.

"뭘 먹나 고민하는 거보다 이게 낫죠?"

선우신이 화사한 미소를 지으며 식판을 하나 내밀었다. 녀석의 악의 없는 미소를 볼 때마다 도진은 떨떠름한 기분이 되었다. 작은 일 하나하나에 불평불만인 자신이 꽤나 협잡하고 나쁜 인간이 된 것 같았다. 하긴, 살인자가 좋은 사람일 리는 없지만. 탐탁지 않은 표정으로 식판을 받아 들었다.

"빵이나 개죽이나 씹어 삼키면 똑같아."

도진이 줄의 끝에 섰고 그 뒤로 선우신이 섰다.

"그렇게 말하면 너무 슬프잖아요."

장난스러운 말에 도진은 대답하지 않았다. 이 세상에 태어난 것 자체가 슬픈 일이다, 그렇게 대답해 주는 대신 어깨만 으쓱하였다.

도진이 식당 밥을 먹는 경우는 사실 그리 많지 않다. 조사다 뭐다 해서 대충 해결하는 경우가 대부분이다. 잠복이라도 할라치면 삼시 세끼를 빵이나 편의점 삼각김밥으로 때워야 했다. 그렇게 일주일만 지내도 밀가루 냄새가 역겹고, 김밥을 가져다주는 인간의 손목을 부러뜨리고 싶은 지경에 이른다. 잠복이 아닌 날은 주로 조사를 다니면서 중간 중간 해결한다.

메뉴를 정하는 주요 기준은 맛이 아니다. 빠른 시간 안에 해결할 수 있는가와 가격이다. 명목상 식대가 매월 지급되지만, 급여에 포함되어 나오는 것은 그냥 급여일뿐이다. 게다가 한번 출근하면 못해도 2주일 이상 집에 들어가지 못하는 상황에서 지급되는 식대는 한 달간의 식사비로 턱없이 부족하다. 차라리 남의 차에 허옇게 변이나 뿌려대는 비둘기가 먹는 것이 형사의 식사보다 나아 보인다.

줄줄이 늘어서서 받은 오늘의 메뉴는 어쭙잖은 돈가스. 도진은 그걸 내려다보며 어이없이 웃었다.

"이걸 밥이라고."

그런 그의 어깨를 탁 치며 선우신이 말했다.

"빵이나 개죽이나 씹어 삼키면 다 똑같다면서요. 어서 가서 앉아요."

히죽 웃으며 선우신이 먼저 앞으로 나섰다. 도진은 그 뒷모습을 잠시 보다가 입맛을 쩝 다셨다. 고개를 가로저으며 선우신의 뒤를 따랐다.

커다란 식당 안에는 수십 개의 직사각형 나무 테이블과 낡은 철제 의자가 늘어서 있었다. 짧은 시간 안에 100여 명을 먹여야 하니 복작거리는 것은 늘 있는 일이었다. 하지만 이 수많은 사람이 줄을 서서 밥을 푸고 늘어앉아 배를 채우는 것에 열중하는 모습은 마치 공사장 밥집이나 무료 급식소를 떠올리게 해서 몇 해를 보아도 도진은 익숙해지지 않았다.

마침 식사를 마치고 일어선 사람들이 있어 테이블 하나가 비었다.

"아침부터 장 팀장님하고 갑자기 왜 붙은 거예요?"

자리에 앉아 포크와 나이프를 쥐던 도진의 손이 멈칫했다. 식사 시간에까지 그 이름을 듣는 것은 영 반갑지 않다. 넘어가던 밥도 도로 역류할 판이다. 그러나 그는 여유롭게 픽 웃으며 고개를 저었다.

"붙기는 무슨. 우리가 파이터냐?"

핀잔을 던지며 도진은 포크와 나이프에 의식을 집중했다.

장주호 같은 인간을 신경 쓴다는 티를 내는 것 자체가 도진에게는 자존심 상하는 일이었다. 그는 아무렇지 않은 표정을 유지하며 포크로 돈가스를 찔러 고정하고 나이프로 천천히 썰어냈다. 허옇게 드러난 고깃점 위로 무자비하게 뿌려댄 싸구려 돈가스 소스가 흘러내렸다. 소스는 점성 때문에 끈적끈적하고 느리게 흘러내렸다. 마치 인간의 피처럼.

"윤경대 사건, 어디까지 진행했어?"

도진의 물음에 열심히 나이프를 움직이던 선우신이 한숨을 푹 내쉬었다.

"지명수배요. 출국금지 내려놨고, 그 자식 부모님 집에 잠복 붙이긴 했어요. 근데 워낙 어릴 때부터 부모하고는 사이가 좋지 않았다니까 잠복조에서 성과를 기대하긴 어려울 거 같아요. 피해자 시신도 아직 발견 안 됐고요."

윤경대는 최근 발생한 10대 청소년 강간, 살해사건의 유력한 용의자다. 윤경대의 집에서 피해자의 혈흔이 발견되었다. 시신은 찾지 못했고, 윤경대의 도주로 수사에 어려움이 있었다.

"원망스러워요."

그 사건의 담당을 선우신에게 넘긴 것은 현도진이었다. 그렇기에 현도진에게 보내는 원망의 눈빛은 선우신으로서는 당연한 것인지도 몰랐다. 하지만 현도진은 포크로 선우신의 머리를 딱, 때렸다.

"네가 원망할 건 윤경대지 내가 아냐."

"휴가 가시는 것 때문에 저한테 담당 넘기신 거죠."

"너한테 넘겼다고 내가 모른 척한 거라도 있냐? 한 팀인데 너 잘못되면 다 같이 골로 가는 거지, 인마."

맞은 머리를 쓱쓱 문지르며 선우신이 장난스럽게 웃었다.

"알아요. 저 인사 고과 때문에 그러신 거."

도진은 대답 없이 돈가스 조각을 입안에 밀어 넣었다. 짭짤한 소스가 입안에 퍼졌다.

"시신은 너무 덩어리로 생각하지 마. 인근 쓰레기 수거장 쪽도 샅샅이 뒤져. 작은 종량제봉투에 나뉘어 담겼을 가능성도 높아. 특히 집 안 수색할 때 반드시 설비업자 불러서 변기까지 들어내. 오래된 변기라면 더더욱. 배관에 다져 넣은 시신 조각이 걸려 있을 가능성이 크니까."

말하는 순간, 철컹 하는 소리가 들렸다. 도진이 고개를 들었다. 선우신이 들고 있던 포크와 나이프가 접시 위에 널브러져 있었다. 그는 경악한 표정으로 울상을 지으며 도진을 보고 있었다.

"아우, 선배 꼭 이런 거 먹을 때!"

"뭐래."

도진은 왜 선우신이 호들갑을 떠는지 이해할 수가 없었다.

십수년간의 형사 생활 속에 수많은 엽기적 사건을 경험했고, 국내를 비롯 해외의 사례까지 한 시대를 풍미한 사이코패스들의 살인을 공부해온 도진이었다. 이제는 사건 현장에서 시체를 보아도, 시체의 장기를 보아도 큰 감흥이 없었다.

선우신처럼 유난을 떠는 것이 오히려 이해가 안 갔다.

그러고 보면 자신은 비위가 강한 건지도 모른다. 가학적 변태 성욕자에게 당한 피해자 사진을 처음 봤을 때도 도진은 별

다른 역겨움을 느끼지 않았다. 범인은 피해 여성의 가슴과 성기를 도려낸 것으로 유명한 살인자였다. 도진은 시신에 대해서는 강인했다. 끔찍하다고 느낀 적도 없다. 오히려 흥미로웠다. 잔인한 사건일수록 그의 흥미를 끌었다.

거기에 더해 형사 생활을 하며 별의별 사건을 다 감당해왔던 터라 점점 더 무디어졌다. 시신은 그에게 일거리일 뿐이다. 살인의 밤을 지내면서도 살인을 했다는 그 자체가 충격적이거나 두렵지 않았다. 오히려 그것을 즐겼다. 시신이 발견된 뒤 경악하는 사람들의 얼굴을 떠올리는 것만으로도 즐거웠다.

"형사 생활 하루 이틀만 하고 말 거냐? 그따위 비위 어디에 쓸래?"

도진은 멈췄던 식사를 다시 이었다. 돈가스 고깃덩이를 한 조각 뚝 떼어 입에 넣었다. 입맛이 떨어졌는지 선우신은 물만 홀짝 들이켰다.

식당 내부는 소란스러웠다. 그 소란을 더 키우는 목소리가 있었다. 거대한 웅성거림의 파도 속에서도 어부의 그물을 피해 살아남겠다고 파드득거리며 튀어 오르는 생선 같은 목소리였다. 선우신이 그쪽을 쳐다보고는 인상을 찌푸렸다.

"아, 정말 장 팀장님."

도진 역시 굳이 돌아보지 않아도 누구인지 알 수 있었다. 목소리만으로도 불쾌감을 주는 사람은 도진이 아는 한 이 송파경찰서에서 장주호 팀장, 단 한 사람뿐이다.

"하나 더 줘! 아니 두 개!"

"아유, 그렇게는 안 돌아가요."

"아이, 아줌마 박하네. 거 많구만. 그러게 메뉴가 뭐 이따위야. 밥을 주든가. 이건 밥도 아니고 고기도 아니고."

"아, 맘에 안 들면 나가 먹든가!"

둘의 실랑이는 끝이 없어 보였다. 도진은 포크로 애먼 돈가스를 쿡쿡 찌르며 고개를 저었다.

저 사람은 좋겠다. 생각이 없어서.

"나가 먹으려면 내가 왜 식권 들고 왔겠어! 아, 그러지 말고 하나 더 줘요!"

역시, 안 맞아.

# 낭패

## 1

벌써 집에 들어가지 못한 지가 닷새째다. 닷새 전 집에서 나오며 입은 옷도, 신발도, 양말도, 하다못해 속옷까지 그대로였다. 다른 것은 그가 닷새 전보다 부쩍 초췌해지고, 허름해졌다는 것뿐이다.

장주호는 닷새째, 하고 생각하며 달력에 머물던 시선을 휴대폰으로 옮겼다. 휴대폰은 닷새 내내 잠잠했다. 이따금 대출을 받으라는 스팸 문자가 올 뿐이었다. 검었던 휴대폰 화면이 환해지고 메시지 수신음이 들릴 때마다 자기도 모르게 반색하며 집어 들었다가, 스팸 문자임을 알고 실망하고, 그래서 왠지 화가 나는 일이 반복되었다.

그는 잠시 뭔가 생각하더니 휴대폰에 손을 뻗었다. 뭉툭하고 투박한 엄지손가락 끝을 세워 휴대폰의 왼쪽 옆 상단에 달린 작은 단추를 눌렀다. 동시에 화면에 밝은 불이 들어왔다.

바탕화면을 장식하고 있는 사진이 그의 시선을 사로잡았다.

장주호는 아내의 어깨에 팔을 두르고 밝게 웃고 있었다. 그런 장주호의 허리를 아내가 감싸 안았다. 둘은 가장 행복한 순간을 과시하려는 듯 휴대폰 안에서 환하게 빛나고 있었다. 행복해 보이는 아내도, 팔불출처럼 웃고 있는 자신의 모습도 장주호에게는 생소했다. 언제 찍은 것인지 기억도 나지 않는다. 이런 다정함을 가졌던 것이 언제였는지도.

휴대폰을 내려놓고 장주호는 양 손바닥으로 얼굴을 쓸어내렸다. 두툴두툴 매끄럽지 않은 피부는 쉰이 넘은 나이를 여실히 느끼게 했다. 방치한 머리는 책상 위에 둔 거울 속에서 초라하게 헝클어져 있었다. 그것은 집에 들어간 지 닷새째가 되어도 안부 전화 한 통 없는 아내와의 관계 같았다.

아내는 그보다 세 살 아래로, 학교 동기 수창의 소개로 만났다. 첫눈에 사랑에 빠지지도 않았고, 이 여자다 싶은 끌리는 감각도 없었다. 그저 '이 정도면……' 하고 생각했던 것이 감정의 전부였다. 누가 봐도 '이 정도'의 남자는 '이 정도'의 여자가 맞다고 생각할 만큼 둘은 평범한 외모도, 직업도 그저 그런 수준의 보통 사람이었다.

영화를 보고, 차를 마시고, 걷고, 남들이 다 하는 '그 정도'의 연애를 했고, 그것은 좋아 미칠 것 같지는 않았어도, 싫어 죽을 것 같은 시간은 아니었다. 모두 하는 것만큼의 연애와, 모두 하는 것만큼의 데이트를 했다. 나쁘진 않았다. 그렇게 그저 '이 정도면' 하고 미적대는 사이, 정신을 차리고 보니 그녀와 결혼을 한 뒤였다……, 라는 것도 아내를 소개해 준 수창을 만날 때마다 소주 한 잔 놓고 씹어 대던 우스갯소리였다.

들끓는 애정은 없었지만, 미적지근한 온기 정도는 있었다.

그녀와의 결혼 생활은 재밌지도 흥분되지도 않았다. 하지만 사는 것이 원래 그렇지 않나. 집도, 아내도, 모두 그 자리에서 하루하루를 버티어내는 것. 장주호에게 있어 삶이란 그런 것이었다.

그렇게 10년을 보냈다.

지금 그들은 서로에게 돌이었고, 죽어 자빠진 소나무였다. 그래도 막상 며칠째 들어가지 않는 자신에게 전화 한번, 문자 한 통 없는 아내를 생각하면 장주호는 열이 올랐다.

"장 팀장님."

집나간 개가 안 들어와도 이보다 더하진 않을 거다. 장주호는 먼저 연락을 해보려다 말았다. 집 나간 개에게도 자존심은 있다.

"장 팀장님!"

"악, 깜짝이야!"

별안간 어깨를 치며 부르는 소리에 장주호는 소스라치게 놀랐다. 앉았던 의자를 빙글 돌려 뒤돌아보니 선우신이 서 있었다. 유난히 펄쩍 뛰며 놀라는 바람에 오히려 선우신이 당황하는 얼굴이었다. 장주호는 괜히 멋쩍어 미간을 찌푸렸다.

"인기척 좀 하지. 갑자기 치면 어떡해?"

"두 번이나 불렀는데요?"

"세 번은 불렀어야지……. 왜?"

"서장님께서 부르세요."

손가락으로 천정을 가리키고 있었다. 장주호의 눈이 불만을 가득 담고 그 손끝을 보았다.

"세 번은 부르시라 전할까요?"

선우신이 장난스럽게 말했다.

"왜 부르는 건데?"

"저야 모르죠."

어깨를 으쓱해 보인다.

"뻔한 거 아니겠어요?"

그 말이 맞다. 뻔하다. 사건이다. 그것도 큰 사건. 경찰서장이 강력팀 팀장을 직접 불러올려 지시할 만큼의 큰 사건이라는 거다. 웬만한 일이 아니면 서장이 팀장을 직접 불러올리는 일은 거의 없다. 일순 장주호의 얼굴이 긴장했다. 그는 자리에서 일어섰다.

"잠복 나가는 녀석들 빼고 모두 대기하고 있으라고 해. 비상 각오하고."

어차피 강력팀은 매일 매시간이 비상이지만.

"네! 아, 현 형사님은?"

"현 형사?"

"아, 현도진" 하고 장주호는 중얼거리듯 덧붙였다. 현도진, 현도진 하고 부르다 보니 현 형사라는 호칭에 순간 그것이 누구인가 싶었다. 선우신이 말하는 '현 형사'가 현도진임을 알게 됐지만 장주호는 고개를 갸웃했다. 의아한 눈길로 선우신을 보았다. 대기 명령에 현 형사가 왜 튀어나오는지 모르겠다.

"내일부터 휴가시라서."

그제야 장주호는 도진이 휴가를 낸 사실을 떠올렸다. 아무리 큰 사건이라 봐야 내일부터 휴가인 형사를 굳이 붙잡아 둘 필요는 없다.

도진이 휴가를 받겠다고 조목조목 따지고 들던 일이 떠올라 장주호는 불쾌해졌다. 법적으로 어쩌고저쩌고 따지는데 기가 막혀 아무 말도 하지 못했다. 노동법이 경찰에게만은 예외가 아니었던가. 까마득한 선배들이 그러했듯, 자신이 그래왔듯. 자신이 도진의 경력 때는 그런 짓은 상상도 못 했다.

그는 찜찜한 얼굴로 "아" 하며 고개를 끄덕였다.

"휴가인 녀석을 대기시켜 봐야 소용없지. 현도진 열외."

"네!"

선우신이 밝은 얼굴로 환하게 웃으며 거수경례를 붙였다.

자기가 휴가를 가는 것도 아닌데 뭘 그리 좋아하는지 장주호는 이해가 가지 않았다. 하긴 선배의 휴가를 센스 있게 챙겨주는 녀석이니, 남의 행복도 제 행복인가 보지. 그는 입꼬리만 비죽 올려 웃으며 돌아섰다.

"팀장님!"

선우신이 부르는 바람에 장주호가 다시 돌아보았다. 선우신은 여전히 생글거리는 웃음과 함께 손가락으로 그의 머리를 가리켰다.

"머리요, 머리."

장주호는 손을 올려 머리를 더듬거렸다. 머리가 헝클어진 것은 늘 있는 일이었지만 창에 비친 모습을 보니 오늘따라 까치집이 더욱 예술적으로 지어졌다. 이 상태로 서장실에 갔다가는 서장의 혀 차는 소리에 귀가 꽤나 따가웠을 것이다.

그는 짜증스러운 듯 머리를 벅벅 긁었다.

"뭐…… 좋은 소리야 듣지 않겠지만 머리 스타일로 형사 노릇하는 건 아니니까."

말은 그렇게 하면서도 손으로는 연신 머리를 억지로 눌러 붙였다.

"네!"

선우신이 키득거리며 대답하고는 몸을 돌려 자기 자리로 향했다. 장주호도 사무실을 빠져나가 서장실로 향했다. 서장실은 강력팀 바로 위층에 있다. 계단을 올라가며 선우신 저 녀석은 강력팀보다는 민원 봉사실 쪽이 어울린다, 고 장주호는 생각했다. 이래도 히죽, 저래도 히죽 웃는 것이 화가 결여된 사람처럼 보일 때도 있었다.

'그에 반해 그 녀석은……'

계단을 밟으며 이번엔 도진을 떠올렸다. 그는 혀를 쯧쯧 찼다. 정말이지 영 반대되는 두 사람이었다. 그 차가 너무 커 어지러울 지경이다.

노크를 하고 문을 열자 형사과와는 180도 다른 공기가 장주호를 맞았다. 퀴퀴한 냄새가 나는 강력팀과는 다르게 쾌적한 공기가 공중을 메우고 있었다. 아무래도 같은 공간을 시커먼 남자 20명 이상이 채우고 있는 것과 혼자 사용하는 것과는 차이가 있을 터였다. 창가에는 고급스러운 화분들이 잘 관리된 채 늘어서 있었다. 강력팀에는 누가 무엇을 갖다 놓아도 일주일을 못 버티고 죽어버리는데. 식물이 잘 자라지 않는 것은 아마도 죄인과 처벌자 사이의 간극이 만들어낸 위압 때문인지도 모른다.

서장실 중앙에는 고급스러운 소파와 탁자가 있고, 서장의 책상은 출입구에서 들어오면 바로 보이는 정면에 배치되어 있다. 그리고 그 옆에는 국기가 걸려 있다. '나 애국하고 있소'라고 말하고 싶은 사람처럼.

장주호는 문을 닫고 뚜벅뚜벅 걸어 서장의 앞에 섰다. 서장은 60대의 남자로 배가 나오고 정수리에는 머리가 없었다. 구멍을 메우고자 옆의 머리를 반대편으로 넘겨 가리려 한 듯 보이지만 별 효과가 없어 보였다. 대머리를 숨기느니 차라리 마누라에게 150만 원짜리 카드 고지서를 숨기는 것이 쉬울 것이다.

"아, 장 팀장."

서류에 결재를 하던 서장이 펜의 뚜껑을 닫으며 장주호를 쳐다보았다. 장주호는 가볍게 묵례를 해 예의를 차렸다.

"부르셨습니까?"

"음."

서장의 얼굴이 굳어 있었다. 그는 잠시 뭔가 생각하는 듯하더니 시선을 올려 장주호와 눈을 마주했다.

"비상이네."

그럼 그렇지.


## 2


"선배 내일부터 휴가죠? 오늘 일찍 정리하고 들어가시는 게 좋을걸요."

자판기 커피 하나를 빼 도진에게 내밀며 말하는 선우신의 얼굴에 부러움이 가득했다. 직장인들을 위해 법적으로 정해져 있는 숱한 휴가들은 형사들에게는 이름만 그럴싸한 이미테이션에 불과했다. 여름이랍시고 해수욕장에 가본 적도 없고, 마음 놓고 망중한을 즐긴 적도 없다. 그 흔한 연차 휴가 한번 쓴 적이 없다. 그렇다고 휴가가 없다 해서 특별히 불만을 가졌던 것은 아니다. 하지만 이번에는 특별히 5일간의 휴가를 냈다.

그것을, 잊고 있었다.

"그 얼굴은 뭐예요? 설마 깜박했었어요?"

깜박할 수밖에 없다. 재희를 보냈고, 그러기가 무섭게 아침이 왔고, 출근하자마자 장주호가 그의 머리를 복잡하게 했다. 정신이 없어 잊어버릴 완벽한 조건이 아닌가.

"와, 진짜 너무하다. 난 얼마나 부러웠는데, 그걸 잊으시다니! 알려주지 말걸!"

입을 비쭉거리는 선우신을 보며 도진은 대답 없이 웃었다.

왠지 휴가를 잊었을 만큼 정신없는 이유가 뭔지 하나부터 열까지 차근차근 설명해 주고 싶었다. 잔인한 장면까지 최대한 묘사해 설명해 주고 나서 선우신의 저 선한 얼굴이 어떻게 일그러지는지 찬찬히 보고 싶었다. 그는 충동을 애써 참아야 했지만 어떤 반응을 보일지 상상만으로도 몹시 기대되었다.

원래대로라면 내일부터 5일간 도진은 재희와 망중한을 즐길 예정이었다. 한적한 시골이든, 사람 많은 바닷가든, 해외라도 좋았다. 장소는 중요치 않았다. 그날, 그 시각 가고 싶은 곳으로 가기로 했다. 생각만으로도 낭만적인 여행이 될 터였다. 장소도, 일정도 아무것도 정해놓지 않은 채로 그때그때 떠나고 싶은 곳으로 떠나 먹고 싶은 것을 먹기로 했다. 둘이 정한 일정은 단 하나였다.

휴가를 받은 닷새 중 3일 이상은 방 안에 둘만 갇혀 일차원적인 욕구에만 매달리기로 했다. 몸을 섞고, 지치면 떨어져 자고, 눈을 뜨면서 다시 시작하고.

'그러다 누구 하나 죽어 나가는 거 아니야?'

그녀는 킥킥대며 그렇게 말했다. 그것조차도 낭만적인 죽음일 거라고 도진은 말했다. 멋진 계획이었고, 예정대로였다면 도진은 내일부터 시작될 파라다이스 때문에 무척이나 흥분해 있었을 것이다.

더군다나 도진은 그 여행을 마지막으로 재희와 헤어질 작정이었다. 언젠가부터 그에게 집착하는 것을 느껴 부담이 되고 있었다. 재희의 입장에서는 밀회였겠지만, 도진은 이별여행으로 여기고 있었다.

예정대로, 그녀가 살아 있었다면.

"별다른 계획도 없는데, 뭐."

"예에?"

의외였는지 선우신이 말꼬리를 올렸다.

"꼭 가야 한다고 강력하게 말하시기에, 전⋯⋯."

주변을 둘러보더니 뭔가 굉장한 비밀이라도 말하는 것처럼 상체를 내밀고 목소리를 낮췄다.

"여자친구분이랑 어디 가시는 줄 알았죠."

은근한 눈짓을 하며 선우신이 도진의 어깨를 제 어깨로 툭 쳤다. 그는 그저 웃어 보이고는 고개를 돌렸다.

계획을 잡을 때부터 늘 그렇듯 장주호와 마찰이 있었다. 여름 휴가철이 시작되면 범죄 바이러스가 기승을 부린다. 이맘때만 되면 수십 가지 강력 사건이 하루가 멀다 하고 터졌다. 관할 구역에서 터지는 사건들 때문에 강력1팀은 늘 비상이었다.

경찰의 인력은 적고 사건은 많다. 아무리 잡아넣어도 범죄자들은 바퀴벌레처럼 어디선가 슬그머니 기어 나왔다. 차라리 바닷물을 걸레로 닦아 말리는 게 더 빠를 것이라는 우스갯소리도 나왔다. 그런 상황에서 휴가라니. 배부르다 못해 터져 죽을 소리였다.

장주호의 반대는 당연하게 이어졌다. 하지만 도진에게도 무기는 있었다.

13년 만에 처음 가는 휴가다.

그걸 빌미로 강력하게 밀어붙였다. 강력팀 소속의 그 누가 넥타이 부대처럼 휴가를 챙겨 썼겠냐마는 도진은 물러설 생각이 없었다. 기어이 근로기준법 몇 조 몇 항까지 끌어다 붙인 다음에야 승리를 쟁취할 수 있었다.

그런데 일이 이렇게 되어버렸다. 애써 잡아챈 승리의 깃발은 헛일이 되었다.

휴가를 무를까도 생각해 보았다. 어차피 동행할 상대도 사라졌다. 동시에 여행의 목적까지 사라진 셈이었다. 그런데 순간 이건 기회다, 하는 생각이 머리를 스쳤다. 자신은 살인을 저질렀고 불행하게도 그곳은 강력1팀의 관할 구역이었다. 아직 신고가 없다는 것은 시신이 발견되지 않았다는 증거다.

지금은 7월 중순. 뉴스에서는 연일 '오늘보다는 내일이 더 온도가 상승'할 거라 보도하고 있었다. 덕분에 '오늘보다는 내일 더' 시신은 급속도로 부패할 것이다. 그렇게 되면 부검을 한다 해도 사망 추정 일자가 모호해질 수 있었다. 운이 좋다면 도진의 휴가 기간 중 사망했다고 결과가 나올 수도 있다. 실제 사망 날짜와 그가 휴가를 떠난 것은 고작 하루 차이니 무리도 아니다. 도진이 살인사건의 현장과 완전히 떨어진 곳에 있는 동안 누군가 죽었다, 라는 사실은 곧 도진이 용의선상에서 제외된다는 것을 의미했다.

사실 걱정은 크게 하지 않았다. 재희와의 만남은 유부녀라는 그녀의 입장으로 인해 극비리에 이루어져 왔다. 경찰서 내부의 사람이나 개인적 친분을 가진 그 누구도 그녀와의 관계를 알지 못했고 그것은 재희 쪽도 마찬가지였다.

시신이 발견된다 해도 대외적으로 접점이 없는 도진에게까지 과녁이 돌려지긴 힘들 것이다. 하지만 모든 일에는 생각지 못한 구멍이 도사리고 있다. 만약 경찰서에 남아 있다가 재희의 사건을 담당이라도 하게 된다면 도진은 인생을 건 연극 무대에 서야 하는 것이었다.

눈 하나 깜빡하지 않고, 입술에 침도 묻히지 않고서, 조금의 떨림도 없이 연기를 해낼 자신은 있다. 하지만 자기도 모르게 생기는 작은 빌미는 큰 불행을 불러올 것이다. 거짓말은 또 하나의 거짓말을 부르고, 그 거짓말이 숨기고 있을지 모르는 허점은 이내 숨통을 조일 것이다.

예정대로 떠나는 게 낫겠다고, 도진은 결정했다.

"그런데 일찍 정리하고 가는 게 좋을 거라는 건 무슨 소리야?"

"서장실에서 장 팀장님 호출이 있었어요. 뭐, 서장실에서 부르는 거니 평범한 일은 아니겠죠? 괜히 발목 잡히기 전에 일찍 가시는 게 좋을 거 같아요. 겨우 받아낸 휴가잖아요."

"무슨 일인데?"

대답 대신 선우신은 고개만 가로저었다. 하긴 팀장을 직접 서장실로 불러올리면서 말단 형사에게 꼬치꼬치 상황 설명을 했을 것 같지는 않다.

도진은 한두 시간을 더 책상에서 버티다 일찌감치 사무실을 빠져나왔다. 휴가를 대비해 보고서 작성을 해야 할 것은 미리 다 해 두었다. 맡았던 사건 역시 전부 처리한 터라 시간을 허비하며 굳이 책상을 지키고 앉아 있을 필요는 없었다. 내일부터 휴가라고 대기 지시에서 열외를 받았으니 그냥 앉아 있는 것도 낯 뜨겁다. 무엇보다 장주호가 자리를 비웠기 때문에 그 사이를 틈타 빨리 일어선 것도 있었다. 장주호가 사무실을 지키고 있어 휴가를 다녀오겠다며 원치도 않는 인사를 해야 하는 어색한 상황이 싫기 때문이었다.

또 다른 이유는 장주호가 서장실에 불려올라 간 것이 재희의 시신이 발견되었기 때문은 아닐까 싶어서였다. 경찰서 내부에 남아 있는 형사들을 모두 대기시키고 서장실로 올라갔기 때문에 중대 사건이 발생했다는 것쯤은 쉽게 유추할 수 있었다.

경찰서를 벗어난 뒤에는 일단 장부터 볼 예정이었다. 밀회를 위해 예약했던 곳은 제천에 있는 이악오토캠핑장이라는 곳으로, 자는 것은 방갈로를 이용하면 되지만 식사는 전부 알아서 해결해야 하는 곳이었다. 캠핑장은 시내에서 꽤나 떨어진 곳에 위치해 있기 때문에 적당히 장을 봐서 들어가지 않으면 여행 내내 굶어야 하는 사태가 벌어질 수도 있었다.

주차장으로 나가 차 문을 열고 뒷좌석에 손가방을 던져 넣었다. 오늘 휴가를 받아 캠핑장으로 떠나야 한다는 생각을 완전히 잊어버리고 있었기에 따로 가방을 싸오지는 못했지만, 직업의 특성상 여분의 옷은 차에 항상 준비되어 있었다. 모자라지는 않을까, 귀찮긴 하지만 집에 들러서 몇 벌 더 챙겨 갈까, 그런 생각들을 이어 가며 차에 시동을 걸었다.

그런데 시동이 걸리지 않았다.

푸르르, 몇 번 더 시도를 해봤지만 마찬가지였다. 날도 더운데 차까지 말썽이다. 짜증이 치받혀 도진은 아예 여행 자체를 엎을까도 생각했다. 겉옷의 안주머니에서 지갑을 꺼내 보험회사의 명함을 찾아냈다. 차량이 고장 나면 세 번 한도로 출동서비스를 지원해 준다. 명함에 적힌 전화번호로 전화를 걸었다. 기업 홍보 음악과 사고 접수는 1번, 보험료 관련 문의는 2번 등의 안내와 잠시만 기다리시라는 기계음이 지나간 후에야 상담원과 통화할 수 있었다. 지금 상황을 말해 주고, 시간을 확인했다. 3시 50분. 상담원은 서비스 기사를 보내줄 테니 30분 정도만 기다리라고 했다.

서비스 기사는 정확히 36분 만에 경찰서 주차장으로 들어섰다. 24시간 긴급 출동 서비스라고 커다랗게 박힌 점퍼를 입은 남자가 차량에서 내렸다. 도진은 지금 바쁘니 빨리 좀 처리해 달라 하였고, 남자는 웃으며 모두들 그렇게 말한다고 대답했다. 기사의 여유작작한 태도에 속에서 뜨끈한 것이 치밀어 올랐다. 빨리 처리해 주지 않아 그런 것이 아니었다. 거슬린 것은 남자의 말대답이었다. 그것이 신경을 바짝 긁어 놓았다. 남자는 운이 좋았다. 다행히 이곳이 경찰서 주차장이라 도진의 이성이 본성을 제압할 수 있었다. 안 그랬다면 남자는 무사하지 못했을 것이다. 도진은 아랫입술을 꾹 깨물며 남자가 차를 볼 수 있도록 몇 걸음 물러났다.

도진에게 열쇠를 받아 든 남자가 시동을 걸었다. 푸르르르, 기운 빠지는 소리는 여전했다. 남자는 몇 번 더 같은 행위를 반복했다. 자세히 들으려는 듯 고개를 우로 꺾고 소리에 집중했다. 뭔가 짐작 가는 곳이 있는지 운전석에서 내려 보닛을 들어 올렸다. 그의 어깨 너머로 들여다봐도 도진으로서는 고장의 원인이 무엇인지 알 수 없었다. 남자는 이리저리 얽힌 부품을 몇 개 만져보더니 보닛을 닫았다.

"스타트 모터 고장인 것 같아요. 다른 부품에 고장이 있을 수도 있지만 주원인은 스타트 모터 고장으로 보여요. 어차피 모터 교체하려면 서비스센터에 입고시켜야 하니 다른 부품도 고장이 있는지 점검하라 할게요. 서비스센터 입고까지 견인 비용은 무료입니다."

차를 타지 못한다는 생각에 짜증이 났지만 할 수 없었다.

"오전까지는 괜찮았는데……."

"원래 기계라는 것들이 다 그렇지요. 노후 때문일 수도 있고, 이물질 유입 때문일 수도 있어요."

도진은 고개를 끄덕이며 남자에게 연락처를 남겼다. 남자는 도진에게 아는 정비소가 있냐고 물었고, 없다고 하자 적당한 정비소를 소개해 주었다. 조금 뒤 견인차가 와서 도진의 차를 끌고 나갔다. 코가 꿰인 듯 끌려가는 차의 뒤꽁무니를 보며 도진은 멍하니 서 있었다. 시작부터, 되는 일이 없다.

휴대폰을 꺼내 단축버튼을 눌렀다. 몇 번의 신호가 가고 선우신이 전화를 받았을 때 그의 목소리는 왠지 나직했다.

— 예, 선배님.

"일이 있어서 아직 출발 못했는데, 잠깐 주차장으로 좀 나와 볼래?"

— 지금요? 아…….

그의 말끝이 줄어드는 공간에 곤란함이 느껴졌다.

"왜? 무슨 일 있어?"

도진은 서장이 장주호를 불러올린 일을 떠올렸다.

— 아뇨, 그렇다기보다는……. 예, 나갈게요. 잠깐 기다리세요.

"응. 근데 차가 고장이 나서 말이야. 미안하지만 네 차 좀 빌리자."

— 차를요? 아…… 일단 나갈게요.

자꾸 '아……'는 뭐야. 길게 늘어진 선우신의 대답 끝이 불만스러워 도진은 전화기를 거칠게 주머니 안에 쑤셔 넣었다.

잠깐 기다리니 경찰서 건물 안에서 작은 형체가 뛰어나왔다.

보고 말 것도 없이 선우신이었다. 그의 손에 자동차 열쇠 하나가 들려 있었는데 선우신의 차 열쇠가 아니었다. 그것을 응시하며 말했다.

"무슨 일 있었어?"

조금 전 통화를 할 때 '지금요?' 하고 되물었던 일을 말하는 것이었다.

"말하면 뭐 해요. 서장실 갔다가 장 팀장님이 또 사건 맡아오신 거지요."

"뭔데? 큰 거야?"

"그런가 봐요. 근데 아직은 이렇다 할 말씀이 없으세요. 심각한 얼굴로 서장실만 들락거리고."

선우신이 씩 웃었다. 그 웃음을 보며 적어도 재희는 아니구나, 생각했다. 도진은 그제야 가슴에 얹힌 것이 사라진 것 같았다.

"갑자기 차가 망가졌대. 스타트 모터를 갈아야 한다던데. 차 좀 빌려줘. 그동안은 네가 불편하더라도 관용차를 좀 타고."

선우신이 차 열쇠를 내밀었다. 내려다보니 그가 도진에게 건 넨 열쇠는 관용차의 것이었다. 관용차는 주로 탐문수사를 갈 때 쓸 수 있는 차량으로 경찰 마크가 없는 일반 승용차다. 범인 을 잡기 위한 출동이면 몰라도 잠복근무나 탐문수사를 갈 때까 지 경찰차를 사용한다면 경찰 왔으니 얼른 도망가라고 여기저 기 광고하는 꼴밖에 되지 않는다. 그런 때 쓸 수 있는 차량이었 다. 그러니 도진이 개인 용도로 쓰는 것보다는 공무를 보는 선 우신이 쓰는 것이 결재도 쉽고 더 맞는 일이다. 의아해하는 도 진을 보고 웃었다.

"선배가 관용차 좀 타 주세요. 아시잖아요, 저 처음 모는 차 는 운전 잘 못하는 거요. 당연히 사용 허가는 받아 왔고요."

사용 허가라고 하면 강력1팀 팀장인 장주호의 결재가 났다 는 것을 의미했다. 그러나 도진이 아는 장주호는 그런 걸 해줄 인물이 아니었다. 억지로 휴가를 받은 것도 마음에 안 들 터인 데, 그것도 원래 싫어하는 도진이, 심지어 개인 용도에 관용차 쓰는 것을 허락해 주다니 의아했다.

"장 팀장이 결재를 내줬다고? 웬일이래?"

"가끔은 착한 일도 하셔야죠."

비밀 대화라도 나누는 척 목소리를 낮추며 선우신이 장난스 럽게 말했다. 평소엔 잘 웃지 않던 도진도 그 말에는 풋, 하고 웃음을 흘렸다.

"제가 다른 차는 못 모는 거 아시니까, 출동 나갈 때 본인한테 운전하라고 할까 그런가 봐요."

"그럼 그렇지."

"좋은 게 좋은 거잖아요."

좋은 게 좋은 거. 이상한 논리다. 너도 좋고 나도 좋고, 누이 좋고 매부 좋고 뭐 이런 걸 말하는 것 같은데 도진으로서는 영 공감 가지 않는 말이었다. 얻는 게 하나 있으면 반드시 잃는 게 하나 있다. 너도 좋고, 나도 좋을 수는 없다. 착한 사람처럼 보이고 싶어 좋은 척하는 것일 뿐. 관용차를 빌려주면 도진에게는 좋지만, 개인 용도로 쓰도록 허가를 내준 것을 윗선에서 알면 재미없는 일이다. 플러스와 마이너스의 앞에서 예외는 없다.

"얼른 들어가 봐."

열쇠를 받아 들고 운전석에 올랐다. 선우신이 잘 다녀오라는 말을 하고는 경찰서 건물을 향해 달렸다. 열쇠를 넣고 돌리자 차가 몸을 부르르 떨며 경쾌하게 시동이 걸렸다.


3


대형 마트의 옥외 주차장에 차를 주차시켰다. 평일 낮 시간대라 그런지 주차장에는 여유가 많았다. 매장 안은 한산했다. 아이들을 데리고 나온 여자 몇몇이 식료품을 고르고 있었다.

괜찮은 시간대였다. 붐볐다면, 아마도 그냥 돌아 나갔을 것이다. 사람들을 싫어한다기보다 사람들에게 치이는 것이 싫다. 원하지 않는 누군가의 체취가 몸에 들러붙는 것이 싫었다. 그래서 평소에 대형 마트는 잘 오지 않았는데 이 정도라면 괜찮은 축에 속했다. 입구 오른쪽으로 카트가 있었다. 줄줄이 앞의 카트에 연결되어 있는 곳에서 하나를 빼내었다.

장보기는 빨리 끝났다. 어차피 남편을 회사에 보내 놓고 한가한 시간이나 때우는 여자들처럼 쇼핑을 할 것은 아니었으니 필요한 것만 카트에 채워 계산을 마치면 되었다. 맥주를 넉넉히 샀고, 거의 개봉하여 끓이기만 하면 먹을 수 있는 밀키트 위주로 샀다. 오토캠핑장에 조리 도구가 다 마련되어 있다고 듣긴 했지만, 휴식을 취하려 간 곳에서까지 음식을 해 먹겠다고 스트레스를 받고 싶진 않았다.

카트를 밀고 나와 구매한 물건들을 차에 옮겨 담고, 카트를 제자리에 돌려놓았다.

그리고 차로 한참을 달렸다. 어느덧 해가 기울고 있었다.

감곡IC를 빠져나와 38번 국도를 탔다. 오른쪽으로 제천시 표지판이 보였다. 제대로 찾아오긴 한 것 같다. 도진은 안심했다.

'멀쩡한 내비게이션 두고 왜 안 써?'

'이보세요, 아가씨. 그대들은 몰라. 이건 남자들의 자존심이라고.'

'하긴, 나는 남자들이 지도 하나 들고 길 찾아가는 거 보면

신기하더라. 멋있고.'

그렇지? 하고 그때의 그는 히죽 웃었더랬다. 사실은 어떤 경우에든 행적을 남기는 것이 싫었을 뿐이다.

비가 쏟아지고 있었다. 쉴 새 없이 와이퍼가 빗물을 밀어내도 시야가 충분히 확보되지 않았다. 창 안쪽으로 끼는 뿌연 성에처럼 대기 중에 안개가 가득했다. 차 안은 눅눅하고 곰팡내가 났다. 모처럼의 휴가를 방해하는 궂은 날씨였지만 싫지는 않았다. 도진은 속도를 늦추며 눈만 치켜뜨며 하늘을 올려다보았다.

'이런 날씨는 공포를 불러일으키기 좋은 날씨인데.'

아쉬운 마음에 히죽 웃다, 무심결에 정면을 응시한 도진의 눈이 경악하며 경직됐다. 그는 자신의 정신을 세로로 찢어 놓는 듯한 충격을 받았다. 동시에 브레이크를 밟았다. 날카로운 파열음이 그의 귀를 찢어놓았다.

콰직!

둔탁한 소리가 앞 유리를 덮쳤다. 브레이크를 밟았음에도 차가 오른쪽으로 크게 돌았다. 빗물에 미끄러진 모양이었다.

몸이 앞뒤로 반동했다. 차가 멈춤과 동시에 머리가 핸들로 가 박혔다. 큰 충격이었다. 하지만 통증은 뒤늦게 느껴졌다. 정신이 입은 충격이 그를 적막한 암흑 속으로 몰아넣었다.

부들부들 떨며 머리를 일으켰다. 하, 하고 크게 숨을 내뱉었다. 순간 청각이 제자리로 돌아온 듯 세상의 소리가 그를 휘감았다.

쏴아아.

빗물이 차를 때리는 소리가 요란했다.

파랗게 질린 입술이 파르르 떨렸다. 앞 유리에 튄 피가 빗줄기와 함께 지금 막 옆으로 밀려나고 있었기 때문이다. 도진은 자신의 이마에도 피가 흐르는 것을 느끼지도 못한 채 서둘러 운전석에서 내렸다. 떨리는 손 때문에 안전벨트를 풀려고 버튼을 네 번이나 연거푸 눌러야 했다.

엄청난 빗줄기는 삽시간에 그를 흠뻑 적셨다. 하지만 그런 것을 신경 쓸 겨를도 없었다. 떨리는 걸음으로 비틀비틀 걸었다. 보닛이 약간 찌그러져 있었다. 그는 순간적으로 주변을 확인했다. 차를 덮친 누군가의 생사는 도진에게 두 번째 문제였다. 일단 보는 사람은 없는 듯했다.

마음을 다지고 각오라도 하듯, 눈을 깊게 감았다가 번쩍 떠올렸다.

"하!"

눈앞에 펼쳐진 기막힌 광경에 웃음이 터졌다. 도진의 차 앞바퀴 밑에서 피를 흘리고 있는 것은 노루였다. 아직 죽지는 않았다. 하지만 죽음의 고통 때문인지 낑낑거리는 기묘한 소리를 내고 있었다. 길게 뻗은 네 개의 다리가 파들거렸다.

도진은 한숨을 내쉬었다. 처음엔 어이가 없어 웃었는데, 얼마나 놀랐는지를 생각하면 분하고, 자신이 한심하게 느껴져서 화가 치밀었다.

"하, 시발……."

헛웃음을 내뱉으며 그는 노루 앞에 무릎을 굽히고 앉았다.

커다란 눈이 그를 애처롭게 응시했다. 노루가 끼잉 하는 소리를 내었다.

"놀랐잖아."

그는 부드럽게 말하며 노루의 머리를 양손으로 잡았다.

"이 시발 새끼야!"

콰직!

단 한번 버둥거려 볼 새도 없이 노루의 목이 반대편으로 꺾였다. 저항 못 할 일격에 노루의 사지가 축 늘어졌다. 도진은 바닥에 침을 퉤 뱉었다. 빗물이 빠르게 침을 씻어 내렸다.

그는 자리에서 일어나 차로 몸을 돌렸다. 얼굴을 내리치는 빗줄기가 그제야 불편하게 느껴진 듯 손을 들어 이마를 훔쳤다. 손바닥에 끈적한 것이 만져졌다. 비단 빗물만이 아니었다. 그는 자신의 손바닥을 내려다보았다. 핏물이 흥건했다.

더듬더듬 자신의 이마를 짚었다. 오른쪽 이마가 찢어졌다는 것을 그제야 알았다. 아랫입술을 질끈 깨물었다. 부아가 가라앉지 않았다. 상처를 비집고 여름의 열기가 침범한 것처럼 머릿속이 홧홧했다.

도진은 가던 걸음을 멈추었다. 어깨를 내리치는 빗줄기도 도진의 화를 삭일 수는 없었다. 발끝에 차이는 돌을 주워 올렸다. 주먹 두 개를 모아 놓은 것쯤 되는 크기였다. 돌을 가볍게 던져

올렸다가 받았다. 이미 숨이 끊어진 노루를 응시하는 도진의 눈길이 싸늘했다. 순간 그의 눈에 살기가 스쳤다. 그대로 바닥을 향해 돌을 내리쬤었다. 노루의 머리가 짓이겨졌다. 사방으로 피가 튀었다. 어차피 빗속에 쓸려 내려갈 터였다. 한층 흉물스러워진 노루의 사체를 보며 도진은 바닥에 침을 뱉었다.

30분을 더 달려 승용차가 멈춘 곳은 제천 의림지 근처의 한 캠핑장이었다. 갈대숲 옆으로 난 길을 지나 달리니, 입구에 서 있는 아름드리나무가 보였다. '이악오토캠핑장'이라고 적힌 나무판이 커다랗게 붙어 있었다. 양쪽으로 늘어선 나무 샛길로 차를 몰고 들어갔다. 비는 어느새 그쳐 있었다. 하지만 여전히 안개는 자욱했다. 뿌연 안개를 밀치고 속도를 줄여 전진하자 관리동 건물이 모습을 드러냈다. 날씨 때문인지, 특유의 적막함 때문인지 기묘하면서 신비한 추위가 느껴졌다.

캠핑장 관리소 옆 주차장에 주차를 하고 내린 도진은 제일 먼저 힘껏 기지개를 켰다. 오랜 운전에 뻐근해진 몸이 삐걱거렸다. 비 온 뒤의 공기는 깨끗했다. 도진은 숨을 크게 들이쉬어 폐를 부풀렸다. 가슴께에 얹혀 있던 짐 하나가 쑥 내려가는 듯했다.

"어떻게 오셨습니까?"

갑자기 들려온 목소리에 도진은 뒤를 돌아보았다. 관리동 건물 뒤에서 남자 하나가 나왔다. 손에 도끼를 들고 있었다.

도진의 시선이 느껴졌는지 단체 손님들 중에 가끔 캠프파이어를 하겠다는 손님들도 있어요, 하고 남자가 말했다. 이곳의 직원인 것 같아 도진은 인사치레 삼아 가볍게 묵례했다.

"오늘 예약한 사람입니다. 김영모."

은밀한 밀회를 위해 직접 준비한 여행이었지만 방갈로는 가명으로 예약되어 있었다. 내연관계라는 구질구질한 굴레에 묶이기 전에 알아서 조심하자는 도진의 의견이었지만, 이제 와 생각해 보니 잘한 일이라는 생각이 들었다. 만약 재희의 이름으로 예약해 뒀다가 시신이 발견되어 조사가 시작되면 이 방갈로를 찾는 것은 그리 오래 걸리지 않을 것이다.

남자는 들고 있던 도끼를 벽에 기대 놓고 관리사무소라는 푯말이 붙은 사무실 문을 열고 들어갔다. 사무실은 좁았다.

문을 열자마자 한 걸음도 채 안 걸리는 거리에 책상이 덩그러니 놓여 있었다. 남자가 검은색 표지의 장부를 꺼내 들고 펼쳤다.

"두 분이 오시기로……."

남자가 말끝을 흐리며 도진의 뒤를 살폈다.

"제가 먼저 도착했습니다. 여기서 만나기로 했거든요."

"아, 네. 잔금이……."

남자가 들고 있던 장부를 뒤적였다.

"예약할 때 일시불로 치렀는데요."

도진이 말했음에도 남자는 끝내 장부를 열어 김영모라는 이름을 찾아냈다. 손가락으로 그 이름을 짚은 뒤, 그 옆에 적혀 있는 예약일, 방문 예정일 위로 손가락 금을 죽 그었다.

그의 손가락이 멈춘 곳에는 '완납'이라는 글자가 적혀 있으리라.

"네, 그렇군요. 그럼 여기 서명 좀."

남자의 장부를 받아 들고 도진은 빠르게 서명했다. 이런 절차가 번거로웠다. 그 기색을 남자는 재빨리 알아차렸다.

"별거 아닌 것 같은 일로도 문제가 생길 때가 있어서요."

도진은 쓰게 웃었다.

"뭐, 그렇겠죠."

"저는 이곳의 관리소장입니다."

그가 악수를 청했다. 도진은 그저 빨리 혼자가 되고 싶은 마음뿐이었다. 건성으로 그 손을 잡았다.

관리소장의 손은 땀으로 눅눅했다. 도진은 바로 손을 뗐다.

"예약하신 방갈로와 주변 시설 안내를 좀 해드리겠습니다. 이리 따라오시죠."

관리소장이 앞장섰다. 안내 따위는 필요 없다고 하려다가 그만두었다. 샤워장 정도는 알아야 했다. 도신은 그의 뒤를 묵묵히 따랐다.

앞선 관리소장이 더운 모양인지 손부채질을 신나게 했다. 그러고는 자연스럽게 손바닥으로 겨드랑이에 맺힌 땀을 훑어냈다. 도진은 조금 전 그와 악수한 자신의 손을 내려다보았다. 살인의 충동이 일었다.


"여기는 야외 수영장입니다. 땅을 직접 파고 만든 곳이지요."

본인이 직접 만든 것인지 관리소장의 말투는 의기양양했다.

"날씨가 좀 흐립니다만, 괜찮으시면 사용하셔도 됩니다."

껄껄 웃는 그의 누런 이에 고춧가루가 끼어 있었다. 도진은 수영장에 그를 처박아 넣고 싶은 욕구를 간신히 참았다.

"안에 기구들 사용법은 설명 안 드려도 되겠습니까?"

도진이 예약한 방갈로 앞에서 관리소장이 열쇠를 내밀었다.

"괜찮습니다."

도진은 남자에게서 열쇠를 거의 빼앗듯 받아 들었다. 이미 방갈로 뒤편의 산딸기 체험장부터 산책로 구석구석까지 끌려다니며 안내를 받은 뒤였다. 방갈로 내부까지 설명을 받겠다고 하면 가스레인지 켜는 법부터 냉장고 여는 법까지 초등학생 가르치듯 하려 들 것 같았다. 하루 종일 혼자 있는 사람들은 왜 다 이 모양일까? 택시 기사만큼이나 이 한적한 곳의 관리소장이라는 작자는 도진과 많은 대화를 나누고 싶어 했다.

이 나라의 여당은 어떻고 야당은 어떻고 하는 것이 도진에게는 뜬구름 잡는 것만큼이나 쓸데없는 이야기로 들렸다.

관리소장은 아쉬운 듯 쩝 입맛을 다셨다.

"그럼 저는 이만."

이제 끝이군.

도진은 가볍게 묵례했다.

"아!"

관리소장이 돌아서다 말고 걸음을 멈췄다. 일순 도진의 인상이 구겨졌다. 강제로 입술 끝을 끌어올려 미소 지었다. 간신히 이마의 주름을 지웠다.

"또 무슨?"

"퇴실하실 때는 사용한 침구류는 그대로 두셔도 되는데, 그릇은 설거지까지 해서 정리해 주셔야 합니다."

"그러죠."

도진의 시원한 대답이 마음에 들었는지 그제야 관리소장이 몸을 돌렸다.

관리실 쪽으로 걸어가는 그의 모습이 완전히 사라질 때까지 참을성 있게 기다렸다. 이윽고 관리실로 들어가자 도진의 입술이 가볍게 씰룩였다.

"시발놈."

도진은 방갈로의 문을 열었다.

안으로 들어서기 무섭게 문을 쾅, 닫아버렸다.


4


방갈로 내부는 단출했지만 생각보다 깔끔했다. 바깥에서 보면 이동식 주택 그대로의 모습이지만 안에는 원목 느낌이 나는 문양으로 도배가 되어 있어서 아늑했다. 창은 마당 쪽으로 커다랗게 나 있었고, 방충망이 달려 있어 밤에도 창문을 열어 놓을 수 있을 것 같았다.

도진은 들고 있던 가방을 문 옆에 내려놓고 뒷짐을 진 채로 천천히 방 안을 걸었다. 제일 오른쪽으로 침대가 하나 있었다. 이불이 잘 개켜진 채 베개와 함께 포개진 상태였다.

도진은 이불을 엄지와 검지 끝으로 끄트머리만 집어 올렸다.

"빨간색 꽃무늬."

관리소장의 얼굴을 떠올리며 그의 악취미에 고개를 저었다. 허리를 숙여 이불의 냄새를 맡았다. 자연히 인상이 찌푸려졌다.

어디선가 비린내가 났다. 방갈로에 처음 들어올 때부터 얼핏 맡은 냄새였다. 비가 내내 쏟아지는 날씨에 환기가 잘 이루어지지 않아 그런 것 같았다.

침대 반대편 벽에는 작지만 쓸 만한 싱크대가 있었다. 며칠 지내는 동안 이 안에서 관리소장의 방해 없이 지낼 수 있다는 생각에 도진은 안도했다. 싱크대 쪽으로 다가가 아래쪽 수납장을 열려고 손잡이를 잡았다가 놓았다.

조리할 수 있는 도구가 얼마나 있는지 확인해 보려고 했는데 땀에 잔뜩 젖어 있는 몸이 신경 쓰였다. 마치 자신이 한여름 축 늘어진 개 혓바닥보다 못한 기분이 들었다. 그런 생각이 들자 당장 씻지 않으면 정신이 이상해질 것 같았다. 서둘러 가방을 뒤져 새로 사온 세면도구를 꺼냈다.

"샤워장이 관리실 옆이었지."

제발 관리소장과 마주치지 않기를 바라며 도진은 방갈로의 문을 열었다.

젖은 머리를 수건으로 툭툭 털며 다시 방갈로로 돌아왔다.

예의 그 독특한 비린내가 도진을 맞았다. 시선이 재빨리 창 쪽으로 향했다. 방충망만 닫혀 있을 뿐 창은 열려 있었다. 밖에서 들어온 냄새인가 싶었다.

"저수지 근처라 그런가."

머리의 물기를 마저 털며, 침대의 끄트머리에 엉덩이를 걸치고 앉았다.

이곳은, 어둠도 정적도 도시보다 빨리 찾아온다. 뭔지 모를 벌레 소리만 빼면 완벽한 정적이 도진을 감쌌다.

손을 뻗어 가방을 잡아당겼다. 안에는 오는 길에 미리 준비해 온 통조림이며 식사 대용 레토르트와 밀키트로 가득했다. 고르듯 물건들 위를 배회하던 도진의 손이 이내 맥주 한 캔을 꺼냈다. 식욕도, 식사를 준비할 의욕도 없다.

검지를 걸어 맥주를 땄다. 치익, 하는 소리가 경쾌했다. 거품이 몽글, 넘치다 들어갔다. 서슴없이 몇 모금을 쉬지 않고 들이켰다. 시원하고 따가운 것이 식도를 훑고 지나갔다.

후, 한숨을 뱉었다. 문득, "내가 여기서 뭘 하는 거지".

그는 기가 막혀 웃었다. 살인자 주제에 망중한이라니.

지금쯤 시신이 발견됐을 수도 있고, 그 때문에 서가 발칵 뒤집혔을 수도 있다. 천에 하나 만에 하나, 멍청하고 병신 같은 실수를 그때 저질러서 용의자로 지목되어 지금쯤 수배령이 떨어졌을지도 모를 일이다. 그런 상황에서 이 무슨 현실감 없는 짓거리란 말인가.

지금껏 그가 수갑 채워 형무소에 집어 던져 넣은 지능범들도 어이없이 흘린 단서 하나에 꼬리를 밟혀 잡히지 않았던가.

그런 생각을 하니 갑자기 오싹해졌다. 그것은 마치 다이너마이트의 도화선 끝을 가스레인지 위에 올려놓은 것과 비슷한 것이었다. 한번 손을 움직이는 것으로 충분했다. 가스레인지를 탁, 켜는 작은 행동 하나가 불을 일으켜 도화선을 타고 오르면 터지는 건 순간이다.

도진은 리모컨을 찾아 들었다. 빨간색 버튼을 누르자 삑, 단조로운 소리와 함께 화면이 밝아졌다. 맥주를 한 모금 더 들이키며 화면을 응시했다.

낡은 TV인지라 화질은 그리 좋지 않았지만 보기에는 문제가 없었다. 강산의 아름다움을 지키는 것이 내 아름다운 자손을 지키는 일이라고 말하는 공익광고가 나오고 있었다. 도진은 시간을 확인했다. 마침 9시 뉴스가 나올 때다. 역시나 예상했던 대로 공익광고가 끝나고 뉴스가 시작됐다.

생각보다 뉴스는 별 내용이 없었다. 가계 부채가 역대 최악으로 치달아 서민 경제가 크게 우려된다거나, 시민이 버스 기사를 폭행해 아찔했다는 등의, 도진에게는 별 시답잖은 뉴스뿐이었다. 사람이 죽어 나가고, 그 살인자가 경찰인 데다, 하물며 이렇게 버젓이 휴가를 즐기고 있는 와중에도 세상은 오늘도 돈과 물욕에 차가운 정열을 쏟아붓고 있었다.

참을성 있게 뉴스를 마지막까지 봤지만 그녀의 시신을 발견했다는 소식은 어디에도 없었다. 발견되지 않았다는 것이다.

발견되고도 뉴스가 되지 않았을 수도 있다고는 생각조차 하지 않았다.

그런 시신이 뉴스가 되지 않는다면 오히려 자존심이 상할 것 같다, 고 도진은 생각했다. 문득 선우신에게 전화를 걸어볼까 고민했다. 하지만 곧 미련 없이 그만두었다. 괜한 분란을 일으킬 필요는 없다. 그는 손에 들었던 휴대폰을 침대 옆 보조 테이블에 던져 놓았다.

"죽겠군."

그는 긴 하품과 함께 침대에 벌렁 드러누웠다. 샤워를 해서인지 몸이 노곤했다. 그는 눈을 감았다. 감은 두 눈 위로 재희가 소멸하던 순간을 떠올렸다. 괴로움에 경직된 팔, 공포에 질린 두 눈, 하지만 곧 도진의 머릿속에서 잡념은 사라졌다.

짧은 밤이 조용히 그를 깊은 어둠으로 잠식시켰다.

여전히 어디선가 비린내가 풍겼다.


비린내의 정체는 다음 날 밝혀졌다.

도진은 싱크대 하부장의 문을 열고 멍하니 그 안을 들여다보고 있었다. 어제 사 왔던 식료품을 정리하려던 참이었다.

가방 안에 짐을 가득 넣어 둔 채 정리하지 않고 쓰려니 물건 찾기가 불편했기 때문이다.

비가 그쳐서인지 컨디션이 좋았다. 이나마도 여행이라고, 평소 느껴지던 기진함도 없었다. 도진은 가방을 열어 옥수수통조림 한 캔을 집어 들었다. 탄수화물과 열량을 확인했다. 공중에 던지고 되받았다. 어느새 자기도 모르게 콧노래를 흥얼거리고 있었다. 그는 즐거운 기분에 싱크대 하부장의 문을 활짝 열었다. 그와 동시에 미소 짓던 입술과 반짝이던 눈과 흔들거리던 몸이 굳었다. 그가 놓쳐 버린 통조림이 바닥으로 굴렀다.

도진은 그것을 한참이나 보았다.

비가 그친 아침은 어느 날보다 청명한 햇살이 쏟아져 방갈로 안을 비췄다. 그리고 그 햇살의 끝에 싱크대 하부장에 버려진, 쓰레기처럼 구겨져 박힌 사람의 시신이 있었다.

비린내의 정체였다. 얼굴이 반대편 벽 쪽으로 박혀 있어 보이진 않았지만, 양복을 입은 차림새나 등판만 봐도 풍채 좋은 남자였다.

"결국 나는 시체와 밤을 보냈다는 거군."

도진은 신경이 발바닥 끝에서부터 머리 꼭대기까지 바짝 서는 것을 느꼈다. 살갗에 소름이 돋았다. 시신을 발견한 사람의 정상적인 공포나 두려움 때문만은 아니었다. 그것은 짜릿함이었다.

시신은 팔이 기형적으로 뒤로 꺾여 있었고, 손가락 마디마디가 정상적이지 않은 방향을 향해 있었다. 두 다리는 서로 대칭을 이루며 하늘로 뻗었다. 그 위로 반짝이는 햇살이 쏟아지고 있었다. 그것은, 기묘한 아름다움이었다. 경이로운 광경이었다. 적어도 도진에게는 그러했다.

묘한 질투마저 들었다. 살인을 했다는 입장만 같을 뿐, 자신은 그저 강함만을 '그것'에 표출한 것에 지나지 않았다. 하지만 저런 방법도 있었다. 보는 사람으로 하여금 찬사를 금치 못하게 하는…… 저것은 차라리 예술이었다. 도진을 더 자극한 사실은 이 예술품의 작가가 첫 살인을 한 것이라고 느껴졌기 때문이다. 시신은 머리가 깨져 있고, 등과 목에만도 수십 군데의 상처와 타박상이 있었다. 수사를 할 때도 이런 경우는 원한 때문이라고 보는데, 이 당시의 그 사람은 거의 패닉 상태라고 보면 된다. 그럼에도 아름다운 예술품을 만들었다는 것은 그 사람의 본능이라는 이야기였다.

도진은 자세 그대로 한참이나 '그것'을 감상했다. 이 사람이 누구고 어쩌다 이런 꼴을 당했는지는 조금도 궁금하지 않았다. 다만 이런 '작품'의 작가가 궁금했다. 이런 죽음을 맞게 해주어 '이것'은 '그분'에게 감사해야 한다는 생각마저 들었다.

그때 스친 찰나의 생각에 도진의 입꼬리가 야비한 미소를 지었다. 그는 신이 난 표정으로 손가락을 퉁겼다. 딱, 소리가 조용한 방을 두드렸다. 섬광처럼 머릿속을 스쳐간 생각이 너무나 반가웠다.

침대에 던져 둔 휴대폰을 쥐었다. 그러고는 흥얼거리며 선우신에게로 연결되는 단축번호에 손가락을 올렸다. 바로 선우신에게 전화해 사태를 알릴 생각이었다. 그리고 이 사건은 자신이 직접 맡을 것이다. 괜히 112에 신고했다가는 구역이 구역이니 만큼 이곳 경찰이 담당하게 될 것이다. 하지만 그렇게는 하지 않을 것이다.

바로 이 손으로 잡아넣을 작정이었다. 이런 멋진 예술품으로 자존심에 금이 가게 한 사람, 너무 부러워 죽이고 싶은 사람. 지금 느껴지는 이 굴욕감과 동경을 준 그 예술가를 자신의 손으로 잡고 싶었다.

이것은 게임. 하늘이 그에게 걸어 온 게임이었다.

온몸에 아드레날린이 용솟음쳤다.

'아니.'

도진은 흠칫하며 단축번호에서 손을 뗐다. 그리고 황급히 휴대폰을 닫았다. 쉽게 생각할 일이 아니었다. 살인사건의 첫 발견자를 가장 먼저 의심하라는 것은 추리소설을 써대는 얼치기들이 말하는 허무맹랑한 이야기만은 아니었다. 분명 그는 자신의 입으로 이 불행한 시신을 어떻게 발견하였으며, 사망 추정 시각에 무얼 했는지 진술해야 할 터였다.

물론 이 시신과 본인은 아무런 관련도, 접점도 없으니 얼마

든지 말해 줄 수 있었다.

맹세할 수 있다. 자신은 이 남자를 살해하지 않았다.

그러나…….

그는 이미 살인범이었다.

애먼 일에 발목 잡혀 진술하는 동안 진짜 자신의 손으로 목숨을 앗은 재희의 시신이 발견된다면……. 생각만으로 아찔했다. 낭패였다.

도진은 침대에 털썩 주저앉았다. 그 자세 그대로 정면을 노려보았다. 시선 끝에 구겨진 시신이 걸려 있었다. 그의 표정은 혼란스러웠다.

저 예술품은 세상에 나오는 즉시 대중들의 눈을 사로잡고 경이로운 공포로 사람들을 몰아넣을 것이다. 상상만으로도 즐거운 일이었다. 예술가를 만나게 되길 하루하루 고대하며 사람들은 TV 앞으로 몰려들게 뻔했다.

하지만, 그는 결정할 수밖에 없었다.

자신의 처지 때문에라도 저 예술품은 세상 밖으로 나오면 안 된다. 그가 직접 자신의 손으로 예술품을 처리해야 했다.


5


"현도진 불러들여."

강력1팀의 문을 거칠게 밀고 들어온 장주호의 표정이 예사롭지 않았다. 어제 하루 종일 서장실만 들락거리더니, 드디어 결정을 내린 듯이 아침이 되기 무섭게 팀원들을 소집시켰다. 서장이 장주호를 찾을 때부터 어느 정도 비상 상황이 있을 거라고 각오는 했었다. 분명 장주호도 그 정도 생각은 하고 있었을 것이다. 하지만 서장실에 올라가기 전 장주호는 휴가를 간 도진은 열외라고 했다. 그런데 지금은 도진을 불러들이라 하고 있었다. 그 정도로 큰일인가. 선우신은 걱정스러운 얼굴로 장주호를 보았다.

"무슨 일입니까?"

"야, 이 시발놈아!"

선우신이 묻는 말은 귓등으로 흘리고 장주호가 버럭 소리를 질렀다. 출입문을 열고 나가려던 양 형사의 어깨가 흠칫했다. 그는 얼음땡 놀이를 하듯 얼어붙어 있었다.

"너 내가 비상 대기 하라는 말, 어따 갖다 씹어 처먹고 기어 나가냐, 어?"

양 형사가 천천히 돌아섰다. 92킬로그램 거구의 몸이 쪼그라드는 것을 누가 봐도 알 수 있었다.

"윤경대 사건 아직 안 끝났잖습니까. 윤경대를 본 것 같다는 제보가 있어서 그 지역 CCTV 받기로 했습니다."

"이 시간 부로 우리 강력1팀은 서장님 지휘하 특별 사건에 전원 투입된다. 지금 깔고 앉아 뭉개는 윤경대 사건은 강력2팀으로 이관한다. 알겠나?"

"팀장님!"

선우신이 벌떡 일어섰다. 윤경대 사건은 이제 시간문제였다. 이번에 들어온 제보는 신빙성이 있었다. 인상착의도 비슷하고 발견된 지역도 그의 고향 근처다. CCTV로 확인만 되면 인근 관할서와 공조하여 검문을 할 예정이었다.

다 된 밥을 옆집 주라는 이야기다.

선우신이 어떤 항의를 할지 이미 알고 있다는 듯 장주호가 손짓을 했다.

"인사고과는 나중에 쌓아라. 형사의 일은 밝히는 것이지 포인트 쌓는 게 아냐."

순식간에 한탄과 한숨이 강력1팀을 울렸다. 선우신도 이미 결정된 사안을 바꿀 수 없다는 것을 예감하고는 힘없이 자리에 앉았다. 양 형사도 자리로 돌아와 털썩 주저앉았다.

"대체 집에 들어간 지가 언제인지 기억도 안 납니다. 저희는 인권도 없답니까?"

장주호의 매서운 눈이 양 형사에게 향했다.

"나는 엿새째다."

"이러다 1팀 형사들 몸에서 나온 사리로 우리 다 익사하겠습니다."

킥킥거리는 소리가 간헐적으로 들려왔다.

"걱정 마라. 니들이 죽으면 신문에 이름 석 자는 안 박혀도 마누라 통장에 연금은 박힐 거다."

"무슨 일입니까, 대체?"

선우신이 물었다. 장주호가 시선을 내리깔고 선우신을 보았다. 잠시 뜸을 들였다가 입을 열었다.

"실종사건이다."

"서장님이 특별 지시할 정도의 인물이니 뭐, 고양이가 실종된 건 아닐 거고. 누굽니까? 설마 서장님 사모님은 아니겠죠? 또 서장님 발등에 불 떨어진 겁니까?"

비아냥대는 양 형사의 말에 여기저기서 웃음이 터졌다. 서장의 운전기사와 바람이 난 서장 사모가 일탈을 꿈꾸다 서장이 직접 조직한 특별 수사팀에 의해 잡혀 온 것은 꽤나 유명한 일화였다.

모두 웃고 있음에도 장주호의 얼굴엔 표정 변화가 없었다.

웃음이 하나둘 가라앉기를 기다렸다가 입을 여는 그의 표정은 비장했다. 그것을 느낀 선우신의 얼굴에서도 미소가 지워져 갔다.

"새나라당 김태손 총재."

현 정부를 쥐락펴락하는 정치권의 실세.

강력1팀의 발등에 불이 떨어졌다.

# 추적

## 1

도진은 홀딱 벗은 채 시신의 앞에 버티고 섰다. 갈라진 복부의 근육은 알맞게 균형 잡혀 있었다. 스스로도 흡족한 육체였다. 거뭇한 가랑이 털 사이로 두툼한 성기가 힘 있게 덜렁거렸다. 온몸이 흥분과 땀으로 흠뻑 젖어 있었다.

'누가 보면 오해하기 딱 좋군.'

적어도 부패하고 있는 시신 앞에서 홀딱 벗은 채 자위할 만큼 미친놈은 아니다.

비가 온 뒤라 습한 날씨에 창문까지 닫은 방은 상상을 초월할 만큼 후덥지근했다. 도진은 이마에 흐르는 땀을 닦았다.

관리소장이 있을지도 모르니 아무리 더워도 문을 열어 놓을 수가 없었다.

그때 누군가 방갈로의 문을 두드렸다. 도진은 바짝 긴장했다. 실례합니다, 하는 목소리가 들려왔다. 관리소장이었다.

황급히 수건을 찾아 허리춤에 둘렀다. 문을 빠끔히 열고 얼굴을 내밀었다. 다행히 아직 싱크대에서 시신을 꺼내지는 않았지만, 경계하지 않고 문을 열었다가는 관리소장이 친한 척하며 안으로 들어올 수도 있는 일이었다. 아직 부패가 크게 진행된 것은 아닌지라 바깥에서는 냄새를 느끼지 못할 수도 있지만, 안에 들어온다면 문제가 달라진다.

살짝 열린 문틈 사이로 관리소장이 얼굴을 들이밀었다. 도진이 나체로 수건만 두른 것을 보고는 문을 빠끔히 연 이유를 알겠다는 듯 히죽 웃었다.

"무슨 일이신지?"

"아, 다른 게 아니라 제가 시내 좀 나갔다 와야 할 것 같아서요."

"어디 가세요?"

"단체 손님들이 캠프파이어를 예약하셔서 자재를 사와야 하거든요. 어제 온다고 선금 내고 잡아 놓더니 무슨 일 생겼다고 오늘 들어온다며 자재 부탁까지 하네요. 음, 한 시간 정도, 아니 두 시간 정도요."

이곳은 관리소장 혼자 관리를 하고 있는 곳이다. 캠핑객이 관리소장을 찾을지도 모르기 때문에 함부로 자리를 비울 수는 없을 것이다. 좋은 기회, 라고 도진은 생각했다. 순간 머릿속에 처음 관리소장을 보았을 때 그가 들고 있었던 도끼를 떠올렸다. 싱크대에는 과도를 비롯해 몇 가지의 칼이 캠핑객을 위해 준비되어 있었다. 하지만 생선을 다듬는 거면 몰라도 시체를 썰기에 식칼은 적합지 않았다. 톱 같은 것이 있었으면 좋았을 걸, 하고 고민하던 중이었다.

'톱 좀 빌려주세요. 시체를 썰어야 하거든요' 하고 부탁할 수는 없는 일이다. 곤란해하고 있던 와중에 천금 같은 소식이다. 도진은 미소를 지으며 걱정 말라고 말했다. 관리소장은 안심한 듯 흡족해하며 차에 올라탔다. 문을 닫고 방으로 들어와 방갈로에 있는 창을 통해 관리소장의 차가 완전히 떠나는 것을 지켜보았다.

관리소장의 차가 보이지 않게 된 이후에도 몇 분간 도진은 숨을 죽이고 기다렸다. 다시 돌아오지 않을 거라는 확신이 들자 빠르게 관리동을 향해 갔다. 도끼는 쉽게 보이지 않았다. 벽에 기대어 놓는 것을 보았는데 역시 치운 모양이다. 다행히 관리동 뒤편 창고에서 도끼를 찾을 수 있었다.

도진은 시간을 확인했다. 관리소장은 두 시간 정도 걸릴 거라고 했다. 하지만 더 이르게 돌아올지도 모르는 일이다. 최소한 시간 안에 일을 끝내야 한다고 다짐하며 방갈로로 돌아갔다.

시체 처리를 욕실에서 할까 생각도 했다. 하지만 사람 일은 알 수가 없다. 이곳은 방갈로 안에 개인적으로 사용할 수 있는 욕실이 없다. 공동 샤워장뿐이다. 공동 샤워장은 갑자기 누군가 들어올 위험성이 있다.

관리소장만 봐도 그렇다. 이곳이 도진의 방이니 노크를 한 것이지 공동 샤워장이라면 일정을 취소하고 돌아왔다가 문을 벌컥 열 수도 있었다. 확률이 높지 않더라도 위험은 피하는 것이 좋다.

방갈로로 들어가자마자 문을 닫은 뒤 상체를 숙이고 하부장으로 손을 뻗었다. 시체의 뒷덜미를 잡아당겼다. 시체의 피부에서 이 세상의 것과는 뭔가 다른 온도가 느껴졌다. 덜컹, 움직이긴 했지만 워낙에 싱크대 안에 꼭 끼어 있는 덩치인지라 쉽게 빠져나오지 않았다. 힘을 주어 홱 낚아챘다. 내던지는 스냅에 시신이 바닥에 널브러졌다. 둔탁한 소리가 났다.

생겨 먹은 팔자가 얼굴을 드러내지 못할 팔자인지, 간신히 싱크대에서 꺼내진 시체는 불쌍하게도 얼굴을 바닥에 박고 있었다. 어찌 보면 차라리 다행이었다. 그간 숱한 살인 현장에서도 가급적 시신과 눈을 마주치지 않으려 해왔다. 눈을 마주치면 정신이 흐트러져 버리고 만다.

재희의 죽음에 뒷맛이 깔끔하지 못한 것은 어쩌면 그래서인지도 몰랐다.

도진은 바닥에 쪼그리고 앉았다. 일단 고기를 자르는 용도의 가위로 손가락 하나하나를 끊어 냈다. 부패가 시작된 시신은 그다지 힘들이지 않아도 되었다. 아직 뼈가 단단한 것이 있을 때는 가져온 도끼로 톡톡 쳐냈다. 손가락 하나가 잘려 나갈 때마다 도진은 감탄과 찬사를 쏟았다.

어쩌면 이리도 꼼꼼하게 마디마디를 모조리 꺾어 놓았을까.

방갈로에는 한참 동안이나 뼈가 잘리는 쩔꺽 소리만이 가득했다. 이내 손가락을 잃은 손바닥만이 덩그러니 남았다. 도진은 잘려진 손가락을 밟지 않도록 한데에 모아 놓았다. 그제야후, 숨을 몰아쉬었다. 이렇게까지 극도로 집중한 것은 오래간만이다.

다음은 다리였다. 큰 부위를 해결하면 그 뒤는 좀 수월하다. 칼을 한쪽 다리에 대고 힘을 주어 밀었다가 당겼다. 도끼로 몇 번 찍어 내면 그만이긴 하지만 그건 좀 무식한 방법 같아 즐기지는 않았다. 도끼로 쳐내면 살점이 지저분하게 여기저기로 튀기 때문에 선호하지 않는다. 칼을 이용해 살을 갈라놓고 뼈 부분만 도끼로 탁, 쳐내면 깔끔하게 떨어진다.

서걱, 서걱.

도진의 표정에 못마땅한 기색이 스쳤다. 칼도 칼이지만 쪼그리고 앉은 자세 때문에 칼에 제대로 된 힘을 주기가 어려웠다. 이렇게 하다가는 하루 종일이 걸려도 모자랄 것 같았다. 도진은 아예 철퍼덕 앉아버렸다. 홀딱 벗은 것도 이런 일을 대비해서였다. 옷에 혈흔이 남아 있어서는 안 되었다. 이 작업의 핵심은 어떤 식으로든 자신에게까지 연결되는 끈이 단 하나도 없어야 한다는 것이다.

도진은 한쪽 다리를 시신의 등판에 덜렁 올려, 움직이지 못하도록 지지하고 힘을 주어 다시 다리를 자르기 시작했다.

'One summer day, You must……'

갑자기 들려온 휴대폰 벨 소리는 도진의 인상을 찌푸리게 했다. 상황과 맞지 않는 클래식한 벨 소리가 싫어서는 아니었다. 집중력이 흐트러진 게 싫어서였다. 하지만 순순히 칼을 내려놓았다. 맨 몸뚱이로 휴대폰을 놓아 둔 탁자까지 걸었다.

선우신의 지정 벨 소리였다.

재희가 발견된 걸 수도 있다. 긴장이 등을 타고 흘렀다.

"왜?"

일부러 심드렁한 목소리를 냈다. 기다리고 있었던 티를 내면 안 된다. 도진은 어슬렁 걸어 시체 앞에 가 앉았다. 손가락 하나가 덩그러니 무리와 떨어져 있었다. 전화를 받으러 일어나다 자신도 모르게 걷어찬 모양이다. 도진은 손가락 조각을 발로 밀어 한데 모았다.

— 팀장님 호출이에요, 선배.

도진은 마른침을 삼켰다.

"호출?"

되물으며 다시 칼을 집어 들었다. 아무리 재희가 발견되어 호출되는 것이더라도 이 일은 처리해야 했다. 아니, 그녀가 발견된 것일수록 이 일은 완벽히 처리해야 한다. 완벽히 처리하지 못할 것이었으면 애초에 손을 대지도 말았어야 했다.

'옷을 벗겨서 자르는 게 낫겠군.'

작업에 대한 생각을 하는 사이 전화기 너머로 선우신의 대답이 이어졌다.

— 네. 그러니까 빨리 올라오세요.

"열외라고 휴가 줄 때는 언제고."

관심 없는 척 무덤덤하게 대답했지만 서장실에서 장주호를 찾을 때부터 어느 정도 비상 상황이 있을 거라고는 예감했었다. 하지만 장주호 역시 그 정도 생각을 했으면서도 도진을 열외시켜 준 것이었다. 그런데 갑자기 도진을 불러들이라고 지시했다니. 어느 정도로 큰일이기에 그러는 것인지 감이 잡히지 않았다.

— 실종사건이에요.

선우신의 대답에 허, 하고 웃음을 뱉었다.

"설마 지금 나더러 휴가 취소하고 올라와서 실종 전단지나 붙이고 다니라는 말은 아니지?"

한 달에도 수십 번씩 벌어지는 것이 실종사건이다. 네 살 먹은 아이도, 모범생 고등학생도, 일 잘 다니던 아가씨도, 마실 갔던 80대 할머니도, 원래 세상에 존재하지 않았던 것처럼 감쪽같이 사라지는 세상이다. 실종자의 가족에게는 하늘이 무너질 큰일이지만 담장 밖을 넘어서 남의 일이 되면 매일같이 벌어지는 흔하디흔한 일이다. 이것이 바로 '다 함께 사는 사회'의 진실이다.

한마디로 '휴가 온 형사'의 입장에서는 '고작 그 정도의 일'
인 것이다.

장난스럽게 말했지만 전화기 너머에서는 선우신의 웃음기
가 느껴지지 않았다. 심상찮음을 느낀 도진의 얼굴에서도 미소
가 지워져 갔다. 잠깐의 틈을 두었다가, 선우신이 무거운 어조
로 대답했다.

— 상대가 워낙 거물이라…….

손이 우뚝 멈췄다. 재희가 발견된 게 아니었다. 다행이기도,
다행이 아니기도 했다.

"거물? 누군데?"

통화를 이어가며 시신의 바지를 당겼다. 바지를 벗겨야 분리
에 수월했다. 하지만 여의치 않았다. 버클을 풀지 않으면 어려
울 것 같다. 그는 한 손으로 시신을 돌려 눕히려 당겼다.

— 새나라당 김태손 총재.

"흐응, 그렇군."

시신이 뒤집어졌다. 그리고 순간 정신이 나갈 만큼 아찔해졌
다. 시신의 양복 깃에 반짝거리는 배지가 그의 신경을 긁어 내
렸다. 국회의원 배지였다. 처음 든 생각은 '설마'였다.

전화기 너머에서 선우신이 계속 말을 잇고 있었지만 도진의
귀에는 들리지 않았다. 그는 무언가에 홀린 듯 대답했다.

"알았어. 지금은 좀 먼 곳에 와 있으니까 내일 출근하지."

— 하지만 선배, 팀장님이…….

"내일 간다고. 이 시발놈아!"

욕설을 퍼붓고는 전화를 거칠게 끊었다. 미친 것처럼 시신에 와락 달려들었다. 신분증이라도 있을까 싶어서였다. 당연하게도, 아무것도 없었다.

'One summer day, You must……'

몇 번이나 되풀이 되던, 〈One summer day〉가 끝난 틈을 타, 도진은 휴대폰을 거머쥐고 허겁지겁 인터넷에 접속했다.

김태손의 이름을 입력하자 두 명이 검색되었다. 하나는 중국계 기업인이었다. 이 사람은 당연히 아니다.

정치인 김태손이라는 항목을 클릭했다. 반명함판 사진을 볼 수 있었다. 45도 각도로 틀고 앉아 정면의 카메라를 응시한 작위적인 포즈였다. 포마드라도 바른 것처럼 반들거리는 것으로 머리를 착, 붙이고 앉은 남자의 혈색과 주검의 푸르뎅뎅한 피부가 다른 것만 제외하고는 모든 것이 같았다.

손에서 휴대폰이 미끄러져 내렸다. 탁 소리와 함께 바닥에 부딪힌 휴대폰이 배터리가 분리되어 나뒹굴었다.

도진은 힘없이 주저앉았다.

"시발……."

잘못 걸렸다.


무슨 정신에 '작업'을 마무리했는지 알 수가 없다. 예술품은 어느새 방갈로에서 말끔히 사라진 뒤였다. 파손된 예술품은 아무엇도 아니다. 생명을 잃은 육체 역시 더 이상 사람이 아니다. 아무것도 아닌 물체처럼 도진은 그것을 소멸시켰다. 처음부터 이곳엔 존재조차 하지 않았던 것처럼.

작업은 완벽했다.

도진은 침대에 걸터앉아 숨을 몰아쉬었다. 손목을 들어 시간을 확인했다. 오후 2시 30분. 선우신에게는 내일부터 출근하는 걸로 이야기해 두었다. 서울로 출발하기까지 시간적 여유는 충분했다. 그 여유 시간 동안 도진은 결정해야 했다.

시신을 송파경찰서에서 발견한다고 해도 제천경찰서 관할일 것이다. 그러니 자신에게까지 선이 닿을 리는 없다.

하지만 그것이 정치인 김태손의 시신일 경우엔 이야기가 달라진다. 사건은 송파경찰서가 가져간다. 그렇다면 앞으로 어떤 콘셉트를 연기해야 하는가. 결정은 어렵지 않았다. 실종자를 찾아 헤매는 열혈 형사 역할을 해내면 되는 일이다. 범죄의 가능성을 열어 두고 밤이고 낮이고 사라진 국회의원의 행방을 찾는다. 이미 '분리'되어 썩어가고 있는 '소멸'된 예술품 생각은 접어 두고.

그러다 재희가 발견되면, 그때는 살인범을 쫓는 형사의 역할을 하나 더 추가시키면 되는 일이다.

도진은 침대에서 일어나 냉장고 문을 열었다. 미리 냉장실에 넣어 둔 비타민 워터는 만지기만 해도 갈증을 식힐 만큼 차가웠다. 뚜껑을 따고 꿀꺽꿀꺽 두 모금을 삼켰다. 배 속 끝까지 차가운 기운이 훑고 내려갔다.

홀린 듯 짐을 챙기기 시작했다. 방갈로는 나흘간 쓰기로 예약되어 있었다. 잔금까지 완불했다. 환불될 리도 없지만 요청 자체를 하지 않겠다고 생각했다. 관리소장과 말을 길게 할 생각만 해도 머리가 아팠다. 무엇보다 관리소장의 뇌리에 인상이 깊이 남아 봐야 좋을 일이 없었다.

'관리소장?'

부지런히 짐을 챙기던 도진의 손이 멈추었다. 서늘한 기운이 등줄기를 타고 내려갔다. 심장이 거세게 뛰었다. 애써 진정시켰다. 차분하게 생각해야 했다.

도진은 방 안을 둘러보았다. 이곳은 휴양지의 방갈로다. 누구든 빌릴 수 있고 누구든 묵어 갈 수 있다. 그래서 단순히 도진이 오기 이전에 머물렀던 누군가의 작품이라고만 생각했다.

하지만 그 생각은 오류였다. 이 방에 들어올 수 있는 것은 '지나가는 과객'만이 아니었다.

"관리소장."

도진은 음절 하나하나에 힘을 주어 말했다.

방갈로를 사용하고 나가면 바로 다음 여행객이 사용할 수 있는 것이 아니다. 다음 사람을 위해 이곳을 청소해야만 한다. 그 일을 할 사람은 하나뿐이다.

이곳에 온 이후 관리소장 이외에 다른 직원은 보이지 않았다. 행여 보지 못한 직원이 있다 하더라도 24시간 이곳에 붙어 있는 관리소장이 이 일을 모를 수가 없다.

답은 둘 중 하나다. 관리소장이 눈을 감아줬거나, 혹은…….

'관리소장 본인이 범인이거나.'

도진은 경계심 가득한 눈으로 문을 노려보았다. 그 문 너머로 관리소장이 보이기라도 하는 것처럼.


## 2


관리소장 이충수는 시내에 다녀온 뒤, 연못가에 서서 붕어에게 사료를 던져주고 있었다. 그의 손이 휙 허공을 가르자 붕어들이 입을 쩍 벌리며 떠들썩하게 모여들었다.

"식사하셨습니까?"

도진의 목소리에 이충수가 뒤돌아보았다.

"여기 하루 종일 박혀 있으면 말입니다, 배가 고플 때가 바로 식사 시간이죠. 대신 이 녀석들은 시간을 맞춰줘야 해요. 그게 제 일이니까요. 저보다 나은 녀석들이죠."

씩 웃는 이충수의 미소를 도진은 읽어내려 애썼다. 그 뒤에 감춰진 것을 찾아내려는 듯.

"여쭤볼 게 있어서요."

어렵게 말을 꺼내는 시늉을 하며 도진은 미끼를 던졌다.

"불편하신 거라도?"

"방갈로 말입니다, 제가 사용하는 방. 이전 사람이 사용한 뒤에 청소가 된 겁니까?"

이충수의 얼굴에 당황하는 빛이 서렸다.

도진은 놓치지 않고 그 빛을 잡아냈다. 그가 '예술가'라면 예상되는 답은 하나였다. 자신은 '예술품'을 본 적도 없다는 것을 증명해야 하므로,

'이전 분이 깨끗하게 사용하신 거 같아 그냥 뒀는데, 뭐 지저분한 거라도?'

그러나 이충수의 답은 예상과 달랐다.

"물론입니다. 방 청소는 물론 내부에 제공되는 식기부터 싱크대 안 서랍장까지 청소합니다."

어라.

"그럼 청소는 직접 하십니까?"

그가 예술가라면.

'원래는 혼자 하지만 가끔 용역 직원을 부르지요. 이번에도 용역 직원이 했습니다만.'

"네. 직접 합니다."

순간 머리가 흔들렸다. 안에 있는 생각들이 뒤섞였다. 한데 뒤섞인 것은 새로운 덩어리가 되었다.

"아니다."

"네?"

도진의 혼잣말에 이충수는 눈을 둥그렇게 떴다. 멍청한 얼굴

로 되묻는 그를 보며 도진은 어이가 없어 웃어 버렸다. 무슨 병신 같은 생각을 했단 말인가. 저런 머저리 같은 인사가 할 수 있는 일이 아니었다. 그가 말한 대로 배가 고플 때가 식사 때며, 정해진 시간에 매뉴얼대로 움직이는 일하는 기계가 예술가일 리 없다. 저런 인간은 숨 쉬고 24시간을 버티며 살다 죽으면 그만인 등신 머저리일 뿐이다.

하지만 그보다 더한 등신 머저리는 자신이었다. 사람을 죽인 인간이 버젓이 그 방에 손님을 받을 리 없다는 기본적인 생각을 왜 못 했단 말인가.

"저…… 뭔가 마음에 안 드시는 거라도?"

"아닙니다."

도진은 픽 웃었다.

"그냥 궁금해서요. 하시던 일 하세요."

어리둥절한 이충수의 얼굴을 뒤로 한 채 도진은 몸을 돌렸다. 저 인간은 이 순간 자신이 어떤 의심을 받았었는지 평생토록 상상조차 못 할 것이다.

"지저분한 거라도 있으시면 말씀하세요."

도진의 등에 대고 이충수가 소리쳤다. 도진은 대답 없이 걸었다. 그 뒤로 이충수의 중얼거림이 들려왔다.

"난 또 그놈이 뭔 저지레를 해놓고 갔나 했지."

그 말은 정확히 도진의 귀를 때렸다. 걸음이 멈추었다. 감전된 듯 도진의 눈이 커졌다. 천천히 몸을 돌려 세웠다.

"지금, 뭐라고……."


"아, 글쎄 안 된다니까요!"

이충수가 손사래를 치며 사무실로 들어갔다. 도진이 뒤를 따랐다.

이충수가 말한 '그놈'은 도진이 쓰던 방갈로의 이전 사용자였다. 어제 이곳에 왔을 때 이충수가 내밀었던 방명록이 떠오른 것은 행운이었다. 잘하면 예술가를 찾을 수도 있다. 이곳에 온 날짜부터 운이 좋으면 연락처까지도 얻을 수 있다.

예술가가 생각보다 멍청이라서 진짜 연락처를 적은 것이라면 말이다.

방명록을 보여 달라는 부탁을 받자마자 이충수의 어깨에 힘이 들어갔다. 순식간에 갑의 자리를 타고 올라앉아 을에게 뻐기고 있었다.

"개인정보니 어쩌느니 해서 요새 그런 거 보여주면 큰일 나는 거 몰라요?"

법을 제일 안 지킬 것처럼 생긴 인간들이 가끔 쓸데없는 타이밍에 준법정신이 투철해진다.

"중요한 일이라서 그럽니다."

"안 돼요."

이충수가 단호하게 거절했다. 도진의 손이 부들거리며 주먹을 쥐었다. 목덜미의 힘줄이 툭 불거졌다. 이마의 실핏줄이 파렇게 도드라졌다. 잔혹한 본성이 자제력의 최전방선을 돌파하려 했다.

하지만 여기서 문제를 일으킬 수는 없다. 우연찮게 생긴 해프닝에서 자꾸 꼬리를 물 뭔가를 만든다면 해프닝은 더 이상 해프닝이 아니게 된다.

끓어오르는 화를 꾸역꾸역 삼키듯 도진은 숨을 목구멍으로 삼켰다.

그는 지갑을 꺼내 이충수의 눈앞에 들이밀었다.

"경찰입니다."

이충수가 놀란 눈으로 도진을 보았다. 그는 차갑게 미소 지었다.

"사실 어제 저 방에서 심상찮은 것을 발견했습니다."

"뭔데요?"

"하얀 가루."

"하얀 가루라면 설마 마, 마……!"

"쉿!"

도진이 검지를 입술 중앙에 대었다. 이충수는 입을 뻐끔거릴 뿐 아무런 소리도 내지 않았다.

"쉬러 왔지만 그런 걸 발견해 버렸으니 그냥 넘어갈 수는 없어요. 그러니 방명록을 보여주세요. 공무집행 중이니 협조하셔도 문제 생길 일은 없습니다."

도진이 손을 내밀었다. 이충수는 손에 방명록을 쥐고 입을 뻐끔거렸다. 이충수가 방명록을 쥔 손을 내밀었다. 도진이 씩 웃었다.

"영장."

이충수는 방명록을 책상에 탁 소리 나게 내려놓았다. 허공에는 도진의 손만 남아 닭 쫓던 개 지붕 쳐다보듯 꿈틀거리고 있었다. 비어 있는 손이 치욕스러웠다. 울화가 치밀었다. 도진은 아랫입술을 꾹 깨물었다.

"신분증 보셨잖습니까?"

"그걸 누가 믿어! 그런 건 영화에서도 많이 나오는데, 가짜로 만든 건지 누가 아냐고!"

"좋아요."

도진이 수긍하며 고개를 끄덕였다. 가짜 신분증이 나오는 영화를 많이 봤다면 이게 무슨 뜻인지 알겠지.

도진은 지갑을 열어 10만 원권 수표 세 장을 꺼냈다. 그러고는 이충수의 셔츠 주머니에 쑤셔 넣었다.

"문제는 없게 합니다."

이충수의 미간이 구겨졌다. 그의 입술이 파르르 떨렸다. 그 자리에 선 채로 도진을 노려보았다. 그러고는 무슨 생각이 들었는지 도진을 지나쳐 사무실을 나갔다.

꼴에 자존심은 있다는 건가.

"뭡니까? 어디 가요!"

이충수가 쓰윽 뒤돌아보았다.

"나 모르게 훔쳐본 것까지 내가 책임질 수야 없겠죠."

그는 그대로 그 자리를 빠져나갔다.

나가며 문까지 닫아주는 이충수의 친절함에 도진은 기가 막혔다. 더없이 친절하게도 방명록은 마지막 장을 펼친 채로 책상 위에 얌전히 올려져 있었다. 도진은 재빨리 방명록을 집어들었다.

예상대로였다. 적혀 있는 휴대폰 번호는 '지금 거신 전화는 없는 번호이오니'로 시작하는 여자의 목소리만을 내놓았다. 예술가의 연락처였으나 예술품 제작 이후 바로 정지시켜 놓은 것일 수도 있었다. 하지만 애초에 이 번호는 되는 대로 적어 넣은 번호일 공산이 컸다. 확인하는 차원에서 걸어본 것뿐이다. 기대는 하지도 않았다. 그렇다면 주소와 이름 역시 가짜일 것이다.

하지만 수확이 아주 없진 않았다. 공갈빵도 속만 허탕일 뿐, 거죽은 실존한다.

이 방명록에서 중요한 사실 하나를 건졌다. 예술가는 예약도 없이 어느 밤에 찾아와 급히 방갈로를 빌렸고, 바로 다음 날 아침 퇴실했다. 퇴실한 날이 바로 도진이 오기 이틀 전이었다.

도진은 방명록을 내려놓았다. 30만 원의 대가치고는 흡족할 만한 수준은 아니었으나 아주 돈 아까운 짓을 한 것은 아니었다고 생각했다.

도진은 사무실 밖으로 나갔다. 이충수가 계단에 걸터앉아 있다가 인기척을 듣고 어깨를 움찔했다.

"다 보셨습니까?"

떨떠름한 얼굴이었다.

"제가 방명록을 몰래 훔쳐보는 걸 알고 계셨습니까?"

도진이 일부러 심술궂게 말했다. 관리소장이 실실 야비한 웃음을 지었다.

"저는 모르는 일인데요."

그의 킥킥거리는 웃음이 신경을 거슬렀다.

"아까 말씀하신 거 말입니다. '그놈'이 저지레를 해놓고 갔나 싶었다고 하신."

대답 대신 이충수가 그를 빤히 쳐다보았다.

"그게 무슨 뜻인지요. 빌린 뒤 바로 퇴실하고, 관리소장님께서 청소하신 것 아닙니까? 혹시, 그 사람이 퇴실 이후 다시 찾아왔었나요?"

대답은 어렵지 않게 나왔다.

"예. 다시 왔었지요. 놓고 간 게 있어서 잠깐 들렀다면서."

이충수는 도진의 요청에 따라 그날의 일을 좀 더 자세히 이야기했다.

도진이 오기 하루 전인 퇴실 다음 날, 두고 간 것이 있다며 잠깐 열쇠를 받아 갔다고 했다. 열쇠를 빌려 간 것은 5분에서 10분 정도였다. 안타깝게도 관리소장은 역시나 붕어 밥을 주러 갔었기 때문에 예술가가 큰 짐을 가지고 왔었는지는 알지 못했다.

소요 시간 최소 5분, 최대 10분. 예술품은 밖에서 제작하여 이동해 왔다고밖에 생각할 수 없다.

"제가 말씀드린 일, 그러니까 가루라든가 조사라든가 하는 일은 여기에서 잊어주십시오."

무슨 소린가 싶은지 관리소장이 멍청한 얼굴로 도진을 보았다.

"이 일은 일반 경찰서 담당의 일도 아니고, 또한 외부에 알려져서도 안 되는 일입니다."

관리소장이 눈을 크게 껌벅였다. 그는 '아!' 하더니 상체를 숙이며 도진에게 귓속말을 했다.

"그럼 CIA?"

이 양반 영화를 너무 많이 봤다. 하지만 도진은 긍정도 부정도 하지 않았다. 못 들은 척하는 것이 이 상황에서는 유리하다.

"딱 한 가지만 더 묻겠습니다."

30만 원이나 냈는데 작은 덤 하나는 줘야 한다. 도진의 계산법은 그랬다.

이충수가 머뭇거리다 일어났다. 검은색 바지 엉덩이에 허옇게 먼지가 묻어났다. 이충수는 바지를 털지도 않은 채 도진을 응시했다.

"자꾸 이러시면 곤란합니다."

"어려운 건 아니에요. 물론 불법적인 걸 캐물으려는 것도 아니고요."

"뭡니까?"

더 이상 거절해 봐야 떨어지지 않을 것 같다는 결론을 내린 듯 보였다. 귀찮다는 얼굴로 이충수는 발로 바닥을 툭툭 찼다.

"그 사람 어떻게 생겼습니까? 어떤 차림새던가요?"

이충수의 얼굴이 찡그려졌다. 이런 곳에 혼자 오는 남자라면 대부분 비슷한 모양새다. 챙이 넓은 벙거지 모자에 등산복을 위아래로 입고 온다.

"그냥 생각나는 대로 말해 주시면 됩니다."

"뭐, 그냥."

이충수는 그가 평범했다고 딱 잘라 대답했다. 특별히 인상에 남는 건 없었다. 키는 좀 작은 편이라고 했다. 마르지도 뚱뚱하지도 않은 적당한 체격이었고, 모자를 푹 눌러써서 얼굴은 정확히 보지 못했다. 아마 지금 당장 그 남자가 모자를 벗고 앞을 서성인다 해도 알아보지 못할 것이다. 모자 아래로 드러난 턱만 볼 수 있었는데, 강인한 느낌의 사각 턱이었고, 피부는 까무잡잡했다.

그것이 관리소장 이충수의 설명이었다.

"그렇군요."

도진은 큰 실망감을 느꼈다. 그 정도의 인상착의는 시내에서 30분만 걸어 다녀도 수십 명을 골라낼 수 있다. 별 도움이 되지 않는다. 이만 가야겠다, 고 도진은 생각했다. 예술가를 잡아 우월감을 느끼고는 싶었지만 단서가 많지 않은 상황에서 무리하게 매달릴 생각은 없었다.

"아, 그러고 보니······."

이충수의 눈이 반짝였다. 도진의 기대감이 덩달아 반짝였다.

"엄지손가락이던가. 매니큐어를 칠했던 거 같은데요?"

"예?"

황당했다. 강인한 느낌의 사각 턱 주제에 매니큐어를 칠한 엄지손톱이라니. 어울리는 조합이 아니었다. 불끈불끈한 근육질 가슴의 미스터 코리아가 하이힐을 신고 시내를 활보하는 것을 본 기분이었다.

"엄지손가락 하나에만······ 예, 그랬던 거 같아요. 내가 방명록 써 달라고 볼펜을 건넬 때 봤어요."

특별한 하나를 생각해 냈다는 자부심에 이충수의 목소리가 커졌다. 30만 원짜리 값어치를 했다고 생각하는 모양이다.

도진은 예술품을 다시 떠올려 보았다. 기묘하게 꺾인 육체. 그 시신을 가지고 숨어든 남자. 푹 눌러쓴 모자 아래로 드러난 강인한 턱. 미리 준비한 가짜 이름과 가짜 주소. 그리고····· 매니큐어.

'그냥, 변태 새끼가?'


**3**


도진이 집에 도착한 것은 밤 12시가 지나서였다. 오는 길에 휴게소에도 들렀다. 기지개를 켰고, 화장실에 다녀왔다. 휴게소 음식은 먹지 않는다. 매점에 들러 캔커피 하나를 샀다. 유통 기한을 확인한 뒤 티슈로 주둥이 부분을 닦았다. 캔을 따고 천천히 마셨다.

서울에 도착해서는 저녁 식사를 해결했다. 스마트폰으로 깔끔하게 잘한다는 맛집을 찾는 수고로움도 감수했다. 30분이나 걸려 찾아간 식당은 일식집이었다. 도진이 주문한 초밥정식은 나쁘지 않았고, 미소된장국은 나빴다. 카페에 들러 에스프레소를 마셨다. 서비스로 나온 알량한 쿠키는 손대지 않았다.

몸이 노곤하였음에도 도진은 일부러 귀가를 늦췄다.

내일부터는 다시 쳇바퀴로 돌아가야 했다. 그것은 일상이라는 이름으로의 복귀였다. 하지만 내일 돌아가야 할 일상에 작은 변화가 생겼다. 선우신의 말에 의하면 강력1팀이 김태손 사건을 맡아야 했다. 강력1팀 전체가 투입된다고 하니 발을 뺄 수조차 없다.

집에 돌아와서는 옷을 벗어 빨래통에 넣은 뒤 갈아입을 옷과 수건을 챙겨 욕실로 갔다. 혼자 있다고 해서 나체로 돌아다니는 일은 절대 없었다.

머리를 감고 샤워를 했다. 온몸을 구석구석 시간을 들여 정성껏 씻었다. 물기를 바싹 닦고 옷까지 갖춰 입은 뒤 거실로 나왔다.

리모컨을 들어 전원 스위치를 눌렀다. 오디오가 작동하고 거실 안이 음률로 가득 찼다. 리스트의 〈리베스트라움〉. 좋아하는 곡이다. 소파 깊숙이 몸을 기대고 앉았다.

형사과에 지원했던 것은 단순한 일탈에 가까웠다. 당시의 인생은 무료했다. 뭘 해도 상관없을 만큼 괜찮은 환경이었지만, 간절한 꿈 같은 건 없었다. 부모님은 자신들의 명성에 누가 되지 않는 자식이라면 아무래도 상관없는 분들이었고, 도진 역시 부모의 관심이나 애정 따위는 관심 없는 사람이었다.

형사라는 직업은 생각보다 나쁘지 않았다. 적성에 맞는다기보다는 취향에 맞았다. 사건이 잔혹할수록 그는 즐거웠다.

그리고 이제 또 하나의 놀이가 시작되고 있었다.

딩동, 딩동.

별안간 들려온 초인종 소리에 도진은 심연의 깊은 곳에서 빠져나왔다. 번쩍 눈을 뜨는 순간에도 초인종 소리가 한 번 더 울렸다. 인터폰 화면에 50대가량의 여자가 서 있었다. 얼굴을 보니 언젠가 스쳐 지나간 적이 있는 듯했다. 가벼운 옷차림을 볼 때에 이 아파트에 사는 사람 같았다.

"누구세요?"

"옆집에서 왔어요."

인터폰을 통해 들려오는 목소리는 거칠었다.

"무슨 일이시죠?"

여자는 대답하지 않았다. 입을 꾹 다물고 있었다. 문이나 당장 열라는 무언의 명령이었다. 할 수 없이 잠금장치를 풀고 문을 열었다.

"무슨 일이신지?"

도진을 보는 여자의 눈이 대번에 쌍그레졌다. 그녀는 탐문하듯 도진의 어깨 너머로 내부를 훑어보았다.

"소리가 너무 커요."

"네?"

반문하고 나서야 음악 소리를 이야기하고 있다는 것을 깨달았다. 새벽 1시가 넘었다는 것도. 어느새 베토벤의 〈운명 교향곡〉으로 바뀌어 있다는 것도. 이 시간에 듣기엔 적합하지 않긴 하다는 것도.

여자는 뻣뻣하게 버티고 서서 도진의 사과를 기다리고 있었다.

"아, 정말 죄송합니다. 늦게 들어오는 게 워낙 습관이 되어 있어서 이렇게 늦은 시간인 걸 생각지 못했습니다."

도진의 깍듯한 사과에 여자의 표정이 조금 누그러졌다. 젊으나 늙으나 여자들은 남자에게 대부분 너그럽다. 잘생기고 친절한 남자, 라는 콘셉트는 유용하다.

"이렇게 늦은 시간에 찾아오시게 만들어 정말 죄송합니다."

도진이 머리를 숙였다. 여자는 얼굴이 발그레해져서는 손사래를 쳤다.

"아니, 뭐 그럴 것까지야."

"앞으로는 이런 일 없도록 조심하겠습니다."

"아유 참. 젊은 청년이 이렇게 예의가 바르다니. 그렇게까지 말하니 내가 다 민망하네. 그럼 앞으로 조심만 좀 해주고."

"네."

"그럼, 난 이만."

"죄송합니다. 조심해서 들어가세요."

여자가 실실 미소를 지었다. 눈웃음이 도진의 머리부터 발끝을 슥 훑었다. 여자는 가벼운 발걸음으로 돌아갔다. 여자의 집 문이 닫히는 걸 확인한 뒤 도진도 집 안으로 들어왔다.

오늘도 그는, 좋은 이웃이다.

# 이질감

## 1

　다음 날 출근하기가 무섭게 강력1팀의 회의가 소집되었다. 긴 회의실 책상을 사이에 두고 길게 늘어앉은 1팀 형사들의 얼굴이 긴장으로 가득했다. 도진도 그 사이에 앉아 있었다. 머릿속에서는 제천에서의 일이 떠나질 않았다. 고개를 드니 뒤늦게 들어온 장주호가 화이트보드 앞에 선 채로 형사들의 대열을 눈으로 훑었다. 노장은 죽지 않고 늙기만 하더라도 눈빛만은 늙지 말아야 한다. 그래야 현직에서 무시당하지 않을 수 있다. 도진이 보기에 장주호는 그 사실 하나만큼은 제대로 지키고 있다는 생각이 들었다.

　"알겠지만, 새나라당 총재 김태손의 실종사건을 우리가 맡게 됐다."

침묵의 공기가 웅성, 흔들렸다.

"상대가 상대니만큼, 윗선의 시선이 우리에게 집중되어 있는 것을 잊지 마라. 절대적으로 신중하게 행동하고 모든 일은 나와 의논하여 처리한다. 알았나?"

"네!"

열넷의 목소리가 일제히 대답했다.

"김태손 총재의 가족이나 새나라당 측에서도 보안 요청을 해 왔기 때문에 이 일은 극비리에 진행한다."

"네!"

"좋아. 김 형사, 독고 형사는."

그가 시선을 돌리자 두 사람이 동시에 대답했다.

"네."

"새나라당의 김태손 최측근 인물들과 가족들의 면담을 진행해."

돈 문제나 원한 관계가 있는지 여부를 조사하는 일이다. 안타깝게도 정치인과 연루된 사건에서 돈 문제나 원한 관계는 장마철 농수로처럼 차고 넘친다. 그 많은 관계를 하나하나 걸러내는 일은 녹록치 않다. 모두 안됐다는 표정이었지만 정작 당사자들은 무덤덤한 얼굴로 다이어리에 일정을 적어 넣었다. 원체 싫어도 해야 하는 일에는 익숙해진 사람들이다.

이어 주변 탐문팀과 김태손 행적 조사팀이 나뉘어졌다. 양 형사는 행적 조사팀 쪽으로 배정되었다. 양 형사와 같은 팀이 될 거라고 생각했던 도진은 자기 이름이 불리지 않자 조금 의아했다.

"현도진과 선우신은 나와 함께 움직인다."

"네?"

당황하여 목소리를 높인 것은 선우신이었다. 하지만 장주호는 다시 대답할 마음도, 내린 결정을 번복할 마음도 없어 보였다. 어이없기는 도진 역시 마찬가지였다. 그동안 장주호는 단 한번도 자신의 조에 도진을 넣은 적이 없었다. 갑자기 저 늙은 여우가 왜 이러는지 도진으로서는 이해가 가지 않았다.

장주호와 선우신 그리고 도진을 제외한 나머지 형사들의 얼굴에는 안타까움과 함께 주체 못 할 흥미가 번잡하게 얽혀 있었다. 두 고래 사이에서 등 터질 새우 하나에게 보내는 안타까움과 장주호와 현도진, 둘 중 누가 먼저 멱살을 잡을까 하는 흥미로움이었다. 그러면서도 선우신이 맡아버린 새우의 역할이 자신들이 아니라는 사실에 안도하고 있었다.

도진은 테이블 맞은편에 앉은 선우신의 의자 밑을 걷어찼다. 선우신의 어깨가 움찔했다. 당장에라도 잡아먹을 것처럼 노려보는 도진의 눈을 간신히 피했다.

"이게 어떻게 된 거야?"

목소리를 잔뜩 낮추고 선우신에게 따져 물었다. 턱으로 장주호를 가리켰다. 장주호와 한 팀이 되리라고는 꿈에도 생각지 못했다. 그런데 꿈에도 생각지 않은 일이 현실이 되어 있었다. 선우신은 장주호의 눈치를 보다가 테이블에 납작 엎드렸다. 도진이 그랬던 것처럼 잔뜩 목소리를 낮췄다.

"팀장님이 짠 건데 제가 뭘 어쩌겠어요. 저도 몰랐어요."

도진은 얼굴을 구겼다. 선우신이 울상을 짓는 것을 외면하고 장주호를 노려보았다. 도진은 장주호가 하는 일이 사사건건 마음에 안 들고, 장주호는 그런 도진을 재수 없어 했다. 마음에 들어 하지 않는 건 서로가 알고 있는 일이다. 그런데 왜 굳이 이런 식으로 팀을 짠 건지 도무지 그 심술이 납득되지 않았다.

탁!

느닷없이 까만색의 다이어리가 날아와 도진의 눈앞에 안착했다. 도진이 눈을 치켜떴다. 장주호가 어슬렁 걸어와 자리에 앉았다. 눈치를 보던 양 형사가 던져진 다이어리를 장주호의 앞에 밀어 놓았다.

"그래, 휴가는 잘 다녀왔고?"

휴가 좋아하네. 고작 이틀뿐이었다. 싸움 끝에 결재받은 휴가의 반에도 못 미쳤다. 알면서도 일부러 묻는 것이 훤히 보였다. 못마땅한 듯 도진이 억지로 대답했다.

"네."

"인상 펴고."

장주호가 검지로 제 이마 정중앙을 툭툭 쳐보였다. 도진은 짜증스러웠다. 불가마가 밀려 나올 때처럼 속에서 뜨거운 것이 올라왔다. 입을 열면 싸움이 날 것 같아 그냥 꾹 다물었다.

맞은편에서 선우신이 안절부절못하고 있었다. 팽팽하게 날 선 침묵을 가른 것은 양 형사였다.

"저기!"

목소리 톤이 조금 높았다. 본인도 그걸 알아서인지 순간 집중되는 장주호와 도진의 시선에 헤헤, 어색하게 웃어 보였다. 그의 몸이 소금에 쩐 오이지마냥 오그라들어 있는 것을 도진은 알 수 있었다.

"김태손 행적 관련으로 팀장님께서 지시하신 거……."

양 형사는 김태손의 행적을 탐문하는 팀으로 분류되었었다. 그래서 오늘 회의가 소집되기 전에 장주호의 지시에 따라 김태손의 당일 행적을 미리 조사했다. 대부분 미리 알고 있는 내용이겠지만, 빠지는 것 없이 모두 공유해야 하므로 전체가 모였을 때 발표하는 편이 좋다.

"음. 브리핑해 봐."

장주호의 헛기침과 함께 비로소 회의를 할 수 있는 분위기가 잡혔다.

"25일 김태손은 새나라당 당원과의 오후 만찬을 마친 뒤 곧바로 당원들과 헤어졌습니다."

물론, 비서와 운전사가 함께였다. 하지만 그날따라 김태손은 혼자 운전해서 가겠다고 했다는 설명이 이어졌다. 도진은 잠시 자기만의 생각에 빠졌다.

'25일.'

예술가가 방갈로에 찾아오기 전날이다. 25일 김태손은 예술가와의 만남 때문에 비서진의 동행을 뿌리쳤고, 이내 만났다. 그리고 죽었다. 방갈로 입실 시간으로 봐서 25일 살해당한 뒤 26일 옮겨졌다는 쪽에 무게가 실렸다.

"그 뒤의 행적은 없습니까?"

선우신이 물었다.

"만찬장에서 떠나고 한 시간 후, 곧 도착할 거라는 문자가 아내에게 수신됐어. 그러고는 끝. 모습을 감췄고 수사가 시작된 지 두 시간 만에 한강 둔치 주차장에서 차만 발견됐어."

흥미로운 사건이었다. 도진은 양 형사의 설명 중 핵심 부분만 체크하여 메모했다. 오랜만에 쾌감이 느껴졌다. 파고들수록 짜릿한 사건이었다. 아무도 모르는 진실의 일부가 자기 손에만 있다는 것도 짜릿함을 배가시켰다.

설명이 끝나자 장주호가 다시금 회의를 주도했다.

"여기까지가 알려진 당일 행적이고. 선우 형사!"

"네, 팀장님."

"선우 형사는 일단 김태손 휴대폰 위치 추적부터 의뢰하고."

"네."

순간 피식, 하고 도진이 웃었다. 선우신에게 지시하던 장주호가 말을 멈추고 그를 보았다. 차가운 눈이었다.

"해보나 마나 아닙니까? 납치범이 나 좀 찾아와라 하고 휴대폰을 갖고 다닐 것도 아니고."

기본적인 것을 간과한 장주호가 우스워 도진은 일부러 대놓고 피식거렸다. 분명 장주호의 반론이 뒤를 따를 거라 예상했다. 하지만 그것은 빗나갔다. 돌아온 것은 침묵이었다. 도진이 고개를 들어 장주호를 보았다. 그는 도진을 똑바로 응시하고 있었다. 마치 숨겨진 뭔가를 읽어내려는 것처럼.

"납치가 아닐 수도 있다."

장주호의 말대로 사람이 갑자기 사라지는 경우는 납치 말고도 여러 가지가 있다. 도진은 아차 싶었다. 실수했다. 장주호를 눌러버리고 싶은 마음이 너무 앞섰다. 당황한 표정을 감추고 태연히 대답했다.

"심경 변화에 의한 가출이더라도, 휴대폰을 가지고 다니지 않을 것은 마찬가지 아닙니까?"

"사고일 수도 있는데?"

도진의 입이 꾹 다물렸다. 장주호의 입꼬리가 올라갔다. 그는 가차 없이 도진에게서 시선을 거두고 선우신을 보았다.

"위치 추적."

"네!"

선우신이 자리에서 벌떡 일어났다.

"얼마나 걸리지?"

"30분만 주십시오."

"확인해서 와. 그때까지 우리는 여기서 대기."

호언장담하며 선우신이 회의실을 뛰어나갔다.

선우신이 나가자 장주호는 회의를 종료했다. 다른 형사들이 모두 맡은 임무를 해결하기 위해 나간 뒤, 도진과 장주호 둘만 남았다. 시계의 째깍거리는 소리가 유난히 컸다. 장주호는 단서들을 놓고 소설이라도 쓰는지 계속해서 뭔가를 적고 있었다. 불편한 시간이었다. 이럴 줄 알았으면 선우신을 따라 나갈걸 하는 생각도 들었다. 숨 막히는 시간 일분일초를 온몸으로 느끼는 것은 녹록치 않았다. 고되고 지루했다. 애꿎은 물만 두 컵을 따라 마셨고 화장실도 다녀왔지만, 선우신은 돌아오지 않고 있었다. 선우신이 돌아온 것은 호언장담한 30분을 훌쩍 넘기고 45분이 지나서였다. 짧은 노크와 함께 소회의실의 문이 열렸다.

"위치 추적됐습니다! 38번 국도 인근, 제천 방향입니다."

반사적으로 도진이 자리에서 일어났다.

이게, 어떻게 된 거지?


차는 규정 속도를 무시한 채 제천으로 달렸다. 운전은 선우신이 맡았고, 장주호는 뒷자리에 구겨져 코를 골았다. 조수석에 앉은 도진은 생각에 잠겨 있었다.

'이상해.'

납득되지 않는 일이었다. 휴대폰이 켜진 채 제천에 버려져 있다는 것 자체가 이해되지 않았다. 실수로 예술가 김태손에게서 휴대폰을 뺏는 것을 깜박한 데다, 죽인 김태손을 끌고 가다 돌연 생각나 휴대폰을 버렸다고는 생각되지 않았다.

가짜 이름과 연락처로 방갈로를 잡아 하룻밤을 보낸 뒤, 퇴실을 할 정도로 용의주도한 사람이었다. 시신이 발견되는 시점을 다음 방문객이 되도록 시나리오를 짜 놓았다. 투숙객이 퇴실할 때마다 관리소장이 청소를 하니 그것을 피해 뭔가를 놓고 갔다는 핑계로 시신을 들고 다시 돌아온 사람이다. 그런데 휴대폰이 떡하니 범행 현장 근처에 켜진 채로 위치 추적에 걸려들었다. 마치, 단서를 찾아내 주길 바라는 것처럼.

"……님."

대체 뭘 노린 걸까? 그렇게 해서 예술가가 볼 이득이 대체 뭐지?

"선배님!"

"어?"

도진이 깜짝 놀라며 고개를 돌렸다. 그 기세에 오히려 놀란 것은 선우신이었다.

"무슨 생각을 그렇게 하세요?"

"어. 아니 그냥. 이틀도 휴가랍시고 정신이 아직 안 돌아왔나, 영 멍하네. 왜?"

잘도 둘러대는 자신이 스스로도 놀랍다.

"대선에 출마하겠다고 회견까지 한 사람이 스스로 잠적했을 리는 없겠죠?"

"아무래도 그렇지."

"전 아무리 생각해도 평범한 사고 같지는 않아요. 지금 국회
의원들 가장 바쁠 시기잖아요. 장으로 따지면 대목인데, 제천
까지 내려올 이유가 있었을까요? 가족들도 제천엔 아는 사람
이 없다고 했다던데."

"글쎄."

심드렁하게 대답했지만, 정답에 가까웠다. 수사 초기인 지금
은 여러 가지 가능성을 두고 생각하겠지만 아마도 하루, 이르
면 오늘 안에 수사 방향은 납치나 살해 쪽으로 초점이 맞춰질
것이다. 그렇다는 것은 예술가를 찾기까지 한 발 다가서는 일
이며, 동시에 사체를 손괴한 자가 따로 있다는 것이 발각나지
않도록 더 주의해야 함을 의미했다.

무엇보다 예술가를, 이 손으로, 감방에 집어넣어야 한다.

복잡한 기분이었다.

예술가를 잡고 싶지만, 또한 잡고 싶지 않은 기분.

예술가를 잡고 싶지만, 속박해서는 안 된다는 기분.

"선배님 만약에 말이에요."

선우신이 목소리를 낮추고 말을 걸어왔다.

"만약 김태손이 납치된 거라면, 그리고 만약 선배님이 그 납
치범이라면 어떻게 하셨을 거 같아요?"

도진은 아무렇지 않게 대답했다.

"뭐, 죽였겠지. 벌써."

"히익. 그럼 김태손도 혹시 이미 저세상에……."

"글쎄."

어색하게 웃으며 창밖으로 시선을 돌렸다.

'돈을 요구하겠지'가 일반적인 대답이라는 걸 도진이 깨달은 것은 한참의 시간이 흐르고 나서였다. 그 순간에 대답한 것이 '보통'이 아니었다는 걸 도진은 그때 알지 못했다. 뒷좌석에 누워 구겨진 휴지처럼 웅크리고 있던 장주호가 그 순간 눈을 천천히 떴다는 것도.


## 2


차가 멈춰 섰다. 비포장도로를 달려온 터라 누워 있던 장주호는 몸이 아프다며 시종일관 불평을 했다. 먼저 차에서 내린 선우신이 눈앞에 펼쳐진 장관에 감탄을 숨기지 않았다.

"와우, 팀장님! 여기 멋진데요?"

갈대숲이 드넓게 펼쳐져 있었다. 700만 관객을 동원한 영화가 이곳에서 촬영되었다는 안내 표지판이 보였다. 갈대는 성인 남자의 키를 웃돌았다.

"놀러 온 거 아니거든?"

장주호는 매서운 눈으로 주변을 둘러보았다. 한차례 바람이 불었다. 갈대가 서로 부딪치며 소리를 내었다. 한적한 동네다.

높은 갈대숲은 무엇이라도 가려줄 법하다. 사건이 일어나기에 적합한 장소다.

"휴대폰 찾아야겠죠?"

도진이 장주호의 옆으로 다가왔다. 하지만 정작 장주호를 보고 있지는 않았다. 그것은 장주호도 마찬가지였다. 늘 그래왔듯 서로 다른 곳을 보며 대화를 나눴다.

"메시지 기록을 확인해야 하니까."

"직접 찾으실 겁니까?"

"뇌가 더위 먹었냐?"

그럴 리가 있겠냐는 말이었다. 도진은 검지와 엄지를 부딪쳐 딱 소리를 냈다. 그의 신호에 선우신이 돌아보았다.

"인근 지구대에 지원 요청해."

"네!"

선우신이 히죽 웃으며 대답했다. 동시에 휴대폰을 가지러 차로 달려갔다. 지원 요청하는 것을 확인한 장주호가 어깨를 으쓱하며 말했다.

"생각하는 뇌는 개떡인데, 일은 찰떡같이 하는 놈이군."

도진을 보고 있지는 않지만 도진에게 하는 말이었다. 도진의 표정엔 변화가 없었다.

"칭찬으로 듣겠습니다."

"멋대로."

지원 인력은 한 시간이나 기다린 후에야 도착했다. 귀찮은 표정 일색이었다. 조용한 시골의 한직에 앉아 있으니 요란 떠는 일은 그저 귀찮기만 한 모양이었다.

김태손의 휴대폰은 위치 추적 이후 배터리가 방전된 것 같았다. 결국 샅샅이 뒤지는 수밖에 없었다. 경찰들이 일렬로 늘어서 갈대밭 수색을 시작했다.

장주호가 지구대장과 이야기를 나누고 있는 사이 도진은 갈대밭에서 멀찍이 떨어져 주변을 둘러보았다. 이곳에 처음 온 날은 안개가 많아 미처 알지 못했는데 주위가 캠핑장 단지를 이루고 있었다. 조금 더 멀리 떨어진 곳에 그날 묵었던 이악오토캠핑장 입구가 보였다.

"일단 우리는 주변 탐문을 좀 해보자고. 김태손 사진 프린트한 거 각자 챙겼지?"

"네!"

장주호의 말에 기운차게 대답한 것은 선우신이었고, 도진은 프린트된 종이를 팔락, 흔드는 것으로 대답을 대신했다.

"저는 이곳을 중심으로 아래쪽으로 내려가면서 탐문을 해볼 테니 팀장님과 선우 형사는 이 위쪽 가정집들과 캠핑장 단지를 조사하시는 게 좋을 것 같습니다."

"그래?"

주변을 살피며 흠, 하고 장주호가 잠시 생각에 빠졌다. 그가 내놓을 대답을 기다리며 도진은 긴장했다.

이악오토캠핑장에 들렀던 사실을 들키면 안 된다. 분명 관리소장은 그를 알아볼 것이다. 비밀을 요구하긴 했지만 그 입은 믿을 만한 무게가 못 되었다. 조사니 어쩌니 해서 방명록까지 확인했다는 사실이 알려지면 분명 누구라도 이상하게 생각할 것이다. 사람의 세 치 혀가 갖는 힘은 꽤나 크다, 고 도진은 생각해 왔다. 하지만 세 치 혀가 이길 수 없는 것도 있다는 사실을 알고 있다. 그것은 바로 의심의 씨앗이다. 의심의 소용돌이는 한번 시작되면 그 어떤 말로도 해결되지 않는다. 선우신은 어떻게 해볼 수 있어도, 장주호 쪽은 어렵다.

"좋아."

장주호의 답은 도진의 긴장을 급격히 이완시켰다. 그의 입꼬리가 비죽 치켜 올라갔다.

"선우 형사, 가지."

선우신과 장주호가 캠핑장 단지 입구로 향했다. 도진은 그들의 뒷모습을 물끄러미 보다가 몸을 돌렸다.

주먹을 불끈 쥐고 쾌재를 불렀다. 저들은 저곳에서 아무것도 찾아내지 못할 것이다.


아무것도 찾을 수 없었다.

물어보는 사람 모두 김태손의 사진을 내밀어도 알아보지 못했다. 처음에는 성가셔 하는 사람들을 붙들고 다시 한번 보라고 재촉했다. 하지만 반복되는 일에 인이 배겼는지 선우신은 사람들이 고개만 내저어도 얼른 돌아섰다. 덥고, 힘들다. 하지만 일일이 만나 봐야 할 집들은 가도 가도 계속 이어지고 있었다. 그것도 모두 오르막길로만. 조금 전 도진이 위쪽으로 가라고 했을 때 두말없이 오케이 하던 장주호를 왜 말리지 못했는지 이제 와 후회가 됐다.

그는 거친 숨을 몰아쉬었다. 고개를 들자 이악오토캠핑장이라는 간판이 보였다. 아름드리나무가 서 있는 사잇길로 따라 들어가면 캠핑장이 나오는 모양이다.

"팀장님."

"왜?"

무덤덤하게 대답하는 장주호의 목소리도 지쳐 있었다.

"마지막인데요."

"알아."

"저 앞에 입구에 있는 집들도 모두 모르겠다는데 제일 구석에 있는 여기서 뭘 알겠어요?"

장주호가 멈춰 섰다. 허리를 숙이고 무릎을 짚었다. 토해내듯 숨을 뱉었다. 가슴이 달막거렸다. 겨우 허리를 폈다.

"시발놈. 유혹하지 마."

장주호는 다시 걸음을 옮겼고, 선우신은 절망했다.


이충수는 캠핑장 앞마당을 쓸고 있었다. 며칠째 내방객이 없다. 캠핑장 사장은 서울 사람으로, 규모는 알지 못하지만 굉장한 자산가로 알려졌다. 그래서인지 캠핑장의 벌이가 시원치 않아도 여러 말이 없다. 그래도 신경이 쓰이는 건 어쩔 수가 없다. 하는 일 없이 월급만 받자니 밑 빠진 독이 된 기분이다.

"재수 옴 붙었나."

흰 가루가 어쩌고 하던 사내를 떠올렸다. 돈까지 쥐어 주며 귀찮게 하는 통에 슬쩍 방명록을 넘겨버렸다. 고정된 월급 가지고 필리핀에 있는 딸년과 마누라에게 보내주다 보니 담뱃값 한 푼이 아쉬울 지경이었다. 경찰이라니 뭐 큰 문제가 있겠나 싶었다. 사기가 아닌가 의심이 든 건 사내가 캠핑장을 떠난 뒤였다. 불안했다. 사장은 귀찮은 일에 휘말려 들 바에야 캠핑장을 팔아넘겨 버릴 위인이었다. 그런데 현재의 자신은 먹을 대로 먹은 나이에 이제 와 이력서를 돌리기엔 역부족이다. 그런 그의 불안감은 범상치 않은 기운의 두 남자가 캠핑장 입구로 들어서자 더 증폭되었다.

"어떻게 오셨습니까?"

빗자루를 벽에 기대 세우고 물었다. 긴장이, 얼굴에 묻어 나오지 않기를 바랐다. 한 남자는 키가 크지는 않지만 야무진 체구에 카키색 점퍼를 입었고, 키가 큰 편인 남자는 얼굴이 하얗다.

"경찰입니다."

흰 얼굴 쪽이 신분증을 내밀었다. 신분증을 보고, 흰 얼굴을 보고, 카키 점퍼를 보았다. 신분증을 보니 흰 얼굴 쪽은 선우 신이라는 이름인 것을 알 수 있었다. 카키 점퍼는 자신을 강력

1팀장 장주호라고 직접 소개했다.

장주호가 카키 점퍼 안에서 사진을 꺼내 내밀었다.

"사람을 좀 찾고 있습니다."

이충수는 사진을 들여다보았다. 평평하고 넓적한 얼굴이다. 목 아래로 살이 늘어져 있다. 그때 그 흰 가루 사내를 찾는 건 아닌 것 같다. 안도로, 이제야 얼굴에 표정이 생겼다.

"본 적, 있습니까?"

"본 적 있지요."

흰 얼굴이 더욱 환해졌다.

"보신 적 있다고요?"

재차 확인할 정도로 흰 얼굴이 흥분했다. 이충수는 어리둥절해서 말했다.

"하루 종일 들여다보는 게 TV고 신문이니까요. 이 사람 내년에 대선에 나온다고 난리던데."

"TV 말고, 실물로 본 적 없냐는 말입니다."

장주호의 목소리는 차갑고 삭막했다. 흥분도, 어색한 웃음기도 없었다. 이충수는 다시 한번 사진을 들여다보았다. TV나 신문이 아니라면 만난 적이 없다. 이런 사람과 시골구석배기 인간이 우연이라도 옷깃을 스칠 확률은 극히 드물다. 이충수는 고개를 저었다. 역시, 라고 말하고 싶은 듯 선우신은 한숨을 쉬며 사진을 집어넣었다. 장주호를 돌아보며 어깨를 으쓱했다. 장주호의 이마가 살짝 찌푸려졌다. 그는 방갈로와 관리동 건물을 시선으로 훑었다. 곧장 앞마당을 가로질렀다.

끝은 거의 절벽이었다. 아래쪽으로 갈대밭이 보였다. 방갈로의 뒤편은 온통 산이었다.

"팀장님?"

"가지."

포기한 모양이다. 돌아서는 장주호를 보며 이충수는 생각했다. 그들이 들어섰을 때 '흰 가루'에 관한 일이 아닐까 생각했었다. 그런데 아니었다. 사람을 찾는 일이다. 그는 자기도 모르게 중얼거렸다.

"이 조용한 동네에 사건도 많네."

순간, 돌아가던 장주호가 걸음을 멈추었다. 천천히 몸을 돌리고 이충수와 눈을 마주했다.

"지금, 뭐라고 하셨습니까?"

"네?"

이충수는 당황했다. '흰 가루'에 대해 말해야 하는 건 아닐까 생각도 했지만, 괜히 긁어 부스럼을 만들 필요는 없다.

"아뇨. 별말 안 했습니다. 그냥 혼잣말을 좀."

변명에도 불구하고 장주호의 시선이 이충수를 놓아주지 않았다. 이충수는 사람 좋은 웃음을 흘렸다. 장주호는 그제야 몸을 돌리고 캠핑장 밖으로 내려갔다.

**3**

선우신과 장주호가 캠핑장 단지 쪽으로 간 뒤 도진은 형식적으로 돌아다니며 민가를 방문했다. 물어보는 사람 모두 김태손의 사진을 내밀어도 뉴스를 통해 아는 것뿐 실제 본 적은 없다고 했다. 역시 김태손은 제 발로 이곳에 들어오지는 않았던 것이라고, 재확인했을 뿐이다. 어쩌면 예술가의 흔적을 찾을 수 있을지 모른다는 생각은 일찌감치 접어 두어야 할 것 같았다. 갈대밭 쪽으로 다시 돌아가 장주호와 선우신을 기다렸다. 고개를 들자 이악오토캠핑장이라는 간판이 보였다. 저곳에 들어갔을까, 하는 생각과 동시에 선우신이 안에서 걸어 나왔다. 장주호는 보이지 않았다.

"벌써 다 돌고 오신 거예요?"

도진은 차에 기대었던 몸을 일으켜 세웠다.

"어. 낮 시간대라 그런지 사람이 많지 않아서. 성과 좀 있었어?"

도진의 물음에 선우신은 고개를 가로저었다.

"집집마다 방문을 했지만, 그날 일을 특별히 기억하는 사람이 없습니다. 아무래도 캠핑장 근처니 낯선 사람과 낯선 차는 이맘때 쉽게 보는 거니까요. 김태손을 봤다는 사람도 없습니다."

"이쪽도 마찬가지야."

그 말을 듣고 역시, 라고 중얼대는 선우신의 어깨 너머로 시선을 던졌다. 장주호가 보이지 않았다.

"그런데 팀장님은?"

자기도 모르게 조심스러운 목소리로 물었다. 선우신은 아아, 하더니 이악오토캠핑장 쪽을 가리켰다.

"저 위가 이악오토캠핑장이라는 곳이거든요. 거기 관리소장에게 몇 가지 더 묻고 내려오신대서요. 제가 먼저 내려왔어요."

"뭐?"

심장 언저리에 쿵, 하고 거대한 바위가 떨어지는 충격을 느꼈다. 정신이 아찔해지는 것을 느끼면서도 얼굴에 티를 내지 않기 위해 애써야 했다. 관리소장에게 뭘 더 물을 것이 있단 말인가.

도진은 상상해 보았다. 자신이 캠핑장에서 흰 가루가 어쩌고 하고 돌아간 뒤, 그 관리소장은 사기가 아닐까, 문제가 생기는 건 아닐까 하고 꺼림칙했을 터였다. 현재의 안락함을 놓치지 않기 위해 아득바득 사는 사람은 잠깐의 불안을 이기지 못한다. 한 푼이 아쉬울 때에 돈을 받긴 했지만 문제가 생길까 봐 불안해했을 것이다. 그러던 차에 형사가 찾아간다. 역시 문제가 있었어, 하고 생각해 보지만 형사가 내민 것은 김태손 총재의 사진이다. 하얀 가루 운운하던 남자와는 아무런 관련이 없다는 생각에 기분이 좋아졌을 것이다. 이런 사람 본 적 없냐는 형사의 말에 본 적이 있다고 대답해 놓고, 놀라는 형사를 향해 대선에 나오는 사람이니 뉴스에서 봤다며 농을 쳤을 수도 있다. 관리소장은 사진을 다시 한번 들여다보겠지만 TV나 신문이 아니라면 만난 적이 없을 것이다.

대선 레이스의 유력 인사와 이런 시골구석배기 인간이 우연히라도 옷깃을 스칠 확률은 극히 드물다. 이충수는 고개를 저었을 것이고, 낙담한 장주호는 발길을 돌려세웠을 것이다.

여기까지는 도진이 예상했던 대로 무리 없이 흘렀을 것이다. 변수가 어디서 발생한 걸까, 생각해 보지만 감이 잡히지 않았다.

"뭘 묻는다는 거야? 뭐 미심쩍은 게 있었어?"

"우리가 나오는데, 그 관리소장이 그러잖아요. 이 조용한 동네에 사건도 많네, 라고요. 저는 아무렇지 않게 들었는데 장 팀장님이 다시 되돌아가 물으시더라구요. 그게 무슨 소리냐고요."

초조했다. 장주호를 기다리며 도진은 입이 바싹 말랐다. 장주호와 관리소장이 독대하고 있을 캠핑장으로 뛰어 올라가고 싶은 것을 애써 참았다. 설마, 하고 생각해 보지만 무슨 말을 하고 있을지 걱정되는 것은 감출 수가 없었다.

"여기서도 별건 없는데, 이제 어떡하죠?"

아무것도 모르는 선우신은 장주호가 뭔가를 얻어 올 거라고는 크게 기대하지 않는 모양이었다. 그때 발소리가 들렸다.

장주호가 내려오고 있었다. 도진은 장주호의 표정에서 가능한 많은 것을 읽어보려 애썼다. 장주호는 무언가의 생각에 골똘히 빠져 있었다.

"뭐라도 건지셨어요?"

선우신의 물음에 장주호가 고개를 들었다. 그런데 갑작스레 그 시선이 도진에게로 향했다.

"아무것도 없었어. 방갈로에도, 캠핑장 주변에도. 관리소장도 별다른 건 못 봤다고 하고."

선우신에게 하는 대답이었지만, 장주호가 자신을 의식하며 말하는 것 같다고 도진은 느꼈다.

"그럴 줄 알았어요. 그럼 식사나 하고 서울로 바로 올라가죠."

선우신이 몸을 돌렸다. 그는 별다르게 생각지 않는 것 같았다. 그런데 도진의 눈에는 장주호가 이상해 보였다. 마치 뭔가에 크게 놀란 것 같은 표정이었다. 왜 그런지 이유는 알 수 없었다.

역시 아무것도 건지지는 못한 걸까. 걸어가는 내내 도진은 그것이 신경 쓰여 참을 수가 없었다. 선우신이 재차 물어, 장주호로부터 별말 없었다는 대답을 얻어 내기는 했지만 도진은 왠지 안심이 되지 않았다.


동네는 조용했다. 죽어 있다기보다는 잠들어 있는 것에 가까웠다. 잠들어서, 작은 소리 하나를 기다린다. 기다리는 것은 외부의 소리다. 돈을 든 외부인에게만은 봉인이 풀린 듯 잠에서 하나씩 깨어난다. 도진은 그런 냄새가 나는, 타인에게는 철저히 손익계산이 앞서는 이 동네가 마음에 들었다.

"아, 정말 대체 어디까지 가야 되죠?"

도진보다 몇 걸음 쳐져 오던 선우신이 신음 소리를 내었다.

벌써 20분째다. 점심시간을 훌쩍 넘긴 시간이니 20분의 행군은 평소보다 힘들었다. 이 재미난 동네와, 이 재미없는 상황에 도진은 식욕이 거의 없어 상관없었지만 선우신은 배가 고파 죽겠다는 표정이었다. 갈대밭에서 내려올 때 만난 아주머니에게 물었을 때 분명 '이 아래로 조금만 내려가면' 순댓국집이 하나 있다고 했었다. 그 '이 아래로 조금만 내려가면' 있을 순댓국집이 20분 째 나타나지 않고 있었다.

"그 아줌마가 무슨 다리 어쩌고 했는데. 조금만 더 가보자고."

그렇게 말하는 장주호 역시 슬슬 짜증이 나는 모양이었다.

"이럴 거면 차를 갖고 올걸."

선우신의 목소리는 이제 거의 희미하게 들렸다.

'다리?'

아, 하고 소리를 낼 뻔했다. 그러고 보니, 이곳에 처음 올 때 건넌 낡은 다리가 하나 있었다. 다리에 진입하기 전 입구 쪽에서 식당가를 본 것도 같았다. 선우신의 죽는 소리를 들으며 도진은 풋 웃었다. 어린애 같다. 조금만 기다려라, 이 자식아. 조금만 가면 금방이다.

걸어가던 그는 갈림길에서 오른쪽 좁다란 골목으로 발을 옮겼다. 순간, 흠칫했다. 이곳이 초행길인 사람이라면 모르는 척 직진했어야 했다. 아차, 싶었다. 자신이 너무 예민해져 있는 건지도 몰랐다. 이런 작은 틈새 하나를 눈치채기는 어려울 것이다. 오히려 자신이 유별나게 구는 게 더 이상하게 받아들여질 것이었다. 별일 없을 것이다. 별일 아니다. 별생각 없는 사람처럼 평소의 이야기를 하기 위해 도진은 웃으며 돌아보았다.

순간 핏기가 가셨다. 기묘한 표정으로 장주호가 그를 보고 있었다. 그 눈빛이 섬뜩했다.

식당은 한산했다. 점심시간을 넘긴 탓이었다. 배가 고팠던지 선우신은 밑반찬으로 나온 깍두기를 맨입에 먹어 치웠다. 아무것도 모르는 놈은 좋겠군. 도진은 그렇게 생각하며 물을 들이켰다. 그러면서도 의식이 내내 장주호에게 집중되어 있었다.

'그 눈빛은.'

무엇이었을까. 아무것도 캐내지 못한 자에게서 나올 수 있는 눈빛이 아니었다. 아차, 하는 그 찰나의 순간, 장주호가 얻어낸 것은 무엇이었을까. 그리고 시작된 의심의 끈이 이어지는 끝에, 무엇이 있을까. 도진은 잔을 내려놓았다. 장주호의 표정에는 변화가 없었다. 평소와 다른 점은 보이지 않았다. 너무 예민했나, 하고 생각할 수도 있었다. '그럼 그렇지, 지가 뭘 눈치를 채' 하고 웃어넘길 수도 있었다. 하지만 분명 장주호와 도진의 사이엔 어색함이 감돌고 있었다. 그리고 그 어색함의 이면에는 경계심이 숨어 있다.

"식사 나왔습니다."

나무 테이블 위에 검은 뚝배기 세 개가 투박하고도 불친절한 소리를 내며 놓였다. 부글부글 끓어 넘친 시뻘건 국물이 뚝배기 받침에 흥건했다. 정체 모를 기름이 뻘건 국 위에 둥둥 떠 있었다. 식당에 들어오자마자 묻지도 않고서 '선지 해장국 셋!'을 외친 장주호의 작품이었다.

선우신은 해장국을 휘휘 저어 벌써 한가득 입에 넣는 중이었다. 장주호 역시 익숙한 폼으로 해장국을 저었다. 숟가락을 한 번 쭉 빨더니 공깃밥을 털어 넣어 꾹꾹 말았다. 어이쿠, 싶을 정도로 푹 퍼 입에 넣었다. 입술에 묻은 뻘건 양념을 혓바닥으로 쓱 핥았다. 훌쩍, 하고 코를 들이마셨다.

"안 먹나?"

장주호가 도진을 향해 눈을 치떴다. 관심인지 의심인지 알 수 없다. 어느 쪽이든 고맙지 않다.

"별로 식욕이 없네요."

도진은 짧게 대답했다. 왜 식욕이 없냐, 어디 아프냐 등의 이어질 질문이 싫어 뚝배기 그릇을 조금 밀어냈다. 단호한 '먹지 않겠다'로 받아들여 주기를 바라면서. 장주호가 흐응, 하고 소리를 냈다. 그 웃음이 신경을 긁어 놓았다. 평소 같았으면 기분만 나쁘고 끝났을 비웃음이, 이제는 그 안에 뭔가가 도사리고 있는 것만 같다.

"아참, 휴가는 어디로 다녀왔어? 뭐 이틀밖에 쉬지 못했겠지만."

"네?"

휴가를 다녀온 뒤 누군가 물으면 말해 줄 수 있는 문제였고, 말하지 않을 이유도 없었다. 하지만 예술품 처리를 시작하면서 부터는…… 그랬다. 상황이 반전되었다. 예술품의 '소재'가 야당 총재 김태손이고, 게다가 그 사건이 강력1팀에 떨어지리라고는 예상치 못했다. 순간 머리가 회전했다. 앞뒤를 정렬하고 손익을 계산했다.

"철원이요."

"철원? 강원도 철원이요?"

선우신이 우물거리며 대화에 끼었다. 도진은 고개를 끄덕였다. 장주호가 말했다.

"좋은 데 갔다 왔군."

"뭐 그저 그랬어요. 거기, 양식이지만 장어 잘하는 집이 있거든요."

이건 괜한 말을 했다고 생각했다. 자신은 평소 다른 사람에게 주절주절 말을 늘어놓는 타입이 아니었다. 별문제야 없겠지만 앞으로 조심해야겠다고 생각했다.

"장어 나도 좋아하는데!"

"넌 밥이나 마저 먹어."

"히히."

도진은 선우신에게서 고개를 돌렸다. 장주호의 안색을 살폈다. 눈이 마주쳤다, 고 생각한 순간, 장주호가 꺼억, 트림했다.

서울에 도착했을 때는 이미 도심에 어둠이 깔린 뒤였다. 몇 시간 만이지만 서울은 여전했다. 여전히 복잡하고, 여전히 소란하고, 사건은 여전히 진척이 없었다.

경찰서 앞마당에 차가 멈추자 장주호는 깊이 한숨을 내쉬었다. 이미 이곳에 올라오는 동안 서장으로부터 여덟 통의 전화가 왔다. 운전하던 선우신이 놀랄 정도로 서장은 고래 같은 소리를 질러댔고 전화는 매번 일방적으로 끊어졌다. 고함의 내용은 대부분 빨리 실마리를 잡으라며 해 대는 질타였다.

경찰서로 들어가는 즉시 소리만 지르는 고래 아가리에 먹힐 생각을 하니 기가 찼다.

'현장에서 뻉이치는 형사들을 대체 뭐라고 생각하는 거야.'

책상에서 소리 지르는 것으로 사건을 해결한다면 범인 잡다 찔려 죽은 형사도, 유족연금으로 생계를 연명할 가정도 없어 좋겠다.

"선우 형사, 운전하느라고 수고했어."

안전벨트를 풀며 장주호가 말했다.

"별말씀을요. 저희는 어떻게 할까요? 양 형사님 팀으로 합류할까요?"

선우신이 뒷자리에 앉은 도진을 의식하며 말했다. 쉬고 싶은데 '이제부터 무슨 업무에 합류할까요?'라고 묻는 눈치 없는 후배가 얼마나 미울까 싶어서다. 피곤할 선배 도진도 신경 쓰이고, 자기는 일해야 하는데 아랫것들 퇴근하면 하극상이라 할 장주호도 신경 쓰이니 선우신은 복잡한 심경이다. 다행히 룸미러로 슬쩍 본 도진의 표정엔 그다지 변화가 없었다.

"됐다. 주변 인물도 이 시간엔 자야 해. 양 형사도 아까 보고서 써놓고 퇴근한다고 연락 왔었다."

강력1팀에서 이 시각 퇴근할 수 없는 사람은 고래 같은 서장에게 부름을 받은 장주호 하나뿐이었다.

"그럼 먼저 들어가 보겠습니다."

대화를 듣고 있던 도진이 차 문을 열고 내렸다. 선우신도 눈치를 보다 어색하게 웃으며 따라 내렸다. 맨 마지막으로 장주호가 내렸다.

"먼저 들어가 보겠습니다."

선우신이 애써 밝은 목소리로 장난스럽게 거수경례를 붙였다. 그 옆에서 도진이 고개만 살짝 숙였다.

"현도진."

그를 부르는 장주호에게 대답 대신, 도진은 그를 쳐다보았다.

"잡을 거지?"

장주호의 말엔 언제나 맥락이 없다. 도진은 미간을 찌푸렸다.

"범인, 잡을 거지?"

"안 잡으려고 조사 다니는 형사도 있습니까?"

무슨 뜻으로, 뭘 원해서 그런 말을 묻는지는 모르겠으나 장주호의 말은 도진의 신경에 거슬렸다. 그런 감정을 모르는지 장주호는 씩 웃어 보였다.

"그렇겠지?"

흐응, 하고 웃는 장주호의 얼굴이 도진은 달갑지 않았다.

"먼저 들어가 보겠습니다."

묵례를 한 뒤 도진은 몸을 돌렸다. 눈치를 보고 있던 선우신이 뒤를 따랐다. 그 뒷모습을 보고 있자니 장주호의 호주머니에서 휴대폰이 울렸다. 주머니에서 나온 휴대폰 액정에 찍힌 번호는 02-448-××××.

서장실이다.

"아! 간다고!"

장주호는 계속 울어대는 휴대전화 액정에 대고 고함을 질렀다.

# 절벽

## 1

노크 소리가 텅 빈 복도에 처량하게 울렸다. 대답은 늦게 돌아왔다.

"들어와."

차고, 권위 의식이 가득한 목소리였다. 장주호는 문을 밀어 열었다. 옷매무새를 정리하며 서장을 향해 묵례했다. 고개를 드니 서장실에는 서장 이외에도 한 명이 더 앉아 있었다. 새카만 정장 차림의 남자가 느릿하게 장주호에게로 고개를 돌렸다. 40대 초중반의 남자는 날카로운 인상을 주었다. 몸은 탄력 있어 보였지만 머리는 숱이 적었다. 하얀 피부가 차갑게 느껴졌다. 결벽증이라도 있는 사람처럼 양복, 셔츠, 잘 빗어 넘긴 머리까지 어디 하나 흐트러진 곳이 없었다. 남자는 얄팍한 입술로 장주호를 향해 미소를 보냈다.

장주호는 남자와 만난 적이 있었다. 마치 연락을 끊고 달아나다 사채업자에게 덜미를 잡힌 것처럼, 그와의 대면은 장주호를 당혹케 했다. 남자는 새나라당 대변인 최용태다. 내부적으로 새나라당 대변인이자 김태손의 오른팔로 알려져 있고, 사적으로는 김태손의 처남이다.

"부르셨습니까?"

문을 닫고, 거만하게 소파에 몸을 묻고 있는 두 남자의 앞에 섰다.

"안면이 있으니 소개는 안 해도 되겠지. 최용태 대변인께서 오신 이유, 장 팀장도 알지?"

서장의 말에 장주호가 허리를 숙여 인사했지만, 최용태는 시선조차 주지 않고 앞에 놓인 차를 마셨다.

"위치 추적에 성공했다고?"

왠지 서장은 '성공'이라는 단어에 유난히 힘을 주어 말했다. 내내 최용태를 힐끔거리며 눈치를 살피고 있었다.

"휴대폰 위치 추적은 됐지만, 현재는 배터리가 방전되었는지 켜져 있지 않아 더 이상 찾을 수가 없었고, 인근에서 총재님을 보았다는 인물이 아직 나타나지 않았습니다."

"거기가 어딘가?"

"제천입니다."

"제천."

서장은 다시 흘깃, 최용태에게 눈짓을 보냈다. 제천에 뭐가 있냐는 물음이다. 그러나 최용태는 클래식 감상이라도 하는 것처럼 찻잔을 내려놓고 깍지를 낀 채 눈을 감고 있었다.

"그럼 다른 진행 사항은?"

재차 이어지는 서장의 물음에 장주호는 자기도 모르게 미간을 찌푸렸다. 서장은 애타는 눈빛으로 장주호를 보고 있었다. 없으면 만들어서라도 내놓으라는 것이다.

그 눈빛을 보자니 착잡해졌다. 장주호는 나지막하게 한숨을 쉬었다.

"특별 사항, 아직 없습니다."

순간적으로 서장의 얼굴이 해쓱해졌다.

"하지만 제천서와 공조하여 내일이면 휴대폰을 찾을 수 있을 거고, 그렇게 되면 총재님의 당일 행적이 파악되어 빠르게 수사가 진척……."

순간, 최용태의 눈썹이 꿈틀거렸다. 그는 기가 막힌다는 듯 풋, 웃었다. 천천히 눈을 뜬 그의 눈빛에 장주호는 소름이 끼쳐 입을 다물었다. 아주, 천천히, 느릿하게 최용태가 자리에서 일어나 장주호의 정면에 섰다.

"내일?"

그는 지체 없이 장주호의 뺨을 갈겼다. 엄청난 소리가 났다. 장주호의 목이 반대편으로 돌아갔고, 서장은 말릴 새도, 말릴 수도 없었으며 공기는 얼어붙었다. 일격에 장주호는 부동자세 그대로 굳었다. 입안에 비릿한 냄새가 퍼졌다. 찝찔한 것이 목구멍을 타고 넘어갔다.

최용태는 싸늘하게 그를 노려보았다. 그는 주머니에서 손수건을 꺼내 손바닥을 닦았다. 더러운 것이라도 묻은 양, 아주 꼼꼼하게. 자리로 되돌아가 앉으며 손수건을 장주호의 얼굴에 던졌다. 손수건은 장주호의 얼굴에 맞고, 자존심을 가로질러 바닥에 떨어졌다.

"개는 말이야. 받아먹은 것만큼은 짖을 줄 아는데 말이야. 인간이라는 것은 도무지. 응?"

노려보는 그의 시선이 장주호를 놓아주지 않았다. 그것은 지금껏 장주호의 주머니에 들어간 것에 대한 대가이며 그를 옭아매는 사슬이었다. 장주호는 직감했다. 벗어날 수 없다.

"노력하고 있습니다."

"노력하지 말고 찾아내."

최용태가 차갑게 웃었다.

"아니면 같이 자폭할까?"

막다른 골목에 와 있음을 장주호는 느꼈다.

"찾겠습니다."


분노는 쉽게 가라앉지 않았다. 가슴을 태워버리고 말 것처럼 끓어올랐다. 맞은 뺨이, 찢긴 자존심이 붉게 달아올랐다.

강력1팀으로 돌아오자마자 장주호는 재킷을 거칠게 벗어 바닥에 내팽개쳤다. 씨근덕대는 호흡에 맞춰 가슴이 달막거렸다.

시작은 단순했다. 김태손의 사고뭉치 큰아들이 낸 교통사고 때문이었다. 음주운전에다 뺑소니였다. CCTV에 그 잘난 얼굴이 훤히 찍혔다. 운이 나쁘게도 피해자는 사망했다. 그것뿐이었다면 김태손은 자신이 지금껏 살아온 그대로, 돈으로 일을 해결할 수 있었을 것이다. 하지만 시기가 나빴다.

총선을 앞두고 있는 시점이었다. 새나라당 의원들의 각종 비리와 루머로 인해 당은 위기였다. 당에 대한 국민의 신뢰도가 바닥을 쳤다. 그런 상황에서 아들의 일이 터진다면 상황은 최악으로 치달을 것이었다. 김태손은 경찰서장에게 전화를 걸었다. 이후 경찰서장이 강력1팀 팀장인 장주호를 서장실로 불러 올렸다. 모종의 지시를 받고 장주호는 언론을 막았다. 김태손이 건넨 돈이 피해자 부모의 입을 막았다. 그 사건으로 장주호가 받은 대가는 알량한 술대접이었다.

하지만 그렇게 시작된 김태손과의 악연은 질겼다. 장주호가 예상했던 것보다 정치인에게서 나오는 쓰레기는 상상도 못할 만큼 많았다. 돈을 받고, 주지 말았어야 할 도움을 줬다. 돈은 생각보다 강력한 유혹이었다. 말하자면 세탁부 같은 것이었다. 더러운 것이 묻었어도 굳이 잔디밭에서 여자랑 구르다 왔냐고 세탁소에서 묻지 않듯, 대부분의 일을 묻지 않고도 처리해 줬다. 처음엔 세탁부의 일이 어렵지 않았다. 그런데 김태손은 세탁부에서 만족하지 않고, 장주호를 쓰레기 처리장으로 쓰려고 했다.

거부 뒤엔 협박이 이어졌고, 그것이 몇 번이고 반복되었다.

그 이후로도 계속해서 그들이 싸 놓은 똥을 치우는 일이 주어졌다. 대가는 있었지만, 그 대가가 자신의 목을 죄는 줄이 될 줄은 알지 못했다. 정신을 차리고 보니 어느새 그들의 개가 되어 있었다. 그들의 말을 잘 들을 때는 세상에 둘도 없는 뒷배였다. 그렇게 여겼던 것이 너무 순진했다고 장주호는 생각했다. 이렇게 거친 방법으로 그들이 나올 때의 결과는 하나뿐이다. 그들에게는 이제 말을 제대로 듣지 못하는 늙은 개는 필요가 없는 것이다. 장주호가 아니더라도 그 역할을 할 사람은 많았다. 그들은 그중에서 고르기만 하면 되는 일이다.

이번엔 젊고, 명령 이행률이 높은 사냥개로.

"개?"

장주호는 최용태의 말을 떠올렸다.

"개라고? 으아아악!"

기어이 분노를 이겨내지 못했다. 닥치는 대로, 손에 걸리는 대로 책상 위에 있는 물건들을 모조리 쓸어버렸다.

와장창!

큰 소리가 빈 사무실을 윙윙 울렸다. 깨진 시계, 서류 뭉치가 바닥에 흩어졌다. 그 위로 최용태의 표정이 교차했다.

'노력하지 말고 찾아내.'

"시발놈."

'아니면 같이 자폭할까?'

장주호의 어깨가 흠칫했다. 인상을 구겼다. 화를 참아내듯 이를 악물고, 눈을 감았다. 깊은 한숨과 함께 다시 눈꺼풀을 올렸다.

장주호는 바닥에 집어 던진 재킷 안주머니를 주섬주섬 뒤져 휴대폰을 꺼냈다. 단축번호를 누르자 몇 번의 신호 끝에 전화기 너머로 남자의 목소리가 들려왔다. 장주호가 빠르게 말했다.

"수고하십니다. 저 송파경찰서 강력1팀 팀장 장주호라고 합니다. 네."

일상적인 인사가 끝나자 장주호의 눈빛이 변했다. 단호하고 경직되었다.

"7월 25일부터 7월 28일까지, 제천으로 진입하는 고속도로 및 국도의 CCTV 확보를 부탁드립니다. 요청하는 구역이 넓어 죄송합니다만, 해당 날짜의 CCTV 영상 모두를 부탁합니다."

몇 마디의 질문과 대답이 더 오간 후 통화는 종료됐다. 전화를 끊고 시간을 확인했다. CCTV 영상을 받기까지는 세 시간이면 충분할 것이다. 특정 차량을 수배해 달라는 것도 아니니 그저 영상을 통째로 보내주면 되는 것뿐이다. 다만 확보한 CCTV의 양이 많기 때문에 시간이 필요하다.

'세 시간.'

갑자기 피로가 몰려왔다. 잠깐 눈을 붙여야겠다는 본능이 그를 움직였다. 그는 뒷목을 주무르며 문 쪽을 향해 몸을 돌렸다. 하지만 그뿐, 그 발은 더 움직이지 못했다. 사무실 바닥을 나뒹구는 잡동사니를 보았기 때문이다. 분노에 치받혀 저질러 놓은 일 때문에 이번엔 짜증이 치받쳤다.

"시발."

그는 주섬주섬 물건들을 주워 올리기 시작했다.


## 2


도진은 곧장 집으로 돌아왔다. 자주 가는 와인 바에 들르고 싶은 생각이 간절했지만 참았다. 내일부터는 한숨도 돌리기 힘들 만큼 바빠질 터였다. 휴대폰만 찾는다면 수사는 급물살을 탈 수 있다.

집 안은 눅눅했다. 베란다 창을 열었다. 환기를 하지 않으면 편히 숨을 쉴 수가 없다. 도시의 바람이 거실에 가득 찼다.

도진은 이 도시를 좋아한다. 야멸차고 사납다. 도시에서 개인과 개인은 단체를 이루지 않는다. 개인주의는 도진을 자유롭게 했다. 셔츠의 단추를 두 개쯤 풀고, 긴장을 내려놓았다. 냉장고에서 막 꺼낸 비타민 워터를 투명한 잔에 담아 왔다. 베란다에서 내려다보는 야경은 아름다웠다. 문득 그런 생각이 들었다. 지금 이 순간 예술가는 무얼 하고 있을까. 어떤 생각을 하고 어떤 감각을 느끼고 있을까.

가슴이 뛰었다. 마치 연모하는 이를 떠올리는 사내 같았다.

피식, 웃음이 새어 나왔다.

오늘의 일을 되짚어 보았다. 휴대폰은 찾아내기만 하면, 예술가에게 다가갈 중요한 단서를 쉽게 뱉어낼 것이다. 하지만 도진의 마음에 가시처럼 걸린 것이 있다.

장주호의 눈빛이었다.

그러나 그 눈빛 하나에 겁을 내기엔 의구심이 들었다. 과연 그 찰나의 순간을 장주호가 잡아챌 수 있었을까, 하고 도진은 생각해 보았다. '일반적으로'라는 단서와 '나라면'이라는 조건을 달아 여러 각도에서 생각했다.

답은 '그럴 리가'.

너무 예민해진 모양이다. 진정하자고 몇 번씩이나 생각했지만 수양이 부족했다. 적어도 제 발 저리는 도둑은 되고 싶지 않다. 치욕스럽고 추잡하다.

'생각을 끊자.'

마인드 컨트롤은 중요했다. 그는 크게 숨을 내뱉었다. 거실 안으로 들어가 오디오의 리모컨을 들었다. 빨간색 전원버튼 위에서 손가락이 멈췄다. 시간을 확인했다. 공교롭게도 옆집 여자가 쫓아왔던 때와 비슷한 시각이다. 음악을 틀면 그 여자가 쫓아올 확률은 100퍼센트다. 그 여자가 쫓아오면 마인드 컨트롤이 안 될 확률 역시 100퍼센트였다. 아파트 소음을 항의하러 옆집에 쫓아갔던 여자의 실종사건에 제1용의자로 낙점되고 싶은 마음은 전혀 없었다. 그런 여자와 9시 뉴스에 동반 출연하는 것도 싫다. 우아하지 못하고, 완벽하지 못하고, 위압적이지 못한 우스운 사건에 휘말리는 일은 이쪽에서 거절이다.

'이사라도 가야겠군.'

도진은 리모컨을 내려놓고 방으로 들어갔다. 손목시계를 풀어 테이블 위에 올려놓았다. 손목을 조이고 있는 셔츠의 단추를 마저 풀었다. 문득 드는 생각에 도진은 손을 멈추었다. 그는 벽으로 다가갔다. 침대 머리맡 벽에는 그림 액자가 걸려 있다.

푸른 바다를 그린 유화 작품이었다. 고가의 작품은 아니지만 미술계의 유망주로 떠오른 서희창 작가의 작품이다. 미술전에서 구입해 온 그림은 심플한 도진의 방과 잘 어울렸다. 물론 이 그림의 백미는 액자의 뒷면이지만.

손을 뻗어 액자를 내렸다. 액자에 가려졌던 벽은 평범해 보이지만 그것이 전부는 아니었다. 손바닥을 벽에 대고 힘을 주어 옆으로 밀었다. 천천히, 묵직한 소리를 내며 벽이 밀려 나갔다. 그 안에서 유리 선반이 모습을 드러냈다. 주방기기를 빌트인한 공간처럼 벽에 구멍을 내어 만든 곳이다. 도진이 가장 신경 쓰고, 가장 좋아하는 공간인 만큼 작은 조명까지 달았다. 벽에 붙은 스위치를 누르자 등이 불을 밝혔다. 유리 선반에 빛이 반사되어 반짝거렸다.

그 위에 오른 장식품은 이 세상 어떤 것보다 도진을 흥분케

하는 것이었다. 그의 능력을 검증해 주는 것이며, 그의 자존감을 높이는 것이었다. 한 걸음 떨어져 도진은 그것들을 감상했다. 단 두 가지뿐인 전시품이지만 도진에게는 그 어떤 것보다 중요했다.

하나는 빨간색 하이힐이다. 재희는 도진에게 올 때 꼭 그것을 신고 왔다. 그녀는 붉은색이 그를 더 색정적으로 만들어줄 거라 믿었다. 빨간색 하이힐은 그녀를 상징했다. 옆에 놓인 것은 배지였다. 순은에 도금한 배지. 무궁화 모양을 한 국회의원 배지였다.

두 가지 모두 그의 소중한 전리품이다.


## 3


차라리 백사장에 떨어진 바늘을 찾는 게 나을 것이다. 이메일로 받은 CCTV 영상을 뚫어져라 바라본 지 네 시간 만에, 강력1팀의 소파에 녹다운된 채 벌러덩 드러누워 장주호는 그런 생각을 했다.

고속도로와 국도를 지나간 차량을 샅샅이 살피다 보면 그 안에 반드시 단서가 있을 거라고 장주호는 막연히 추측했다. 그것만이 무너진 하늘에서 솟아날 구멍이라고 여겼고, 동아줄이 되어줄 거라 믿었다. 눈알이 빠져라 네 시간 동안 삽질한 뒤에야 그것이 썩은 동아줄이었음을 깨달았지만.

'어디로 솟은 걸까?'

천장을 올려다보며 그는 한 가닥 끈이라도 떠오르길 바랐다. 머리가 복잡했다. 밤은 깊어 새벽을 향해 달리고 있었다. 얽히고설킨 실타래는 이미 포화 상태였다. 소파에서 벌떡 일어나 앉았다. 비명 대신 머리를 쥐어뜯었다. 그러잖아도 거푸집 같은 머리가 거푸집보다 못해져 버렸다. 장주호는 소파에서 일어서 책상으로 다가갔다. 서랍을 열기 무섭게 자르륵, 언제 써봤는지 기억도 안 나는 볼펜들이 굴러 나왔다. 투박한 손으로 서랍을 뒤적였다. 꼼꼼한 성격이 아닌지라 다른 사람들처럼 통을 놓고 모아 두는 것은 아니지만, 이따금 주머니를 귀찮게 하는 동전들을 서랍에다 툭툭 던져 놓았다. 커피를 마시고 싶을 때 서랍을 뒤지면 꽤 요긴하다. 성에 차지 않는지 이내 손바닥으로 쓱 훑었다. 10원짜리 동전 몇 개가 밀려 나왔다. 물끄러미 내려다보며 가늠했다. 그의 코가 씰룩거렸다. 지금껏 집어넣은 것만 대충 어림잡아도 5,000원은 넘어야 하는데 몇 십 원밖에 남지 않았다니, 이건 손이 탄 것이다.

언제고 범인을 잡고 말겠다, 장주호는 다짐했다.

지갑을 열었다. 꼬깃꼬깃한 1,000원짜리 지폐 두 장이 헤 벌어진 지갑 속에 있었다. 이걸로 마셔야겠군, 하다가 그는 히죽 웃었다. 도진의 책상 서랍 안에 동전 통이 들어 있던 것을 생각해 냈기 때문이다. 동전 몇 개 없어진 걸 지가 알겠어, 하는 생각과 이 정도는 팀장으로서 얻어 마셔도 돼, 하는 당위성이 그를 주저하지 않게 했다. 어차피 돈은 돌고 도는 법이다. 그래서 '돈'이라고 하는 거다.

서랍을 열자 동전 통이 그의 시선을 빼앗았다. 장주호는 신이 나서 동전 통을 열고 300원을 꺼냈다. 뚜껑을 닫으려다가 100원짜리를 두 개 더 집었다. 어차피 300원 훔친 놈이나 500원 훔친 놈이나 도둑놈은 도둑놈이다. 어차피 도둑놈일 바에야 양이라도 많이 나오는 고급 커피를 뽑아야겠다, 장주호는 휘파람을 불며 서랍을 닫았다.

동전을 바지 주머니에 쑤셔 넣다가 장주호는 아무래도 이상하다는 생각을 했다. 도진의 책상에도 동전 통이 있는데 왜 본인 것만 없어졌단 말인가. 장주호의 수사 촉이 작동했다.

이건 분명 자신을 아는 자의 소행이라고 장주호는 단정 지었다. 그는 잠시 생각에 잠겼다. 주변을 둘러보았다. 두리번거리던 시선이 이내 책상 위에 있던 인주에 닿았다. 그는 히죽 웃었다.

커피를 마시려면 1층 중앙에 있는 자판기까지 가야 했다. 화장실에 들렀다가 곧장 자판기가 있는 곳으로 갔다. 주머니에 넣어 두었던 동전을 꺼내 양손에 그러모아 쥐고 흔들었다. 잘그락거리는 소리가 소박하다. 자판기에 500원을 넣고 밀크커피 버튼을 눌렀다. 피곤하고 짜증날 때는 단것이 당기는 법이다. 작년까지만 해도 자판기는 200원이면 한 잔을 내주었는데, 올해가 되면서 300원짜리와 500원짜리가 생겼다. 물가 상승을 반영하지 않는 것은 경찰이든 뭐든 사람의 월급뿐이다.

장주호는 뜨끈한 커피를 후루룩 들이켰다.

"나랏일을 하는데 어떻게 커피 한 잔 서비스도 없냐."

"뭐라고 투덜대는 거야?"

갑자기 들려온 목소리에 돌아보았다. 불 꺼진 컴컴한 계단에서 검은 점퍼를 입은 남자가 걸어 나왔다. 강력2팀의 이호진이었다. 장주호와는 동갑내기로 오며가며 담배 피다 안면을 튼 사이다. 장주호는 호진이 걸어 나온 쪽을 흘깃 보았다.

"당직?"

강력2팀은 1팀과는 완전히 반대 방향이다. 1팀은 오른쪽 복도 끝, 2팀은 왼쪽 복도 끝이다. 그래서 2팀은 중앙계단보다는 복도 끝에 있는 비상계단을 이용하는 편이었다. 하지만 호진은 웬일인지 중앙계단을 통해 내려왔다.

"어."

"커피 마시러?"

"뽑아주면 감사하고."

"짠돌이 새끼. 나도 지금 도둑질해서 뽑아 마시는 거다."

"할 수 없지."

호진은 자신의 주머니에 손을 넣었다. 동전이 짤랑거리며 그의 손에 들렸다. 장주호는 어이없다는 듯 인상을 쓰고 그를 노려보았지만 호진은 상관하지 않았다. 커피를 뽑은 호진이 입으로 컵을 가져가며 낮게 한숨을 쉬었다.

"남들 다 가는 피서 한번 못 가보고 이게 뭐 하는 짓이냐?"

"피서 같은 소리 하네."

장주호는 피식 웃었다. 형사로서 배부른 소리다. 잠잘 시간도 없는데 휴가며 피서는 언제 챙길 수 있단 말인가. 형사 일을 시작하고 나서는 대한민국의 계절이 네 개라는 것도 잊고 살았다.

"나는 범인 추적할 때 미친 듯이 달리는 거 말고, 마음 편하게 고속도로 타고 어디 좀 가고 싶은 게 꿈이다."

"꿈도 별, 거지같이."

장주호는 커피를 마저 마신 후 종이컵을 구겨 쓰레기통에 던져 넣었다. 종이컵은 별도의 수거함에 넣으라고 써 붙인 경고 메시지가 쓰레기통 바로 뒤 벽면에서 힘없이 덜렁거렸다.

"나 먼저 간다."

장주호는 호진의 어깨를 툭툭 쳤다. 그러고는 걸음을 옮기는데, 순간 그의 눈길을 잡는 것이 있었다. 그 어느 수사 때보다 몸을 빠르게 돌려 호진의 손을 낚아챘다. 당황한 호진의 눈을 보며 장주호는 회심의 미소를 지었다.

"범인 검거."

장주호에게 붙들린 호진의 손가락에 빨간 인주가 묻어 있었다. 어둑한 복도에서 유난히 하얀 장주호의 이가 반짝였다.

강력1팀으로 돌아온 장주호의 손에는 만 원짜리 지폐가 들려 있었다. 그는 뿌듯했다. 유난히 낡고 얇은 지갑에 호진에게서 받아낸 만 원을 끼워 넣었다. 손바닥으로 툭툭 두드려보는 그의 얼굴은 100점을 맞아 온 자식의 궁둥이를 치는 사람과 같았다. 슈퍼에서 껌 한 통을 훔치다 걸려도 세 배는 물어내야 하는 판에, 감히 강력1팀 팀장의 명예를 더럽힌 놈에게 만 원은 과한 처벌이 아니다.

서랍에 인주를 칠한다는 발상이 이렇게 빨리 먹혀들 줄은 스스로도 몰랐다. 사실 서랍의 손 닿는 곳에 인주를 칠하면서도 '내가 지금 뭘 하고 있나'와 '유치하다'라는 생각으로 자괴감에 빠졌었다. 그런데 정말로 걸려들 줄이야.

장주호는 지갑을 도로 주머니에 넣었다. 고속도로를 편하게 운전하는 게 소원이라던 호진의 말을 떠올렸다. 생각하면, 그런 여유 시간이 본인에게도 없었다. 본인에게 시간이 없으니 아내에게도 그런 시간 한번 주지 못했다. 어쩔 수 없는 일이고 많은 형사가 그러하지만, 가끔은 뭐 하는 건가 싶을 때도 있다.

"그러고 보니 현도진 그 새끼는 이틀이나마 휴가 갔다 왔지, 참. 뭘 하든지 미운 새끼란 말이야."

중얼거리던 장주호는 잠시 생각에 빠졌다. 곧 그는 휴대전화를 주머니에서 꺼내었다.

"강력1팀 장주호 팀장입니다."

장주호의 입술 끝이 비죽 올라갔다. 통화를 하는 동안 서늘한 미소가 그의 얼굴에 드리웠다.


　날이 밝았다. 동시에 쳇바퀴가 돌아갔다. 매일같이 새로운 것 같아도 쳇바퀴 속에서 인생은 돌아간다. 도진은 출근하기 무섭게 회의 준비를 시작했다. 당분간 집에 들어가지 못할 것은 이미 자명했다.

　"그래서, 아직 특별히 나온 건 없다는 거지?"

　양 형사가 대답 대신 고개를 끄덕였다. 도진은 맥이 빠졌다. 이 상태라면 회의에 들어가 봐야 깨질 확률 100퍼센트다. 사안이 사안이니만큼 서장까지 회의에 참관한다. 하다못해 범인의 머리카락 한 올이라도 주워 내밀어야 하는데 손에 든 건 아무것도 없다.

　"일단, 알았어."

　양 형사가 제자리로 돌아간 뒤 도진은 수첩을 꺼냈다. 물음표만 볼펜으로 계속해서 끼적였다.

　범인은 누굴까?

　대체 왜 김태손을 죽였을까?

　왜 그렇게 눈에 띄기 좋은 곳에 시신을 방치했을까?

　이렇게 해서 예술가를 잡을 수 있긴 한 걸까?

　답답했다. 잡힐 것 같던 흔적들이 사라져가는 기분이었다.

　전국의 형사들을 동원해서라도 범인을 잡아내야 할 판국에 아직 김태손이 실종됐을 가능성을 열어 두고 수사를 벌이고 있다. 안타까운 것은 자신도 거기에 발을 맞추고 있어야 한다는 사실이다.

도진은 그려놓은 물음표를 지우려는 듯 볼펜으로 마구 그어 댔다. 분을 참지 못해 볼펜을 휙 던졌다. 척척 수첩을 접어 던지듯 서랍 안에 넣었다.

그런 모습을 장주호가 보고 있었다. 벽에 기대어 서서, 조용히 관찰했다. 움직임 하나까지 읽어내려는 듯 숨소리마저 침묵한 채 관찰했다. 도진은 열심히 형사들과 의견을 나누고 있었다. 자신의 생각도 개진한다. 누구보다 이 사건에 열심이다. 아니, 적어도 그렇게는 보인다.

'너야?'

묻고 싶다. 몰라서 묻는 것이 아니다. 저 포커페이스가 깨어지는 그 순간을 보고 싶은 것이다. 하지만 아직은 때가 아니다. 도진의 뒷모습을 응시하는 장주호의 눈빛이 반짝였다.

그의 입가에 회심의 미소가 걸렸다.

'너야.'


**4**


김태손의 전 비서실장이었던 최진철을 만나기 위해 아침 일찍 도진과 선우신은 여의도에 와 있었다. 하지만 만남에도 그다지 성과는 없었다. 차라리 아무것도 안 나오면 속이라도 편하겠는데 털면 털수록 먼지도 아니고 거대한 쓰레기 더미가 나왔다. 원한 관계를 찾으려니 줄줄이 땅콩처럼 수많은 인물이 쏟아져 나왔다. 그중에 김태손 실종사건과 얽힌 진짜배기를 골라내는 것이 쉽지는 않았다.

이왕 나온 김에 점심 식사나 하고 가자는 선우신의 말에 김치찌개 백반집으로 향했다. 갑자기 생각난 듯 선우신이 주먹으로 한쪽 손바닥을 탁 쳤다.

"제가 윤경대 잡았다고 말했었나요?"

"네가 잡은 게 아니라 강력2팀에서 잡은 거겠지."

"에이, 강력2팀에서 잡은 윤경대 이야기 선배님한테 해드렸냐고요."

말을 바로잡으면서 선우신이 비쭉거렸다. 도진은 그런 선우신의 얼굴을 물끄러미 보았다. 오히려 기분 나빠야 하는 상황이 아닌가. 제대로 해결도 안 되고, 온갖 욕만 먹는 김태손 사건 때문에 자기가 맡아 거의 해결 단계에 이르렀던 사건을 다른 팀에게 넘겼다. 해결 단계에 이른 것뿐이지, 해결을 한 것은 강력2팀 쪽이어서 모든 공은 그쪽으로 넘어갔다. 그런데 뭐가 기분이 좋다고 저렇게 떠벌리는지 도진으로서는 이해할 수가 없었다.

"넌 열도 안 받냐?"

"열이요? 왜요?"

순진한 건지, 미진한 건지, 아무런 감정이 없는 건지, 감정이 '좋다' 하나뿐인 건지. 판단이 안 가지만 어느 쪽이든 도진으로서는 답답했다. 그의 답답함을 읽었는지 선우신이 아, 하며 웃었다.

"됐다. 너랑 더 말해야 뭔 소용 있겠냐. 근데 윤경대 사건 뭐?"

"오늘 강력2팀에서 그놈한테 진술을 받았다는데, 아무래도 어린 시절에 불행한 가정환경 때문에 영향이 있었나 봐요."

"흔해 빠진 놈이구만."

"뭐 이놈이나 저놈이나 다 부모 탓하고 환경 탓하긴 하는데, 근데 그게 영 영향이 없는 것도 아니더라고요. 성격이 형성되는 시기잖아요. 그때 성격이 일그러지거나 잘못된 성적 취향 같은 게 생기기도 하고 자기도 몰랐던 잔인성이 발현될 수도 있고요."

"그런가. 나도 그런 영향이 있는 건가?"

걸음을 멈춘 도진을 따라 선우신도 걸음을 멈추고 뒤를 돌아보았다. 도진은 자기도 모르게 혼자의 생각을 입 밖으로 내뱉었다는 것을 깨달았다. 물끄러미 그를 보던 선우신이 씩 웃었다.

"선배야 뭐, 부모님은 이름만 대면 알아주는 대학 교수님들이시고, 경제적으로도 집안 빵빵하겠다. 에이, 뭐예요. 지금 가정교육 잘 받았다는 걸 우회적으로 자랑하시는 겁니까?"

할 말이 없어 그냥 웃었다. 가정교육. 그 말이 도진을 웃게 했다.

선우신의 말대로 그의 어머니와 아버지 두 분 모두 서울 유명 대학의 교수다. 어머니는 클래식 애호가라면 한번씩 이름을 들었을 법한 성악가 출신이고, 아버지는 저명한 의학 박사다. 적어도 1년에 한 번, 혹은 몇 달에 한 번씩은 공중파 TV를 통해 만날 수 있는, 그러나 일반인들은 직접 만나기 어려운 사람들이다.

가정교육이라던가, 탄탄히 보장되어 있는 미래 같은 것보다 친구들이나 주변 사람들이 도진을 부러워하는 것이 어렸던 그는 그저 신났던 것 같다. 부모의 진짜 모습을 보기 전까지는 말이다.

그의 아버지는 입주 가사도우미의 어린 딸과 섹스했다. 그의 어머니는 아버지의 운전기사와 섹스했다. 그런 날이면 그들은 부부의 역할에 더 성실히 임했다. 부모의 너그러운 남편과 자애로운 아내라는 역할극은 꽤 봐줄 만했다. 그때 도진은 고작 열세 살이었다.

처음 그 사실을 알았을 때, 도진은 일부러 그들이 자신을 목격자로 인식하도록 했다. 한여름이었다. 날이 너무 더웠고, 도진은 2층 방에서 잠이 들어 있었다. 적어도 잠이 들어 있는 거라고 믿도록 했다. 한 20분 정도 지났을까 가사도우미의 딸이 식혜를 유리그릇에 담아 안방으로 들어갔다. 그녀의 어머니, 입주 가사도우미는 전복을 사러 수산시장에 가 있었다. 물론 아버지의 심부름이었다. 도진은 계단 난간에 기대어 조용히 침묵했다. 그리고 둘의 호흡과 소리가 거칠어질 때를 참고 기다렸다. 다음은 쉬웠다. 아빠, 하고 문을 벌컥 열었다. 침대 위에 벌거벗은 두 짐승이 얽혀 있었다. 그렇게 붙은 상태로, 심장마비라도 온 사람 같은 얼굴로 두 사람이 도진을 돌아보았다. 도진은 그냥 멍하니, 그 장면이 뜻하는 바가 무엇인지 모르는 순진한 얼굴로 잠시 서 있으면 되었다.

어머니 쪽은 오히려 쉬웠다. 같은 방법이긴 했지만 어머니 쪽의 장소는 주차장이었다. 차가 들썩일 때를 틈타 거기서 놀고 있었던 것처럼 손전등을 비췄다.

그때부터였다. 두 사람은 도진을 두려워했다. 쩔쩔매며 도진의 눈치를 보았다. 그리고 도진이 하는 모든 일을 용서해 주었다. 옆집 아이를 밀어 다치게 했을 때도, 동네의 큰 나무에 불을 질렀을 때도, 그리고⋯⋯ 가사도우미를 강간했던 열일곱 살의 그때도. 도진을 혼내기는커녕 눈 깜짝할 사이 모든 일을 처리했다. 강간당했던 가사도우미는 거액의 돈을 받고 서울을 떠났다. 그 뒤로도 몇 번이나 두 사람은 도진의 앞을 가로막는 것들을 알아서 해치웠다.

아무도 도진을 불편하게 하지 않았다. 도진은 그 누구도 신경 쓰지 않고 하고 싶은 대로 했다. 두 사람은 끊임없이 도진의 눈치를 보았고, 그것은 가정이 깨질까 봐 두려웠던 것이 아니라 세상에 사실이 알려지는 것이 두려웠기 때문이다. 아마 그것이 도진이 처음 보았던 인간의 두려움이었을 것이다. 적어도 그 집에서 도진은 신이었다.

집에는 강아지가 있었다. 희고 부드러운 털을 가지고 있었다. 강아지는 늘 아무런 의심 없이 다가와 도진의 발을 핥았다. 매번 있는 상황인데도 그날만은 발밑의 강아지를 보며 평소와는 다른 감정이 가슴속에 느껴졌다. 충동적으로 발을 높이 들어 그대로 내리찍었다. 캑, 인 거 같기도 하고 깽, 인 거 같기도 한 소리를 내지르며 강아지가 사지를 떨었다. 강아지의 목을 잡아 올렸다. 강아지의 눈에 두려움이 가득했다. 도진은 그대로 강아지의 한쪽 눈을 파냈다. 다른 한쪽은 건드리지 않았다. 두려움을 계속 보고 싶었으니까. 탁 소리가 나 돌아보니 문 앞에 선 그의 어머니가 파랗게 질려 있었다. 바닥에는 그녀가 들고 올라온 과일 접시가 나뒹굴고 있었다. 그때 어머니를 응시하던 내 표정이 어땠더라, 하고 도진은 떠올려 보았다. 아마도 웃고 있었을 것이다.

그것이 계기가 되어 도진은 부모와 따로 살기 시작했다. 아쉽지 않을 정도의 경제적 지원은 끊이지 않았지만 살가운 안부 전화나 왕래 따위는 없었다. 도진이 원한 것이기도 했다. 그렇게 지낸 것이 10여 년 흘렀다. 평생 부모 자식 간의 통화나 왕래는 없을 거라고 생각했다. 하지만 그 예상은 생각보다 쉽게 깨졌다.

그날 도진은 처음으로 어머니의 전화를 받았다.

"경찰서에서 전화가 왔었다. 장주호 팀장이라고 하던데."

얼마 만에 듣는 목소리인지, 도진은 순간 상대방이 누구인지 깨닫지 못했다. '잘 있었냐' 같은 일반적인 인사가 전혀 없었기 때문이다. 누구세요, 할 뻔도 했지만 어머니라는 것을 곧 깨달았다. 10여 년의 세월 동안 바뀌지 않은 것이 있다면 도진을 대할 때 느껴지는 어머니의 불쾌함이나 꺼림칙함이었다.

도진 역시 반가움은 없었다. 평소 같았다면 잔뜩 비꼬아 주면서 교양 있고 우아한 어머니의 말투가 분노로 떨리는 것을 느끼며 즐거워했을지도 모른다. 하지만 장주호에게서 전화가 왔었다는 말에, 도진의 표정은 잔뜩 일그러졌다.

"장 팀장 어디 있어?"

사무실에 들어가기 무섭게 양 형사를 붙들고 소리쳤다. 양 형사는 어리둥절한 표정으로 도진을 올려다보았다. 사무실을 둘러보았지만 장주호는 보이지 않았다.

"조금 전에 커피 한잔하신다고 나갔는데."

붙들었던 양 형사의 어깨를 홱 놓고 도진은 사무실을 박차고 나갔다. 그러다 그의 걸음이 멈추었다. 도진의 머릿속에 스친 것이 있었다. 그것은 '혹시'부터 시작해 '어쩌면'으로 이어지다 종국엔 깊은 의혹을 남겼다. 크게 한숨을 내쉬고 가급적 차분히 생각해 보려 애썼다. 무슨 이유로 부모님에게 전화를 건 것일까. 전화를 걸어왔던 장주호는 어머니에게 만날 수 있냐고 물었다고 했다. 왜 그러는지는 모르겠으나, 지금은 제자의 성악 콘서트 음악 총감독을 맡고 있어 정신이 없다고, 두 달

전부터 준비한 일이고 끝날 때까지는 시간이 나지 않는다 대답했다. 그러시냐며, 장주호는 순순히 전화를 끊었다고 했다. 애초에 아무 의미도 없는 행동을 할 사람은 아니다. 그는 뭔가를 알아내려 한 것이 분명하다. 도진은 천천히 움켜쥐었던 머리를 놓았다. 지금은 아무리 머릿속에서 정리해 봐야 답을 낼 수 없었다. 지금 할 수 있는 것은 하나였다. 장주호를 만나야 한다.

도진은 사무실을 나가 1층으로 내려갔다. 자판기 앞에 장주호가 서 있었다. 약간 긴장하며 계단으로 내려갔다. 장주호는 자판기 앞을 서성이고 있었다. 메뉴를 고르는 모양이다. 이윽고 결정했는지 동전 몇 개를 넣고 버튼을 눌렀다. 장주호는 커피 배출구에 손을 넣고 기다렸다가 종이컵을 빼냈다. 뜨끈한 커피를 후루룩 들이켰다. 그는 도진이 다가와 있다는 것을 이미 알고 있었다는 듯 고개도 돌리지 않고 말했다.

"할 말 있으면 그냥 부르면 되지, 뭘 그렇게 음흉하게 내려와서는 사람을 쳐다봐?"

"제 어머님께 전화를 하셨다고 들었습니다."

이미 예상하고 있는 말이었는지 장주호는 커피를 들이키며 한 손으로 주머니에서 뭔가를 꺼내 내밀었다. 받고 보니 500원짜리 동전 하나였다.

"자수할게. 내가 서랍에서 훔쳤어. 갚을 테니 빌린 걸로 해 줘."

도진은 인상을 썼다. 장난할 기분이 아니다. 장주호에게 한 마디 하려 입을 여는데, 장주호가 또 다른 것을 주머니에서 꺼냈다. A4 용지였는데 세로로 둥글게 말려 있었다.

"내가 말이야, 오늘 이런 걸 받았어."

장주호가 내미는 것을 받아 들고 확인한 순간 도진은 비명을 지를 뻔했다. 그것은 고속도로 하이패스 사용 내역이었다. 제천이라는 글자가 시야로 뛰어들었다. 자신에게 무슨 일이 닥칠지도 모르고 그날 도진은 관용차량을 운전했다. 이따위 일에 휩쓸릴 줄 알지도 못하고 고속도로를 운전했다. 그 내역이 고스란히 남았다.

장주호가 찾아낸 것이 이것이었나. 그래서 그런 눈빛을? 도진은 도무지 진정할 수가 없었다.

머릿속에서 무섭게 바퀴가 돌기 시작했다. 제천고속도로를 통행한 것에 대해 즉시 설명하지 않으면 그것은 분명 발목을 잡을 것이다. 장주호는 지금 자신의 표정 하나하나를 읽기 위해 계속 주시하고 있었다. 눈 하나 깜짝하지 않고, 적절하게 둘러대는 것은 자신이 잘하는 것 아닌가. 도진은 이번에도 해낼 수 있을 것이라고 생각했다. 그때 장주호가 반대편 벽으로 가서 섰다. 대답 따위는 애초에 필요 없다는 듯한 태도였다.

벽에는 전국지도가 그려져 있었다. 그는 히죽히죽 웃으며 손가락으로 어느 한 지점을 가리켰다. 철원이었다. 철원을 가리킨 것을 도진이 본 것을 확인한 장주호가 이번에는 제천 쪽을 짚었다.

"너는 그날 휴가로 철원에 갔다고 했지. 철원과 제천은 완전 다른 방향이야. 그러니 어떤 경우에라도 우연히 그렇게 될 수는 없지. 그래서 생각해 봤어. 혹시 부모님이 제천에서 사신다든가 하는 건 아닐까. 그래서 전화해 봤는데 너무 바쁘셔서 서울에 있는 연습실에서 꼼짝도 못 하신다더군. 그것도 두 달 전부터."

도진은 숨을 꿀꺽 삼켰다. 머릿속이 정지했다. 주먹을 꾹 쥐었다. 침착하자. 제천행이 들킨다 해도 김태손 살해 용의자가 되는 일은 없을 것이다.

장주호가 도진 앞으로 바짝 섰다.

"현도진, 이 상황이 말해 주는 건 뭘까?"

도진은 답하지 않았다. 기대도 하지 않았다는 듯 장주호가 곧바로 말을 이었다.

"답은 이거야. 현도진은, 뭔가의 이유에 의해, 거짓말을 했다."

"그건……."

"아, 뭐 지금 당장 그거 생각할 여력은 없으니 너무 걱정 마. 김태손 실종사건을 빨리 해결해야 하거든. 5분 뒤에 경찰서장과 총장이 참석하는 회의에 들어가야 해. 그 생각만 해도 지금 머리가 딱딱 아파. 김태손 사건 때문에 잡혀 있느라 집에 간 게 언제인지 기억도 안 나. 마누라는 삐쳐서 장모님 댁에 갔는지 전화도 안 받고. 아무튼 범인만 잡으면 그놈은 내 손으로 반 죽여 놓을 거야."

장주호가 히죽 웃었다. 어둑한 복도에서 장주호의 이가 유난히 반짝였다.


## 5


전체회의는 대체로 책임 추궁과 회피 그리고 누구보다 먼저 발 빼기로 일관된 채 진행되었다. 와중에 직격탄을 맞은 것은 장주호였다. 윗선에서는 희생양이 필요했다. 짐을 짊어지고 재물로 바쳐질 누군가가, 내가 아닌 누군가가.

회의 내내 장주호는 탐욕스러운 괴물들에게 뜯어 먹히는 기분이었다. 죽다 살아난 심정으로 회의를 마치고 강력1팀으로 돌아오자 장주호는 내내 참았던 화와 분노, 혈압이 한꺼번에 폭발하는 것 같았다.

"아우!"

거칠게 재킷을 벗어 바닥에 내동댕이쳤다. 그것으로도 화가 풀리지 않아 한강에서 뺨 맞은 사람처럼 가슴을 씨근덕거렸다. 그의 뒤로 양 형사와 선우신 그리고 도진이 차례로 들어왔다. 양 형사와 선우신은 눈치를 보다 몸을 낮추고 제자리로 갔다. 도진은 표정 변화 없이 그대로 걸어 자리에 앉았다. 그런 도진을 장주호가 찢어발길 듯 노려보았다.

'너다.'

장주호는 확신했다. 이 세상에서 김태손을 사라지게 한 사람은 저 녀석이다. 뒤가 구린 놈은 어떻게든 티가 나는 법이다. 오늘의 굴욕을 '너 때문이다'라고 말하고 있지만, 곧 '네 덕분에' 승진한 것이다, 라고 말하게 될 터였다. 이 치욕은 얼마 남지 않았다.

"오늘 계획들이 뭐지?"

"김태손의 계좌 추적과 전 비서실장 최진철을 다시 만나 볼 생각입니다. 털면 털수록 원한 관계가 왜 그렇게 많은지. 그중에 진짜배기를 골라내는 데에 도움이 되지 않을까 해서요."

양 형사가 대답했다. 음, 하고 장주호가 고개를 끄덕였다.

"현도진."

"네."

"오늘 양 형사와 합류한다."

도진으로서는 의외의 지시다. 톨게이트 영수증을 발견한 후 장주호는 아직 아무런 행동도 보이지 않고 있다. 그를 수사진에서 뺄 수도 있었을 텐데 장주호는 그러지 않고 있다. 이상하다는 생각 뒤에는 불길함이 도사리고 있었다. 한 템포 늦게 대답이 나왔다.

"알겠습니다."

"그럼 저는요?"

선우신이 나섰다.

"선우 형사는 나와 함께한다. 새나라당에 들어가서 그간 김태손이 펼쳐 온 정책들을 확인해야겠어. 거기에서 원한이든 실마리든 기대해 보려고."

"네!"

선우신의 대답이 시원스레 돌아왔다.

"그럼 다들 오늘 안에 해치우겠다는 각오로!"

"네!"

강력1팀의 기합 소리가 공기를 흔들었다.


그날 오후 도진은 경찰서 앞 도로변으로 나왔다. 계좌 추적 내용을 가지고 오기로 한 양 형사와 만나기로 했기 때문이다.

주변을 둘러보니 조금 떨어진 곳에 위치한 포장마차에 선우신이 앉아 있었다. 바로 그 옆에 앉은 장주호의 존재가 도진의 이마를 찌푸리게 만들었다. 둘은 한가롭게 어묵 꼬치를 먹고 있었다. 도진이 다가가자 선우신이 자리에서 일어나며 반갑게 맞았다. 장주호는 고개도 들지 않았다.

"양 형사님 기다리시는 거죠? 앉으세요. 저희도 요기만 하고 가려구요."

"뭔가 잡힌 게 있어?"

"아, 그게……."

선우신이 대답하려는데 느닷없이 장주호가 끼어들었다.

"의심되는 인물이 있어서."

"뭔가 다른 제보가 있었던 겁니까?"

장주호는 능글거리며 어묵 꼬치를 하나 집어 들었다.

"비밀이야. 누구 좋으라고 그걸 말해 줘?"

그 말을 했을 때 장주호의 눈이 정확히 도진에게 와 닿아 있었다. 도진은 시선을 돌려 도로를 보았다. 차들이 많이 지나다니고 있었다. 복잡하고, 혼탁한, 그래서 아름다운 도시 서울. 일이 틀어졌을 때 도주하는 것쯤 어렵지 않다는 생각을 문득 했다. 하지만 예술가가 누군지만은 확인하고 싶었다. 장주호에게 등을 보이는 것도 자존심 상했다. 어색해진 분위기를 감지한 선우신이 끼어들었다.

"에이, 팀장님은 무슨 그런 말을. 같은 형사끼리 비밀이 어디 있어요!"

"같은 형사? 큭큭. 이봐, 선우신."

"네, 팀장님."

낄낄 웃으며 선우신을 부르는 장주호의 어조에 도진은 다시 시선을 돌렸다. 장주호의 목소리는 가슴에 칼 하나를 숨긴 것 같은 느낌이었다.

"현도진과 함께 일한 지 얼마나 됐지?"

"2년 정도 됐습니다. 햇수로는 3년 됐고요."

그런 걸 왜 묻나, 선우신이 의아하게 장주호를 보았다. 도진은 입을 다물고 가만히 있었다.

"너는 이 녀석이 어떤가?"

"네?"

"현도진이, 어떤 사람이라고 생각하느냐 말이야. 솔직하게."

갑자기 이런 걸 왜 묻는지 알 수 없지만 선우신은 진지하게 고민하는 표정이었다.

"형사로서 말입니까, 인간적으로 말입니까?"

"형사는 인간 아니냐? 그게 그거지."

"아…… 뭐, 일을 열심히 하시고 책임감도 뛰어나시고 형사로서의 능력도 월등한 분이라 생각합니다. 인간적으로는 가끔 지나치게 차갑다고 느낄 때도 있지만, 그건 형사로서는 좋은……."

"차갑다."

선우신이 했던 말을 장주호가 되짚듯 내뱉었다.

"지나치게라는 건 어떤 걸 말하지? 사람을 죽일 만큼?"

"네?"

선우신의 목소리가 포장마차 밖으로 튀어 나가기라도 할 것처럼 높아졌다. 선우신이 아니었다면 옆에서 듣고만 있었던 도진도 고함을 지를 뻔했다. 골이 흔들리는 것 같았다. 서 있는 땅이 물렁해지는 것 같기도 했다.

"그냥 예를 들어서."

"저는 먼저 가보겠습니다."

돌아서는 도진을 장주호가 물끄러미 올려다보았다. 중간에 끼어 앉은 선우신이 이러지도 저러지도 못하고 안절부절하고 있었다.

"하시고 싶은 말씀 있으시면 정확히 말씀하세요. 이런 말 저런 말 붙여가며 사람 병신 만들지 마시고."

"병신은, 누가 만들었는데?"

그 말이 심상치 않다는 것을 도진은 순간 느꼈다. 그저 도진이 싫고, 미워하는 존재라서 하는 말 같지는 않다.

"잉? 분위기 왜 이래요?"

양 형사가 들어왔다. 둘둘 말아 올린 셔츠 소매가 땀에 절어 있었다. 양 형사의 등장에 선우신이 안도의 한숨을 내쉬며 반색하는 것이 보였다. 장주호가 일어났다.

"좋아. 이제 다 왔으니 갈라지자고."


차량이 시내로 접어들었다. 출발할 때 지금껏 그래왔듯 운전석에 앉는 선우신을 굳이 조수석에 앉게 하고 직접 운전대를 잡을 때부터 뭔가 이상했다. 선우신은 조심스럽게 말을 꺼냈다.

"현 형사님하고, 잘 안 맞으시죠?"

정면을 노려보는 장주호의 입술이 룸미러 안에서 피식, 웃었다. 착한 녀석인 줄은 알고 있었지만 이렇게 빙빙 돌려 말할 것까지는 없다. 없는 자리에선 나라님도 욕한다는데.

"서로 재수 없어 하는 사이지."

"네에."

선우신이 고개를 끄덕거렸다. 여태껏 보고 지낸 것이 있으니 서로 안 맞는 것을 굳이 물어야 알 수 있는 것은 아니었다.

선우신은 그것이 늘 아쉬웠다. 차가운 도진과 전체의 그림을 놓고 냉철하게 판단할 줄 아는 장주호는 다른 듯하면서도 닮은 구석이 많은 사람들이었다. 둘이 팀을 이룬다면 분명 멋질 것이다.

그때 선우신이 무심코 정면을 보다 놀란 눈을 하였다.

"그냥 직진하시면 되는데?"

김태손 총재의 새나라당 사무실을 가려면 직진해야 한다. 그런데 장주호는 좌측 깜빡이를 켜고 유턴 라인으로 차를 몰았다.

"우리는 지금부터 행선지를 변경한다."

"네? 어디로요?"

좀 독특하고 유별난 사람이라고는 생각했지만 정말 이상한 사람이다. 이렇게 갑자기 일정을 변경하는 경우는 좀처럼 없다. 게다가 조금 전까지 도진의 이야기를 하다 말고 갑자기 어디로 행선지를 변경한단 말인지 선우신은 당황스럽기만 하였다. 그런 그를 보며 장주호가 히죽 웃었다.

"제천."

"네?"

선우신이 되묻기도 전에 장주호는 핸들을 바짝 꺾었다. 날카로운 파열음을 내며 차가 크게 돌았다. 직진을 하다 황급히 브레이크를 밟은 차량에서 거친 경적이 울렸다.

"야, 이 시발놈아!"

한 남자가 고개를 내밀고 악을 썼다. 장주호는 룸미러만 흘끗 보고는 유유히 빠져나갔다.

"저 시발놈이, 대한민국 경찰한테 시발놈이라고 하네. 시발놈."

# 발견

## 1

그러니까 장주호는 지금 도진을 따돌리기 위해 그가 양 형사와 합류하도록 지시했고, 도진을 속이기 위해 오늘의 일정을 속였고, 사실 진짜 목적지는 제천이었다고 선우신에게 말하고 있는 것이다. 그리고 그 모든 거짓말의 이유가 현도진, 그가 범인이라 의심하고 있기 때문이라는 것이었다. 제일 먼저 드는 생각은 '말도 안 돼'였다.

"말이 안 될 건 없어."

장주호가 그의 머릿속을 들여다보기라도 한 것처럼 단호하게 말했다. 자신 역시 이 결론에 도달하기까지 '말도 안 돼'와 '혹시나'와 '설마' 속에서 수백 번을 오락가락했다고 말해 주었다. 하지만 어떤 방면으로 생각해도 나오는 답은 하나였다. 도진이 했던 거짓말이 그 결론을 증명해 주고 있다.

"현 형사님이 그럴 이유가 없잖아요."

"이유를 찾아야지."

"하지만……."

선우신은 반문하려 했다. 하지만 곧 입을 다물었다. 장주호의 표정이 너무나 단호했기 때문이다. 장주호가 의심했다는 이유도, 도진이 휴가지를 속였다는 것도 다 알겠는데, 선우신은 도진이 그랬을 거라고는 도저히 생각할 수가 없었다. 하지만 장주호에게 곧바로 따져 묻지는 않았다.

'차라리 제대로 된 수사로 의심을 불식시키는 게 낫겠지.'

선우신은 창밖으로 고개를 돌렸다. 장주호가 그를 응시하다 이내 운전에 몰두했다. 눈앞에서 세상이 빠르게 흐르고 있었다.


도진은 차가운 사람이다. 도도하고 냉정하다. 그것이 선우신이 도진을 처음 봤을 때의 인상이었다. 후배는 물론이고 까마득한 선배들에게도 그러했다. 다만 차갑다 못해 냉철하기까지 한 그의 면모는 현장에서 역시 그러했기에, 아무도 그에게 불만을 제기하지 않았다. 수사 현장에서만큼은 그의 그런 성격이 큰 도움이 되었다. 형사가 수사 능력이면 됐지 개인적인 성품이야 아무려면 어때, 그런 생각들이었다. 후배들 중에는 그런 그를 남몰래 동경하는 녀석들이 꽤나 있었고 선우신 역시 그중

하나였다.

"이리 온."

도진의 다정한 말을 처음 들었던 것은 강력1팀에 배속된 지 3개월 만에, 그것도 치정으로 칼부림이 난 살인사건 현장에서였다. 도진이 다정하게 불렀던 것은 화장실 변기 뒤에 숨어 있던 강아지였다.

"네가 유일한 목격자로구나."

도진의 까딱거리는 손짓에도 강아지는 바들거리며 꼬리를 축 늘어뜨리고 있었다. 손을 뻗어 도진은 강아지를 끌어내 품에 안았다. 우는 아이를 달래듯 강아지의 등을 부드럽게 두드렸다. 국과수에서 현장 감식을 하느라 분주하게 다니는 동안에도 도진은 한참이나 그러고 있었다. 마치 분리된 또 다른 공간에 있는 사람처럼 보였다.

의외였다.

그런 사람이, 그것도 형사 일에 누구보다 열심이던 사람이 범죄를 저질렀을 리가 없다. 선우신이 고민하고 있는 동안에도 차는 제천을 향해 빠르게 달렸다.


이악오토캠핑장에 도착했을 때는 오후 3시를 지나고 있었다. 해는 아직 중천에 있었다. 장주호의 차는 이악오토캠핑장 입구에서 멈춰 섰다. 진입하는 문은 잠겨 있었다. 장주호는 인상을 구겼다. 안전벨트를 풀고 차에서 내렸다. 육중한 철문은 쇠사슬로 동여매져 거대한 자물쇠로 굳게 잠겨 있었다. 열리지 않을 것을 알면서도 장주호는 자물쇠를 잡고 흔들었다. 공연히 철컹거리는 소리만 요란하게 났다. 뒤따라 선우신이 차에서 내렸다.

"잠겼어요?"

장주호는 돌아보지도 않고 대답했다.

"보다시피."

철문 사이로 아름드리 나뭇길이 이어져 있었다.

"가는 날이 장날이라더니."

선우신의 중얼거림에 장주호가 고개를 돌렸다. 이것 보라는 듯 걸려 있는 표지판을 툭툭 쳤다.

'정기 휴일'

아래쪽에는 '용무가 있으신 분은 연락주세요'라는 글과 함께 휴대폰 번호 하나가 적혀 있었다. 장주호가 선우신을 향해 고개를 끄덕였다. 그 무언의 지시를 알아듣고 선우신은 휴대폰을 꺼내 번호를 눌렀다. 잠깐의 침묵이 흘렀다. 저쪽 편에서 전화를 늦게 받는 모양이었다. 기다림은 초조하기보다 짜증이 났다.

"앗! 여보세요?"

선우신이 반색했다. 목소리가 높아졌다. 장주호는 자기도 모르게 숨을 멈췄다. 움직임도 동시에 멎었다.

"저, 캠핑 좀 하려고 찾아왔는데요?"

말을 하며 장주호의 눈치를 살폈다. 장주호는 다시 고개를

_끄_덕여 보였다. 잘하고 있다. 전화로 신분을 밝히는 것은 좋지 않다. 만약을 대비해서였다. 만약, 범인과 관리소장이 연결되어 있다면, 하는 우려였다.

"정기 휴일이라 외출하셨다구요?"

동시에 둘의 인상이 구겨졌다. 아무리 가는 날이 장날이라고 해도 이건 곤란했다. 정기 휴일의 외출이라는 것은 오늘 안에 관리소장이 돌아오지 않을 수도 있다는 것을 뜻하기 때문이다. 자의건 타의건 간만의 휴일이니 사랑하는 가족들과의 꿀맛 같은 하루를 위해 집으로 떠났을 공산이 컸다. 연락도 없이 들이닥친 손님을 위해 꿀맛 같은 하루를 날려버리고 달려와 줄 사람은 없다. 그것도 월급쟁이 관리소장이 아닌가.

'또 잠복이냐.'

장주호는 발치에 걸리는 돌멩이를 툭 걷어찼다.

"아, 그러면 몇 시에 도착하십니까?"

선우신의 통화는 이어지고 있었다. 장주호는 선우신을 향해 '오늘?' 하고 묻듯, 입술을 벙긋거렸다. 선우신이 고개를 끄덕였다. 깊은 안도가 한숨이 되어 나왔다.

"네, 9시 정도요?"

장주호가 황급히 엄지와 검지로 오케이 사인을 보냈다.

"그럼 인근에서 기다리고 있겠습니다. 주변 경관도 그렇고, 시설도 그렇고 꼭 이곳에 묵고 싶거든요."

형사들은 대부분 거짓말에 능숙하다. 그것은 심성이 본디 착한 선우신이나 성질이 급한 장주호나 마찬가지였다. 거짓말하는 자를 잡기 위해 거짓말을 한다. 형사라는 직업의 아이러니다. 하지만 어차피 인생이란 것 자체가 아이러니하다.

이후로도 선우신의 통화는 '네'를 세 번이나 반복하고 나서야 끊어졌다.

장주호는 어기적거리며 걸어가 담장 밑에 놓인 커다란 바윗돌에 걸터앉았다. 원래 이런 용도로 쓰라고 가져다 놓은 것인지 바윗돌은 반질반질하고 깨끗했다. 선우신이 전화를 끊고 다가왔다.

"아직 관리소장님 도착하려면 한참이나 남았는데요. 어디가서 식사나 하고 올까요?"

장주호는 손목에 걸린 시간을 확인했다. 선우신의 말대로 여차하면 이곳에서 하루 온종일을 소비해야 한다. 장주호는 주머니에서 1,000원짜리 지폐 네 장을 꺼내 선우신에게 내밀었다.

"빵이나 사 와."

세상이 꺼져라 선우신이 한숨을 뱉었다. 그는 세상에서 밀가루가 가장 싫었다. 밀가루라면 라면도, 빵도, 하물며 우동까지 싫다. 하지만 장주호가 굳이 이곳에 있겠다는 이유를 선우신도 모르는 바 아니었다. 만약 사건에 관리소장이 가담한 경우, 그가 경찰이 왔다는 것을 눈치채고 재빨리 돌아와 증거를 은폐할 수도 있다는 생각일 터다.

선우신은 장주호가 내민 돈을 받지 않고 제 안주머니를 툭툭 두드려 보였다.

"저도 있어요. 맛있는 걸로 사 올게요."

선우신이 웃으며 언덕을 뛰어 내려갔다. 맑은 웃음이었다. 그의 뒷모습을 보는 장주호의 얼굴에도 다정한 미소가 어렸다. 그러나 그것은 잠시였다. 장주호의 얼굴이 순식간에 싸늘히 식었다. 그는 문이 잠긴 이악오토캠핑장의 건물을 노려보았다.


## 2

도진은 생각에 잠겨 있었다. 장주호가 일부러 양 형사 쪽에 자신을 합류시켰다는 생각이 머리를 떠나지 않았다. 이유? 짚이는 것은 없지만 찔리는 것은 많다. 손가락 끝으로 차의 보닛을 톡톡 두드렸다. 소리가 계속될수록 조바심이 속도를 높였다. 장주호가 하이패스 내역에 대해 더 이상 캐지 않는 것이 오히려 이상했다.

양 형사는 김태손의 자택 문에 매달려 인터폰을 통해 열심히 설명 중이었다. 도진은 보닛에서 손을 떼고 팔짱을 낀 채 차에 몸을 기댔다. 그러잖아도 커다란 덩치가 화면에 얼굴을 들이밀고 애처롭게 매달려 있는 것이 꽤나 볼썽사나웠다. 이미 양 형사는 이곳에 네 번째 방문이라고 했다. 양 형사는 무슨 연락은 있었는지, 혹시 짚이는 일이나 생각난 것은 없는지 끈질기게 묻고, 김태손의 가족들은 끈질기게 고개를 젓는 일을 오늘 네 번째로 하고 있는 중이었다.

"가자."

양 형사가 도진을 향해 손짓했다. 안에서 문을 열어준 모양이다. 오케이, 하고 몸을 일으키면서도 쓸모없는 일에 시간을 소모하는 것 같아 짜증이 났다.

"몇 번을 말해도 같아요. 내가 아는 한 그 사람이 스스로 잠적할 이유는 없어요."

창백한 얼굴로 김태손의 아내가 말했다. 의외로 차분한 얼굴이었다. 얼굴을 붉히며 흥분하지도, 짜증을 내지도, 어서 찾아내라며 울부짖지도 않았다. 연극이라도 하는 것처럼 손수건을 꺼내 눈가를 찍지도 않았다. 마치 정치를 하는 남편을 둔 아내는 이래야 한다는 듯, 그녀는 시종일관 단정하고 흐트러짐 없는 태도를 보이고 있었다.

"사모님이 모르는 일이, 있을 수도 있잖습니까?"

도진이 아무렇지도 않게 툭 내뱉었다. 딴에는 '외도'의 가능성을 최대한 우회적으로 표현한 것이다. 재희가 그랬듯, 김태손도 그랬을 수 있다. 재희의 남편이 그랬듯, 김태손의 아내 역시 꿈에도 생각지 못한 일이 있었을 수 있다. 양 형사가 도진의 허벅지를 툭 쳤다. 잠시 침묵이 흘렀다. 여인의 표정이 더욱 하얗게 변했다. 손끝이 파르르 떨렸다. 살짝 쥔 주먹에 푸른 핏줄이 툭 불거졌다.

"내가 모르는 외도, 없었습니다."

알고 있는 외도는 있었단 말인가. 대단하군. 도진은 웃고 싶은 것을 간신히 참았다. 고상한 얼굴로 남편의 외도를 간신히 참아내는 여자라니. 목을 조르면 어떤 표정이 될까, 심히 궁금했다. 마구 발버둥을 치고 가랑이 사이로 이물질을 흘려 보내는 실망스러운 행동은 안 했으면 좋겠다.

"불쾌하군."

여인의 뒤에 서 있던 남자가 인상을 험악하게 구겼다. 김태손의 처남 최용태였다.

"그런 말에 일일이 대답 안 해도 돼요, 누나."

최용태의 날카로운 눈이 도진을 노려보았다.

"예의를 갖추라고 장 팀장한테 이야기 못 들었나 보지?"

마치 장주호를 자신의 동생이라도 되는 것처럼 부르고 있다.

"하여튼 짭새 개새끼들, 손 벌릴 때만 그저……."

들으라는 듯 중얼거리는 소리가 귀에 와 박히지 않을 리가 없다. 도진이 눈을 사납게 떴다.

"뭘 봐?"

최용태 역시 싸울 태세를 갖추며 가슴을 부풀렸다. 도진이 입을 열려 하자 양 형사가 황급히 그의 허벅지를 누르고 말을 가로챘다.

"오늘은 이만 가보겠습니다. 실례 많았습니다."

양 형사가 도진의 팔을 잡고 당겼다. 도진은 최용태에게서 눈을 떼지 않은 채 꼼짝도 하지 않았다. 양 형사가 그를 재차 잡아당겼다. 할 수 없이 일어나긴 했지만 도진은 항의하듯 양 형사를 쳐다보았다. 양 형사가 도진에게 나직이 속삭였다.

"문제 일으키지 마. 상대를 보고 다리를 뻗으란 말이야."

## 3

해는 끈질기게 머리 위에서 떠나지 않고 있었다. 이마에 땀이 맺혔다. 겨드랑이가 끈적였다. 밖으로 드러난 목덜미가 따끔거렸다. 불행하게도 씹고 있는 빵은 뻣뻣하고 질겼다. 크림은 빵의 정중앙에만 오아시스처럼 묻어 있었다. 나머지 부분은 몇 번이고 입안에서 되씹혔다. 맛있는 걸 사오겠다고 큰소리쳤던 선우신이 어두운 표정으로 검은 봉지를 내밀 때, 장주호는 이미 맛있는 빵에 대한 기대는 고이 접어야만 했다. 이런 동네에서 맛있는 빵을 기대하는 건 사치였다. 유통기한이나 지나지 않았으면 다행이다.

"우유라도 사 오지. 답답한 새끼."

"우유도 이젠 신물이 올라온다면서요."

"그럼 음료수 사면 되지, 꽉 막혀 갖고는. 신물 올라오기 전에 체해서 죽겠다."

"안 드신다고요?"

빵을 들고 우걱우걱 씹는 장주호의 손을 선우신이 꽉 잡았다.

"놔라. 고긴 줄 알고 네 팔 씹어 먹겠다."

선우신이 장난스럽게 히죽 웃었다.

"아껴야 잘살죠."

"그러게 내가 돈 준다니까."

"팀장님도 아껴야 잘살죠."

그 말에 장주호가 쓰게 웃었다. 아내는 이제 알뜰살뜰 티끌이라도 모아 태산을 만들어다 준다 해도 예전으로 돌아오지 않을 것이다.

질깃한 빵이 목구멍을 긁고 간신히 넘어갔다. 아내에 대한 죄책감이 목을 옥죄고 있다. 미지근한 애정은 결혼식을 올린지 한 달도 되지 않아 식었다. 시간을 돌릴 수만 있다면 아내는 결혼 서약을 할 때로 돌아가고 싶다고 했다. 검은 머리 파뿌리될 때까지 그를 남편으로 삼아 평생을 살겠냐고 묻던 그 5만원짜리 주례와 다시 맞닥뜨린다면 그 자리에서 머리칼을 쥐어뜯겠노라고도 했다. 결혼 후 모임에서 누군가 다시 태어나도 그와 결혼을 하겠느냐 물었을 때 아내는 조금의 지체도 없이 대답했다.

'난 다시 안 태어날 거야.'

모두 농담처럼 깔깔대며 웃었지만, 그는 웃지 않았다. 아내의 말이 농담이 아니라는 것을 모를 리 없다. 그래서, 그는 못 들은 척했다.

새나라당의 사건을 눈감아 주는 대가로 그가 뇌물을 받았다는 것을 알았을 때, 아내는 완전히 그에게 질리고 말았다. 그래서였다. 그래서 그는 지금껏 집에 들어가지 않았던 것이다. 모든 것을 포기한 얼굴로 내밀 이혼 서류가 두려웠다. 못난 남자의 호기로 사인을 해버릴 것 같아 겁이 났다.

"팀장님, 댁에 안 들어가세요?"

선우신의 물음에 장주호의 상념이 흩어졌다. 흩어진 자리 위로 씁쓸한 미소가 부유했다.

"안 들어가신 지 일주일은 되지 않았어요?"

"열흘째다."

히익, 하고 선우신이 놀란 숨을 삼켰다. 놀랄 것도 없다. 이해해 주지 않는 아내에게 열받아서 이틀, 니가 전화 안 하면 나도 안 한다 사흘, 그러다 일에 파묻혀 정신을 차릴 때면 열흘은 금방이었다.

"사모님이 뭐라 안 하세요?"

꼬치꼬치 묻는 질문이 귀찮거나 불쾌하다기보다는 대답할 말이 없었다. 차라리 잔소리를 해대며 바가지라도 긁으면 좋겠는데, 애초에 미지근했던 애정은 바가지에 담기지조차 않았나 보다.

장주호는 그냥 웃었다.

"너는 결혼하지 마라."

장주호는 안주머니에서 담배를 빼 물었다. 주머니를 뒤적이는 손을 보고 얼른 선우신이 라이터에 불을 붙여 내밀었다.

같지도 않은 바람에 꺼질세라 손으로 가리고 불을 붙였다. 어쩌면, 꺼져버릴 수밖에 없는 불을 억지로 붙잡고 있는 것은 나일지도 모른다, 붉게 물드는 담뱃불을 보면서 장주호는 생각했다.

"형사는 말이다, 선우야."

개인적인 이야기를 할 때 그는 늘 선우신의 성을 불렀다.

"결혼 안 하는 게 좋아. 그게 바로 이 나라 여성의 행복을 위한 길이다."

굳이 길게 이야기하지 않아도 그것이 무엇을 말하는지 선우신은 알고 있다. 사건이 있으면 열흘이고 한 달이고 집에 들어가지 못하는 것은 당연지사인 듯 받아들여야 하고, 순간적으로 일 처리를 잘못하면 아무리 목숨 걸고 일해도 징계감이다. 보험 아줌마에게 그 흔하다는 볼펜 한 자루 받을 수 없고, 인터넷은 어찌나 빠른지 말 한마디, 행동 하나 잘못했다가는 폭력경찰이 되어버리고 만다. 형사의 아내는 한 손에는 쥐꼬리보다 못한 월급을, 다른 한 손에는 그런 남편의 안위에 대한 걱정을 쥐고 평생을 살아야 했다.

"그래도, 사모님한테 미안하시잖아요."

"미안하지. 돈 못 벌어다 줘서, 같이 못 있어줘서, 해 달라는 이혼 못 해줘서. 내가…… 강력계 형사라서."

"집에 들어가세요."

선우신의 말에 장주호는 피식 웃었다.

"지금은 들어가고 싶어도 못 들어간다. 하늘로 솟았는지 땅으로 꺼졌는지 모를 배불뚝이 의원 새끼 찾아야지."

"그럼 전화라도……."

선우신의 말이 채 맺기도 전에 요란스러운 소리를 내며 잠긴 캠핑장의 출입구 앞으로 차가 진입했다. 타이어에 눌린 자갈이 자그락거렸다. 회한에 사무쳤던 장주호의 눈이 빛을 발하며 차를 응시했다.

"전화……하신 분들입니까?"

차에서 내린 관리소장이 다가섰다. 주춤주춤 일어나는 두 명의 사내를 미심쩍은 눈으로 보았다. 아무리 좋게 봐줘도 여행객은 아니다. 짐도 없고, 여행객 특유의 설렘도 얼굴에 묻어나지 않는다. 가득한 피로감뿐이다.

'전화……'보다 늦게 따라붙는 '하신 분들입니까?'의 간극에 장주호는 의심을 받고 있다고 단박에 알아차렸다.

"네, 그렇습니다. 사실……."

선우신이 나서며 신분증을 꺼내 보였다. 관리소장이 순간 미간을 구겼다.

"그러고 보니 지난번에 오셨던 분들이군요. 한두 번도 아니고 자꾸 무슨 일입니까?"

'한두 번도 아니고?'

장주호는 순간을 놓치지 않았다. 왜 '한두 번도 아니고'라고 이야기하는 걸까. 그가 아는 한 경찰이 이곳에 온 것은 지난번 수색 때와 오늘, 단 두 번뿐이다. 역시 뭔가 있다고 생각할 수밖에 없다. 하지만 섣불리 행동할수록 '뭔가'는 뒷걸음질 치고 암흑 속으로 사라져버린다. 관리소장을 부여잡고 캐내고 싶은 마음이 가득했지만 참았다. 경거망동은 경찰시험에 합격할 때 오래된 수험서와 함께 싸서 재활용 분류함에 던져버렸다.

"요즘은 경찰이 거짓말을 해서 사람 불러냅니까?"

불만이 가득한 얼굴로 관리소장이 쏴붙였다. 모처럼의 휴일을 방해받아 날이 서 있는 것 같았다.

이 몸은 벌써 열흘째라 이 말이다. 불끈 오르는 화를 애써 억누르며 장주호가 고개를 숙였다.

"죄송합니다. 반드시 확인해야 할 일이 있어서요."

관리소장이 입맛을 쩝 다셨다. 예의 바른 태도라 뭐라 하기는 어렵지만 아무래도 이 상황이 맘에 들지 않는 모양이었다.

약간 미간을 찌푸리며 돌아섰다. 열쇠 뭉치를 손가방에서 꺼냈다.

"일단, 들어오세요."

장주호와 선우신이 동시에 서로를 보았다. 장주호가 고개를 끄덕여 보였다. 선우신의 얼굴은 어두웠다. 이 안에 들어가 조사를 시작하는 순간, 뭔가 커다란 일에 휩쓸릴 것만 같았다.

## 4

거대한 위용을 자랑하는 김태손의 집 대문이 두 사람을 토해
냈다. 양 형사는 구시렁대며 차에 올랐다. 매번 허탕만 치는 일
에 짜증이 난 터였다.

뒤따라 나오는 도진의 손에 휴대폰이 들려 있었다. 벌써 세
번째였다. 선우신이 계속해서 전화를 받지 않고 있다.

이상하지만, 지금은 잠시 참을 수밖에 없다.

도진은 자신이 조금 전까지 엉덩이를 붙이고 있었던 집을 돌
아보았다. 집은 거대했고, 위상은 하늘을 찌르고 있다. 집 안의
모든 것은 상상도 못할 액수의 돈으로 처발려 있었다. 거대한
집처럼 김태손도 그러했다. 정·재계를 통틀어 김태손의 그늘
이 미치지 않는 곳은 없었다. 그 그늘 아래서 한숨 돌리는 이는
김태손 앞에 쩔쩔매며 머리를 조아렸다. 하지만 그건 생전의
이야기다. 죽어서 그는 반 평도 안 되는 크기의 공간에 착착 접
혀 있었다. 사후 바다에 뿌려져 바다가 내 땅이오, 하늘이 나의
지붕인, 하루 벌어 하루 먹는 어떤 이의 죽음보다, 평생을 자식
바라지에 치여 그 흔한 빵 쪼가리 한번 마음 편히 사 먹어본 적
없던 평범한 어떤 이의 죽음보다, 죽어서 나무가 되어 세상을
살고 있는 가난하지만 성실했던 어떤 이의 죽음보다 훨씬 허망
하고 참으로 허접스러운 죽음이었다.

"안 타?"

양 형사가 운전석 창으로 머리를 빼내고 소리쳤다. 저 자식은, 어떤 죽음이 어울릴까, 도진은 문득 생각했다.

"간다!"

생각을 심연 속 깊은 곳에 밀어 넣어 두고 도진은 얼른 차에 올라탔다.


## 5


"이 사람, 보신 적 있습니까?"

소장과 장주호가 테이블 하나를 사이에 두고 앉았다. 선우신은 장주호의 소파 뒤에 서서 맞은편의 관리소장을 응시했다. 긴장이 숨마저 억누르고 있다.

관리소장은 다리를 꼰 채 몸을 반쯤 틀고 앉아 있었다. 마치 '너희들은 불청객이야' 하고 말하고 싶지만 차마 그리 말하지 못해 온몸으로 표현하고 있는 듯했다. 장주호가 내민 사진에 시선도 돌리지 않고 관리소장은 퉁명스러운 소리를 냈다.

"아, 글쎄. 난 그런 사람 본 적이 없다니…… 응?"

예전의 그 사진이 아니다. 관리소장은 사진을 집어 들었다.

동시에 장주호의 눈이 빛났다.

"이 사람, 그 CIA……."

"CIA요?"

관리소장이 잠시 멈칫했다. 말하지 말라고 했었는데. 그 말을 고스란히 믿는 것은 아니지만, 혹시 만에 하나, 천에 하나, 그가 정말 CIA라서 일이 커지거나 자신의 단조로운 일상이 방해받지 않을까 하는 우려가 생겼다.

'아니, 허무맹랑한 일이야.'

경계를 늦추지 않으며 그는 말을 이었다.

"얼마 전에 머물렀던 손님이에요. 투숙하던 첫날은 별다른 행동이 없었는데, 이틀째 되던 날 갑자기 자기가 CIA라며 뭔가를 조사해야 한다고 하더군요."

단박에 허풍임을 눈치챘다고 관리소장은 큰소리를 쳤다. 서울 손님들이야 자신들의 구역에서 벗어나 모르는 사람을 만나면 200만 원짜리 월급이 500만 원이 되고, 스무 평짜리 집이 100평대 초호화 아파트가 되는 사람들 아니냐고, 그래서 별다른 신경을 안 썼다고, 그냥 '예, 예' 대답했다고 말했다.

"조사요? 뭘 했죠?"

관리소장은 차분히 생각했다. 정확히 말하자면 '생각하는 척'이다. 섣불리 입을 열어 좋을 건 없다. 손익계산을 확실히 해야 한다. 가슴에 손을 얹고, 자신은 형사들이 말하는 사건과는 일절 관련이 없다. 하지만 께름칙한 일이 없었던 것도 아니다. 정확히는 개인정보 유출, 그것도 돈을 받았다. 득 될 게 없다.

"별건 없었어요. 첫날은 하루 종일 방갈로에 틀어박혀 있었고, 다음 날은 일찌감치 떠났어요."

그래서 허풍 치는 시간도 별로 길지 않았다고 덧붙였다. 장주호는 '흠' 하고 아래턱을 긁었다. 관리소장이 말하는 이틀째라 함은 김태손의 일로 휴가가 중단되고 서울로 불려 올려졌을 때다.

장주호는 소파에서 일어났다. 관리소장과 더 마주 앉아 있어 봐야 나올 것이 없다는 판단이었다. 그가 뭔가를 더 알고 있다 해도 본인을 귀찮게 하는 일이면 말하지 않을 것이다. 무사안일주의자 특유의 귀찮음을 내보이고 있었다.

"말씀 감사드립니다. 그리고 저희가 불쾌하게 해드렸다면 사과드립니다."

"뭐, 앞으로 귀찮을 일 없는 거요?"

두 번 다시 보지 말자는 소리다. 이 자리에서 못을 박아 두자는 이야기다. 장주호도 그럴 수만 있다면 그러고 싶다.

"글쎄요. 저희도 그렇게 하고 싶습니다만……. 한 가지 부탁드리겠습니다. 이 사람이 묵었던 방갈로 안을 볼 수 있을까요?"

관리소장이 잠깐 뜸을 들였다.

"그러죠."

책상 위에서 열쇠 뭉치를 집어 들고 그가 앞장섰다. 사무실을 나서는 장주호의 표정은 결연했다. 그 뒤를 따르는 선우신의 표정은 훨씬 어두웠다.

"정말 믿을 수가 없어요."

선우신은 혼란스러웠다. 어쨌거나 휴가지를 거짓으로 말한 것은 명백했다. 그 이유가 따로 있을 거라는 것은 굳이 형사가 아니라도 알 수 있다.

"이 세상에 믿을 수 있는 게 대체 뭐가 있냐."

장주호가 중얼거리듯 말했다. 그는 방갈로의 자물쇠를 여는 관리소장의 뒷모습에서 눈을 떼지 않았다. 드디어 문이 열렸다.

관리소장은 가급적 방갈로 내부를 더럽히지 말라는 주의와, 돌아가기 전엔 반드시 자기에게 이야기해 달라는 당부를 하고 사무실로 돌아갔다.

장주호와 선우신은 신발을 벗고 안으로 들어섰다. 깨끗하게 정리되어 있는 내부는 여타의 다른 방갈로와 다를 바가 없어 보였다. 침대와 보조 테이블, 싱크대가 구조의 다였다. 장주호는 내부를 눈으로 훑었다. 이 좁은 공간에서 그는 약 하루 동안 무얼 하며 있었을까.

선우신은 보조 테이블에 달린 서랍과 싱크대의 수납장들을 일일이 열어보았다. 별게 있을 리 없다는 걸 알면서도 한 습관적이고도 무의식적인 행동이었다.

뭔가가 남아 있다면 이 방을 정리했을 관리소장이 몰랐을 리 없다.

"거짓말을 했다는 것뿐, 여기서는 그다지 건질 게 없는 것 같은데요. 어떻게 하면 좋…… 팀장님?"

장주호는 선우신의 말을 듣고 있지 않았다.

의심이 확신으로 굳어지고 그 확신을 증명하기 위해서는 증거밖에 없다. 결국 호랑이를 잡는 것은 사람의 진심 따위가 아니라 덫이다. 하나둘 피어난 의심의 연기가 불길처럼 번지고, 하나둘 생겨난 '혹시'의 뿌리가 증거라는 꽃을 피워 올가미를 걸 것이다.

장주호는 주머니에서 작은 병 하나를 꺼냈다. 확인할 것이 있었다. 이 병 안에 든 것은 적어도 뿌리의 잔가지 하나쯤은 되어줄 수 있을 것이다.

"뭡니까, 그게?"

선우신이 얼빠진 얼굴로 얼빠진 질문을 해 왔다.

"루미놀."

무심한 듯 대답을 하는 동시에 장주호는 방갈로에 난 창문의 커튼을 모조리 쳤다. 가급적 바깥에서 빛이 들어오지 않도록 하려는 것이다. 긴장된 얼굴로 장주호가 하는 양을 선우신은 물끄러미 보고 있었다. 완전히 빛을 차단했다고 생각한 장주호는 병의 뚜껑을 열었다. 많지 않은 양이다. 조심스레 침대 옆부터 시작해서 싱크대 바로 앞까지 일직선을 긋듯 아주 소량을 부었다. 싱크대 앞에 다다르자, 펴는 것만으로도 삐거덕 소리가 날 것 같은 허리를 들고 병 안에 남은 양을 확인했다.

어쩌면 큰 오해를 하고 있는지도 몰라, 선우신의 부질없는 흔들림만큼, 아주 작은 양의 용액이 병의 밑바닥에서 찰랑거렸다. 나머지를 대강 싱크대 앞에 흩뿌렸다.

"불 꺼."

장주호의 지시에 선우신이 주춤주춤 벽으로 가 섰다. 스위치에 손을 올리고 차마 끄지 못해 장주호를 보았다. 무표정한 얼굴로 장주호가 선우신을 보았다.

불을 끄면 튀어나올 진실이, 어쩌면 차라리 밝혀지지 않는 것보다 못한 상황을 불러올지도 몰랐다. 인간은 누구나 진실 앞에 두렵다. 두려워서 시선을 돌리기도 한다. 모른 척하는 자신이 비겁하다는 것쯤은 알고 있다. 비겁하다는 사실에 비겁하게도 고개를 돌린다.

달칵.

선우신은 숨을 죽였다. 아니, 심장이 아예 멈춰버린지도 몰랐다.

빛나고 있었다. 바닥에 뿌려진 용액 위로 감청색 빛이 발하고 있었다. 침대 옆쪽으로는 간헐적으로 이어지던 빛의 선이 싱크대 앞에 와서는 난잡하게 흩뿌려진 시골의 별처럼 환하고도 촘촘히 모습을 드러냈다. 싱크대 바로 아래에는 빛을 발하지 못하는 용액이 단 한 방울도 없을 지경이었다.

"이, 이 정도면 팀장님……."

선우신이 차마 말을 잇지 못했다.

"당장 차에 가서 루미놀 더 가지고 오고, 양 형사 소재 파악해서 나에게 전화 연결해."

"네!"

대답을 겨우 하고 선우신이 방갈로에서 뛰쳐나갔다. 현도진이 묵었던 방갈로에서 발견된 것이 무엇을 뜻하는지 선우신은 알고 있을 것이다. 손이 떨려서 문손잡이를 한번에 잡지 못하는 것도, 후들거리는 걸음도, 울 것 같은 얼굴도, 모두 그의 충격을 말해 주고 있었다. 선배를 향한 존경도, 인연의 고리도, 모두 끝난 얼굴이었다. 그의 표정을 장주호는 보았다. 보았으나 모르는 척했다. 현실은, 상상보다 훨씬 잔인하다.

배신에 대한 충격은 어릴 적 이불 속 자위처럼 혼자 삭여낼 일이다.

잠시 뒤, 되돌아온 선우신의 숨은 몹시 거칠었으며, 루미놀 분사기를 건네는 얼굴은 절망에 빠져 있었다.

"양 형사님이 연락이 되질 않습니다."

선우신의 손에서 분사기를 거의 낚아채듯 가져간 장주호가 냉정하게 말했다.

"계속 연결해."

장주호는 싱크대 앞에서부터 시작해 거의 온 방 안에 용액을 분사했다. 싱크대 개수대와 벽면에도 뿌렸다. 점점 빛나는 바닥과 점점 드러나는 현실 앞에 장주호는 신음하듯 아, 하며 주저앉아 버렸다.

"거의, 난자한 거야. 이 정도면."

# 6

"너는 장가 안 가냐?"

푸우, 양 형사가 숨을 길게 뿜었다. 어두워진 하늘 위로 하얀
연기가 부서졌다. 손가락 사이에 담배를 끼고, 싸구려 청춘 영
화 주인공마냥 차에 비스듬히 기대어 섰다. 후우, 하는 양 형사
의 한숨 같은 담배 연기에 도진은 심란해졌다. 저 따위 싸구려
질문에 대답하는 싸구려는 되기 싫다. '어차피 유유상종'이란
말에 둥둥 묶이는 짓을 가장 혐오했다.

그런 도진의 심란한 얼굴과 돌아가지 않는 대답에 양 형사는
연기를 뱉으며 더 심란하게 굴었다.

"여자는 있었냐?"

닥쳐. 튀어나올 것 같은 그 말을 간신히 억눌렀다.

그러잖아도 조용히 닥치고 생각할 일이 많은데 시답잖은 이
야기를 늘어놓는 시답잖은 인간 때문에 짜증이 났다. 대체 왜
내가 이 인간과 묶여야 하나, 화가 치밀어 올랐다.

남편이 사라졌으면 얼른 단서가 될 것부터 내놓지 않고 닥치
고 있는 김태손의 와이프와 내통하고 있는 자가 있을지도 모른
다는 가정하에 김태손의 자택 인근에서 잠복하고 있는 중이었
다. 그런 시간이 답답하고 무료하고 화가 날 만큼 더뎠다.

"찼냐. 차였냐."

도진은 인상을 찡그렸다. 오토리버스도 아니고, 대답을 할

때까지 질문을 이을 모양이었다. 대답을 하지 않으면 자기 멋대로 광활한 상상의 나래를 펼 것 같았다.

"끝냈어."

거짓말은 아니다. 다만 '끝냈'다는 표현의 범위가 '조금' 넓은 것뿐이다. 매달리지만 않았다면 끝낼 인연도, 끝장날 목숨도 아니었다.

그 여자를 왜 쿨한 섹스 파트너라고 생각했을까. 그녀도 다른 여자와 다를 바 없었다. 여자가 쿨할 수 있는 것은 라이벌이었던 여고 동창생과 먹은 밥값을 계산할 때뿐이다.

"찼군."

한숨을 내쉬는 양 형사는 여전히 닥치지 않고 있었다.

"전화나 받으시죠?"

"응?"

멍청한 얼굴을 하고 되묻는 양 형사에게 도진은 차 안 조수석 쪽으로 고개를 까딱했다. 캄캄한 자동차 내부를 휴대폰 액정이 환하게 밝히고 있었다. 빌빌거리며 돌아가는 것을 보니 진동으로 해놓았던 모양이다.

"엇, 내가 언제 저걸 놓고 내렸지?"

어이없게도 양 형사는 자신의 휴대폰을 멀쩡히 보고 있으면서도 제 주머니 위를 더듬었다. 차 문을 열고 휴대폰을 손에 쥐기까지 약 10초가량 명청이 짓을 더 했다.

"예, 팀장님."

마치 다급한 사건 현장을 처리하고 있었던 것처럼 숨을 몰아쉬며 받았다. 하지만 초등학생도 알아챌 어설픈 연기력이다.

"네?"

양 형사의 목소리 톤이 약간 흔들렸다. 무슨 일이지. 도진이 고개를 돌린 순간 이쪽을 흘깃거리던 양 형사와 눈이 마주쳤다. 흠칫, 양 형사가 재빨리 반대쪽으로 고개를 돌렸다.

"어, 저기, 아…… 그게 아직 여기는 진전이 없습니다. 네, 그럼 수고하십시오."

전화를 끊고 양 형사는 휴대폰을 주머니에 쑤셔 넣었다.

"장 팀장?"

"어? 응."

"어디래?"

"어? 아! 그걸 안 물었네?"

허허 웃더니 양 형사가 얼른 말을 이어 붙였다.

"나 화장실 좀 갔다 올게. 아까 너무 비싼 차를 얻어 마신 모양이야. 싸구려 대장이라 영 적응을 못하나 보네."

인상을 찡그리고 배를 살살 문질러 댄다. 도진이 웃으며 대답했다.

"다녀와."

"그래. 저기 골목 끝에 있는 편의점 화장실을 빌려야겠네. 시간이 좀 걸리겠어."

묻지도 않은 말을 '굳이' 하고 있다. 도진은 여전히 부드러운 미소로 대답했다.

"괜찮아. 잘 보고 있을 테니 다녀와."

응, 고마워, 하고 대답하는 목소리가 평소와 높낮이가 다르다. 총총 걷다 이내 빨라지는 속도도, 애써 아닌 척하는 긴장의 밀도도 도진은 모두 눈치채고 있었다. 사라져가는 양 형사의 뒷모습을 도진은 날카로운 눈으로 노려보았다.

그는 연기가, 서투르다.

# 도주

## 1

"어서 오세요."

편의점으로 들어서는 동시에 양 형사는 휴대폰을 꺼내 들었다. 점원의 맥없고 뜻 없는 인사가 그의 등 뒤에서 사그라졌다. 그는 주저 없이 편의점의 맨 구석으로 갔다. 긴 테이블이 벽에 붙어 있었다. 쇼윈도 안의 원숭이처럼 한 남자가 컵라면을 먹으며 멍하니 창밖을 훑고 있었다. 양 형사가 다가가자 남자는 흘끗 쳐다보기만 할 뿐, 다시금 창밖으로 고개를 돌렸다. 이곳이라면 편하게 통화할 수 있을 것이다. 타인에게 관심이 없는 세상은 편하다. 몇 번의 신호 끝에 장주호의 목소리가 들려왔다.

"양 형사."

"뭐예요, 대체. 왜 현 형사 없는 데서 전화를 하라는 겁니까? 사랑의 대화를 하자는 것도 아니고."

"중요한 일이야. 잘 들어."

장주호의 목소리는 전에 없이 단호하고 무거웠다. 회식 자리에서나 할 법한 싸구려 농담 따먹기는 더 이상 나오지 않았다. 아무렇지 않은 척했지만 조금 전 도진이 없는 곳에서 전화하라는 통화를 했을 때부터, 이 사건과 도진이 뭔가 얽혀 있는 건 아닐까, 라는 짐작을 했다.

통화가 이어졌다.

거짓말. 들통.

두 가지 단어로 점철된 대화 속에서 도진이 적나라하게 까발려지고 있었다. 국과수를 제천으로 불렀고, 캠핑장 인근을 계속 수색하고 있긴 하지만 아직 김태손은 발견되지 않았다고 했다. 장주호는 김태손이 이미 사망했을 거라고 확신하고 있었다. 도진의 구속수사를 위한 영장을 발부받기 위해 장주호가 경찰청장과의 긴급통화를 예정하고 있다고도 했다. 하지만 이 진행 사항을 도진이 알아서는 안 된다고 했다.

휴대폰을 쥔 양 형사의 손에 땀이 축축이 배었다.

"현도진과 저는 지금 김태손 총재 집 앞에서 잠복하고 있습니다. 와이프의 수상한 움직임이 있지는 않을까 해서요."

다행이군, 전화기 너머에서 목소리가 들려왔다. 다행이네요, 씁쓸한 목소리를 양 형사는 이해했다. 다행이지만, 다행이지 않은 감정 속에서 양 형사는 전화를 끊었다.

편의점을 나왔다. 꿈인가, 생각했다. 지나치게 냉소적인 녀석이긴 했지만 사고를 칠 것 같아 보이진 않았다. 오히려 남이 건드리지 않으면 피드백할 일도 없을 녀석이다. 애초에 김태손과 얽힐 만한 접점 자체가 없다. 차로 돌아가는 발걸음이 무거웠다. 장주호의 지시는 간단했다. 제천에서 올라올 때까지 현형사가 눈치채지 못하도록 붙잡고 있어야 한다는 것.

돌아가면, 어떤 표정으로 도진을 봐야 하고, 어떻게 평상심을 유지해야 하며, 이 긴 밤을 어떻게 보내야 할지 겁이 났다.

양 형사의 한숨이 밤거리에 부서졌다.

하지만 그 모든 걱정은 기우였다. 불행하고 참혹한 기우였다. 도진은 없었다. 그가 숨죽이고 잠복 중이어야 할 차가 텅비어 있었다.


"알았어."

전화를 끊는 장주호의 목소리가 허망했다. 선우신이 가까이 다가왔다. 걱정스러운 얼굴로 보고 있지만 차마 묻지 못했다.

전화기를 당장에라도 집어 던질 것처럼 장주호가 손을 부르르 떨고 있었다. 아랫입술을 깨물고, 화를 참으려 고개를 들었다. 이악오토캠핑장 주변으로 폴리스 라인이 쳐졌다. 밤인 데도 불구하고 사방에서 쏟아지는 라이트 때문에 주변은 대낮처럼 환했다. 방갈로에 루미놀을 뿌린 지 한 시간 반 만에 대대적인 수색 인원이 지원되었지만, 아직 김태손의 시신은 발견되지 않고 있었다.

"도주했다."

선우신은 귀를 의심했다. 못을 박듯 장주호가 다시 말했다.

"눈치를 챈 거야."

장주호는 시발, 하고 중얼거렸다. 유력한 용의자를 놓쳤다는 것은 정말 시발 같은 상황이다. 인터넷 뉴스 오늘의 사건 사고에 실려 '어머나, 이럴 수가!', 국민을 놀라게 하기에 충분한 사건이었다. 순간 선우신은 정신이 멍했지만 이내 눈에 힘을 주었다.

"대체 현 형사님은 김태손과 어떤 연결 고리가……."

"팀장님!"

선우신의 말허리를 자르고 장주호를 부르며 달려온 것은 지원 나온 제천서의 형사였다. 장주호의 앞에 와 선 그는 숨을 헐떡이며 말했다.

"발견됐습니다!"

선우신과 장주호는 동시에 서로를 바라보았다.


시신이 발견된 것은 방갈로 뒤편의 야산 중턱이었다. 산책 코스로 개발할 계획을 세우고 있었지만 환경보호 단체의 항의로 진행이 중단된 곳이었다. 산짐승이 출몰하는 곳인 데다, 산책로가 없어 인적이 없었다. 제천서 형사의 안내에 따라 선우신과 장주호가 올라갔을 때 그들을 맞이한 것은 예닐곱 덩이의 봉투였다.

선우신은 자기도 모르게 주춤 뒤로 물러섰다. 옆에 선 장주호를 보았다가 흠칫했다. 한 지점만 응시하고 있는 장주호의 눈이 무섭도록 날카롭게 빛나고 있었다. 고집스럽게 다문 입술은 이를 악물고 열릴 것 같지 않았다. 무섭다는 생각이 들 수밖에 없는 표정이다. 표적을 노리는 맹수와 같다, 고 선우신은 생각했다.

자동차 바퀴에 채인 돌이 튀어 나가듯, 장주호가 빠르게 앞으로 치고 나갔다. 그는 주머니에서 흰 장갑을 꺼내 끼고 봉투 앞으로 다가섰다. 봉투의 매듭을 푸는 손이 성마르다. 손에 끔찍한 촉감이 전해져 왔다. 사위가 적막에 휩싸였다. 모두 장주호의 주변에서 숨을 죽이고 그것을 응시했다. 세상이 흐름을 멈춘 듯 아무 소리도 들리지 않았다.

순간, 봉투가 열렸다. 장주호는 굳어버렸다. 그는 천천히 봉투의 입구를 벌렸다. 모두의 눈앞에서 그것이 적나라하게 드러났다.

이미 부패가 시작된 고깃덩어리였다. 고기와 덩어리라고밖에 볼 수 없는, 피로 범벅된 것들이었다. 들고 있던 장주호가 놓치는 바람에 봉투 입구가 바닥으로 떨어지면서 철퍽 너부러진 덩이에 모두 아연실색했다. 여기저기서 토악질을 했다.

뒷걸음질 치는 이도 있었다. 부패한 악취가 공기를 삼켰다.

한 시간 뒤 방갈로 뒤편 땅이 파헤쳐진 흔적도 발견됐다.

나뭇가지와 낙엽들에 가려 발견이 늦어진 것이었다. 그곳에서 심각하게 훼손된 머리와 다리, 팔이 발견되었다. 손가락은 끝내 발견되지 않았다.

"이렇게 심하게……."

"신원 파악을 힘들게 하려는 의도였겠지. 분리해야 이곳까지 옮기는 것도 용이했을 테고. 시체 그대로를 옮기다가는 이곳 관리소장과 마주칠 위험이 있을 테니까 말이야. 봉지를 들고 있다면 뭐든지 둘러댈 수 있었을 거야."

"너무 끔찍해요."

"당장 김태손과 유전자 대조 의뢰해."

시신이 발견되었다는 연락을 받은 양 형사는 황급히 경찰서로 돌아갔다. 사건의 유력한 용의자가 되어버린 도진을 놓친 데에 대한 징계는 각오해야 할지도 모른다. 징계든, 그보다 더한 일을 당하든 지금은 닥친 일을 해야 한다. 다만 언론의 뭇매만은 피하고 싶을 뿐이다. 언론이란 건 가끔 표적이 정해지면 그것이 형사라 할지라도 흉악범처럼 공공의 적으로 만들어버린다.

강력1팀은 텅 비어 있었다. 모두 김태손 사건이라는 거미줄에 얽혀 있다. 일부는 양 형사가 그랬듯, 장주호의 지시가 있을 때까지 대기하기 위해 돌아오는 중일 터이고, 일부는 제천으로 향하고 있을 터였다.

안으로 들어오던 양 형사의 걸음이 도진의 책상 앞에서 멈춰섰다. 그 흔한 가족사진 한 장 놓여 있지 않은 책상이다.

일지와 필기구, 메모지가 깔끔하게 정리되어 있었다. 병적으로 정리벽이 있는 것 같다고, 정도 안 가는 놈이라고 처음엔 흉도 많이 봤다. 남에게 피해를 주지 않고, 남에게 피해도 입지 않는다. 양 형사는 현도진의 철저한 개인주의가 싫었지만 동료로서 그를 의지했던 면도 있었다.

눈 뜨고 보지 못할 지민대학교 묻지 마 살인사건 때 피바다의 중심에서 평정심을 잃지 않고 수습했던 것은 도진이었다. 양 형사는 그런 도진을 알게 모르게 많이 의지해왔다. 하지만 그 의지가 동료애는 아니었던 모양이다. 양 형사는 먼지 한 톨 없는 도진의 모니터를 보며 그와의 관계에 대해 생각했다.

네가 아닐 거라고, 뭔가 오해가 있을 거라고, 조금도 부정하지 못해 미안하다.

그런 생각을 해서였을까. 양 형사는 순간 자신이 헛것을 본 줄 알았다. 꺼진 모니터 화면에 두 사람의 형체가 비치고 있었다. 하나는 눈을 휘둥그렇게 뜨고 상황 파악을 못하고 있는 자신이었고, 뒤에서 다가오고 있는 형체는 도진이었다. 그것은 아주 찰나의 순간이었다. 놀란 양 형사는 소리조차 지르지 못했다. 도진의 손에 들린 밧줄이 어느새 양 형사의 목에 감겼다. 비명 지를 구멍조차 남아 있지 않게끔 밧줄이 양 형사의 목을 옭아매었다.

## 2

쾅!

취조실의 문을 닫음과 동시에 육중한 몸이 거의 던져지다시 피 바닥에 내리꽂혔다. 수갑을 찬 양 형사의 몸이 바닥에서 바르작거렸다. 한데 묶인 발이 철제의자를 걷어찼다. 끅끅거리는 소리가 테이프로 막힌 입에서 나는 건지 꿀렁거리는 목젖에서 나는 건지 알 수 없었다.

도진은 한심하다는 듯 양 형사를 내려다봤다. 방음 시설이 갖춰진 취조실에서 아무리 의자를 걷어차 봐야 손안에 물 가두기다. 양손에 걸린 수갑 역시 미약한 발버둥에 풀릴 리도, 끊어질 리도 없다. 차라리 냉정을 찾고, 오금이 저릴 듯한 눈빛으로 이 상황에 대한 파악을 하는 편이 낫다. 형사라는 타이틀이 무색하다. 형사라는 인간이 사실은 유치원에 세워 둔 종이인형보다 못하다는 것을 국민은 모를 것이다. 그간 참 잘도 속여 왔다.

도진은 버둥거리는 양 형사에게는 관심도 없다는 듯 취조실 안을 어슬렁거렸다. 벽은 비가 오기 전의 우중충한 하늘색으로 칠해져 있고 취조용 긴 테이블이 정중앙에 놓여 있다. 가끔 비밀회의를 이곳에서 하기도 하는데 방음이 잘되어 있어 적합하다. 인권이니 뭐니 해서, 인권도 없을 것 같은 짐승보다 못한 인간들을 취조할 때 사용하는 촬영용 카메라가 삼각대 위에 세워져 있다. 취조 시 발생할 수 있는 형사의 피의자 폭행 방지

용으로도 쓰긴 하지만, 용의자들의 심리 상태 등을 판독하거나 법정 자료로 쓸 때도 용이하다. 도진은 카메라를 물끄러미 응시했다. 양 형사를 찍으려는 건 아니다. 다만, 하고 생각하며 도진은 양 형사의 큰 머리를 보았다. 다만 '찍으려는 것'뿐이다.

하지만 도진은 곧 생각을 고쳐먹었다. 저런 것으로 머리를 내리쳐 봐야 요란만 하지 소리 대비 효과는 미약하다. 시간을 확인했다. 최대 10분, 최소 5분 안에 이곳을 떠야 한다. 즐기고 말고 할 시간은 없다.

아쉬움에 입맛을 쩝 다시고는 그의 앞에 무릎을 굽히고 앉았다. 심드렁한 표정으로 주머니에서 칼을 꺼냈다. 칼날이 조명에 비쳐 차갑게 빛났다. 버둥거림이 격렬해졌다. 날카로운 칼날로 양 형사의 볼을 긁었다. 칼날이 지나간 자리 위로 붉은 핏줄기가 생겨났다. 그제야 버둥거림과, 채 완성되지 못한 비명이 삼켜졌다. 도진은 양 형사의 입을 막고 있는 테이프를 뜯어냈다. 동시에 손가락을 입술 위에 대었다.

"입을 닥치니 좀 낫군, 그래."

"나, 나한테 왜 이래."

처참할 정도로 떨고 있는 목소리였다. 왜냐고 묻는 말에 굳이 대답하려면 '운 나쁘게도 네가 그때, 그 자리에 있었기 때문이다'라고 말해 줄 수밖에 없다.

"이래서 니가 진급을 못 한 거야. 대한민국 형사라는 사람이 이런 순간에 '역시 너였어?' 하고 치고 나올 정도는 돼야지."

"도, 도주로를 만들어줄게. 아니, 원하는 게 뭐야. 말해 봐. 나…… 알잖아. 나 애들만 셋이야. 큰애가 이제 겨우 고등학교 2학년이고, 아직 아파트 담보 대출이……."

당장이라도 울 것 같은 얼굴이다. 한심하다. 말은 두서없다. 생의 벼랑에 선 순간에 한다는 말이 고작 '대출 남았다'라니. 눈물겹다. 그래서 짜증이 났다. 차라리 입을 막았을 때의 발버둥 쪽이 나았다.

"다른 건 다 필요 없어."

도진은 상냥하게 웃었다.

"지금 수사 상황이 어디까지 나왔지? 갑자기 내가 용의자로 지목된 이유가 뭐야?"

양 형사의 입은 금방 열리지 않았다. 도진은 고개를 갸우뚱했다. 그리고 낮은 한숨을 내쉬었다. 칼날이 아래로 향하도록 칼을 움켜쥐었다. 팔을 치켜들었다. 다급한 양 형사의 외침이 들렸을 때는 칼날과 양 형사의 복부 사이 간격이 채 20센티미터도 되지 않았다.

"거짓말!"

칼을 멈춘 채로 도진은 양 형사를 보았다.

"네 거짓말이, 들통 난 거야."

도진의 인상이 구겨졌다.

"휴가지. 휴가지야. 네가 휴가지를 거짓으로 말한 게 밝혀졌대. 증거도 있고. 캠핑장 관리소장도 네 사진을 보고 확인해 줬고……. 네가 묵었던 방에서 루미놀 반응이 나왔고……. 그래서 지금 국과수가…….”

횡설수설하는 양 형사의 말은 몇 마디 더 이어졌다. 하지만 도진은 그 말에 더 이상 관심이 없었다. 그 정도면 알 것 같았다. 충분히 용의자로 지목될 거리이긴 했다.

“잘 들어.”

양 형사가 입을 다물었다. 하지만 여전히 헐떡이고 있었다.

“나는 아니야. 김태손을 죽인 건 내가 아니라고.”

“아, 알지. 그럼 알고말고…….”

“믿어?”

“당연히 믿어, 네 결백. 내가 증명하도록 도와줄게. 응?”

도진은 기분 좋게 미소 지었다. 하지만 곧 그 미소는 싸늘하게 식었다.

“그래서 넌 안 된다니까.”

그는 지체 없이 칼을 양 형사의 복부에 찔러 넣었다. 그러고는 미식가가 맛을 음미하듯 양 형사의 표정 변화를 지켜보았다.

처음에는 당황하는 표정뿐이었다. 눈을 크게 뜨고 도진을 바라보았다. 초점이 심하게 흔들렸다. 영화의 슬로모션처럼 천천히 고개를 내렸다. 싸구려 티셔츠에 난 구멍에서 피가 울컥 쏟아졌다. 그제야 자신에게 무슨 일이 일어났는지 인지한 모양이다. 경악과, 뒤늦게 찾아온 격통으로 ‘끅’ 하는 소리만이 간신히 비어져 나왔다. 이마에 푸른 힘줄이 툭 불거졌다.

"내가 예전에 경찰대학 학생들 앞에서 이런 특강을 한 적이 있어. 사이코패스 앞에서 공포는 내보이지 않는 것이 좋다. 양 형사한테도 그런 이야기를 해줄 걸 그랬어. 어쨌든 믿어준 건 고맙다."

양 형사의 복부에 박힌 칼을 빼내었다. 양 형사의 얼굴이 소리 없이 고통으로 일그러지는 것을 보며 그대로 목에 칼을 찔러 넣었다. 왈칵 피가 솟구쳤고, 목 어딘가에서 우직, 하고 오래된 가구가 비틀리는 소리가 났다.

양 형사의 목이 옆으로 툭, 떨어졌다.

단지 그뿐이었다.


## 3


연신 플래시가 터졌다. 피를 뿌려 놓은 듯한 벽 위로, 보란 듯이 던져진 시뻘건 칼 위로, 마지막 몸부림을 쳤을 양 형사의 미약한 시신 위로, 차갑고도 서글픈 빛의 홍수가 지나갔다. 국과수에서 나온 감식반들은 절차에 따라 찍고 수집을 하며 바삐 움직였지만, 그 위에 부유하는 서글픔만은 지울 수 없었다.

"현도진 바로 수배 내리고, 서울 포함해서 고속도로, 지방으로 통하는 국도 모두 검문 실시해."

"네!"

강력2팀의 사복형사 둘이 동시에 대답하며 취조실을 빠져나 갔다. 강력1팀의 인력이 거의 제천 현장에 투입되어 강력2팀의 지원을 받은 터였다. 그런 것이 아니라도 강력1팀은 전원 패닉 상태였다. 김태손 사건에 누구보다 열심히 매달리던 현도진이 유력한 용의자인 데다, 수년간 동고동락하던 양 형사를 살해했 다는 사실은, 사실이면서도 믿고 싶지 않은 일이었다.

대체 왜?

하나같이 그 물음이 가슴 언저리에 걸려 있었다. 대체 왜 김 태손을 살해했을까. 대체 왜 양 형사까지.

이미 도진이 양 형사의 목을 졸라 지하 취조실로 끌고 가는 것이 복도 CCTV 영상을 통해 확인되었다. 기절한 듯 몸을 축 늘어트린 양 형사를 잡아끌고 도진이 지하로 내려간 직후, 민 원실 직원 하나가 복도를 지나갔다. 동시에 영상을 확인하던 형사들 사이에서 낮은 신음이 일었다. '만약, 조금만 더 빨랐다 면' 하는 부질없는 생각이 모두를 괴롭게 하고 있었다. 그리고 저 순간 거기에 있었던 것이 자신이 아니었음을 다행스러워하 는 마음에 치욕을 느끼기도 했다.

장주호는 손을 뻗었다. 바닥에 피가 흥건했다. 이미 피는 주 인처럼 온기를 잃어 거의 말라가고 있었다. 엄청난 양이었다. 복부와 목, 두 군데가 흉기인 칼에 찔렸다고 한다. 복부는 목에 비해 상대적으로 깊지 않았다. 복부가 찔렸을 때는 괴로웠겠지 만, 목에 자상을 입었을 때 고통은 잠시였을 거라고, 국과수의 누군가가 위로하듯 말해 주었다.

"시신, 이동하겠습니다."

"잠깐."

장주호는 천천히 일어섰다. 양 형사의 시신은 들것에 실려 있었다. 눈을 부릅뜨고, 고통 때문이었는지 이를 악다문 채 굳어가고 있었다. 장주호는 손을 뻗어 양 형사의 눈을 감겨주었다. 이 세상과 다른 온기가 손바닥에 느껴졌다. 장주호는 들것을 들고 기다리고 있는 형사들을 향해 고개를 끄덕였다. 그제야 양 형사는 취조실을 빠져나갔다.

시신까지 밖으로 이동하는 것을 확인한 장주호는 나직한 한숨을 흘렸다. 선우신이 취조실 한편에 주저앉아 있었다. 양 형사의 시신이 확인된 이후부터 내내 이 상태였다. 다른 형사들처럼 신음하거나 분노하지도, 그렇다고 눈물을 흘리고 있지도 않은 상태로 내내 이렇게 주저앉아 있었다.

그의 눈은 그 어디도 보고 있지 않았다. 공허했다.

"선우신."

"어떻게 이런 일이, 어떻게……."

"그만해라 선우신. 이런다고 도움될 건 없어."

선우신은 눈을 들어 장주호를 보았다. 장주호의 표정은 어딘가 냉랭했다.

"팀장님은 어떻게 아무렇지 않으시죠? 이건 너무 충격적인 일이에요. 어떻게……."

"선우신!"

장주호의 고함이 피로 가득한 취조실을 흔들었다.

"잘 들어, 선우신 형사. 양 형사의 죽음이 헛되게 하지 말라는 구질구질한 말은 하지 않겠다. 하지만 이거 하나만 알아 둬. 네가 여기서 찔찔 우는 동안 현도진은 도주를 준비하고 있다. 우리의 임무는 그 새끼를 잡는 거야."

선우신은 대답하지 않았다.

"지금 당장 형사들에게 연락 취해. 절대 기자들에게 흘리지 말라고. 이 일은 당분간 언론에 유출되지 않게 한다. 철저히 보안 유지해!"

선우신이 입술을 질끈 깨무는 것을 장주호는 보았다.

"나는."

잠시 숨을 고른다.

"나는 유족에게 연락을 취하겠다."

말라버린 양 형사의 피 위로 선우신의 뜨거운 눈물이 떨어졌다.


4


어둠은 안식을 준다. 짙게 깔린 어둠일수록 깊게 숨을 수 있다. 도진은 불도 켜지 않은 채 모텔 방 벽에 붙어 앉아 있었다.

어둠 속에서 사위의 소리에 기민하게 반응했다. 빛은 모텔 방 벽에 달린 작은 창에서 들어오는 것이 전부였다. 주황색 나트륨등 불빛이 창에 부딪혀 산란했다. 이따금 도로에 차들이 지나갈 때면 조금 더 환하게 들어온 빛이 도진의 머리 위에서 점멸했다.

이곳에 들어온 것은 두 시간 전이었다. 경찰서에서 도주한 직후 도진은 모든 현금을 인출했다. 곧 모든 예금이 정지될 터였다. 다행히 계좌에 들어 있는 현금을 모두 찾을 동안 은행원이 보안 벨을 누르는 사태는 일어나지 않았다. 그가 자금을 마련하고 도피처를 찾을 동안 아무 일도 일어나지 않았다.

어느 정도의 시간은 유예할 수 있음을 도진은 확신했다. 시간은 이 시대의 탁상행정이 벌어 준 것이다. 시신을 발견하고, 도진이 범인이라는 유력한 증거를 보고서로 작성한다. 정해진 서체에, 정해진 크기를 쓰고, 좌우 여백을 맞춰 오타 검사를 할 동안, 물고기처럼 그저 유유히 벗어나면 된다.

지금쯤, 하고 도진은 중얼거렸다.

양 형사의 가족들이 공황 상태가 되어 달려왔을 것이다. 걸리는 대로 아무나 붙잡고 오열을 할 것이다. 그 울음은 피를 토하는 것에 가깝다.

주검의 얼굴을 알아보면서도 내 새끼가, 내 남편이, 내 아버지가 아니라고 말할 것이다. 부정하고, 부정해도 부정할 수 없는 진실이 온몸에 들러붙어 인정할 때까지 놓아주지 않을 것이다. 도진에 대한 증오는 그다음이다. 그것이 일반적인 유가족의 반응이고, 도진이 가장 혐오하는 반응이었다. 내가 죽는다면, 하고 도진은 생각했다. 곧 웃음을 터뜨렸다. 죽어 자빠진 시신 위에서 내 부모라고 이름 붙인 그들은 만세라도 부를 테지.

양 형사에게 미안한 마음은 없다. 그 자리에 있었기에 양 형사는 사라져주어야 했을 뿐이다.

시커먼 천장을 올려다보았다. 어쩌다 여기까지 왔는가.

양 형사를 살해한 것이 본인이라는 사실은 이미 CCTV 영상으로 확인되었을 것이다. 차라리 죽이지 않았더라면, 적어도 김태손을 살해한 것은 아니라는 사실을 증명할 수 있었을까, 하고 생각해 보았다.

부질없다. 양 형사를 죽이지 않았을 수는 없었다. 겁에 질린 얼굴, 발버둥 치는 몸부림을 보면 이내 피가 끓고야 만다. 더군다나 이미 김태손의 시신이 발견되었고, 그곳에 자신이 있었다는 사실 역시 발각되었으니, 아니라고 해본들 소용이 없다. 도둑이 든 금은방에서 금 목걸이를 하나 들고 있으면서 쫓아온 경찰들에게 나 도둑 아니라고 말하는 격이다.

차라리 그곳에 가지 않았다면.

재희를 원망해 본다. 여행을 떠나자고 매달리지만 않았다면, 귀찮아서 알겠다고 대답할 것도 없었고, 그 방갈로를 애초에 빌릴 일도 없었다. 그랬다면 김태손의 시체를 볼 이유도 없었다.

문득 예술가에게 도진의 존재는 축복일 것이라는 생각이 들었다. 모든 죄의 포커스에서 본인은 저만치 떨어져 있게 되었다. 생각해 보니 이 일이 벌어지기까지 수많은 '만일'의 지점에서, 그 방갈로가 자신과 예술가의 분기점이 되었을 것이다.

'가만.'

도진의 생각이 멈추었다. 후회와 정리 그리고 계획의 순서대로 천천히 흐르던 생각의 강물이 빠르게 역류했다. 뭔가 위화감을 느낀 지점이 있었다. 흐르던 강물 속에 찜찜한 뭔가가 지나갔던 것 같다. 그 정체가 무엇인지 모르면서도 놓치면 안 된다는 생각이 들었다.

'방갈로?'

도진의 머릿속에 번개가 쳤다. 동시다발적으로 많은 생각이 쏟아졌다.

뭔가 이상하다.

이건 마치 계획되어 있었던 일 같다.

모든 것이 이미 짜여 있는 알고리즘 속에서 정해진 대로 흘러가는 느낌이다.

그냥 갔을 뿐이다.

김태손이 있었고, 자신에게 있던 잔인성이 고개를 들었다.

그건 우연에 가깝다.

시신을 처리했고, 그 시신이 유명인이고, 사건이 강력1팀에 배정됐다.

거짓으로 말했던 휴가의 행선지가 발각되고, 왠지 짜놓은 듯 관리소장의 증언이 이어졌다.

도진과 함께 있을 양 형사에게 그 사실이 알려졌다. 도진은 사건의 진행을 알기 위해 양 형사를 협박했고, 그를 죽였다.

이 강물의 한가운데에 소용돌이가 있다는 생각을 지울 수가 없다.

애초에.

그 방갈로에 왜 갔지?

도진이 벌떡 일어섰다. 어둠 속에서 경악의 눈빛이 번들거렸다.

애초에. 애초에.

"선우신?"

그리고 이틀 뒤, 도진의 이름이 긴급 속보를 통해 보도되었다.


## 5


"누구야! 대체 어떤 새끼가 기자한테 정보 흘렸어? 엉!"

분노를 넘어선 그 무언가가 장주호의 고성에 담겨 있었다. 이미 신경줄은 바늘 끝처럼 날카로워졌다. 참다못해 내지른 고성이었지만, 곧 입을 다물어버렸다.

이미 벌어진 일, 어쩔 수 없다. 경찰서에는 그런 우스갯소리가 있다. 낮말은 기자가 듣고, 밤말도 기자가 듣는다. 숨기려고 하면 할수록 냄새를 더 잘 맡는 족속이다. 숨기는 것은 악취가 배어 있는 더러운 사건이라는 걸 반증하고 있기 때문이다. 게다가 그들은 코가 씰룩거린 이상 썩은 고기라도 건지기 전에는 한번 문 사건을 놓지 않는다.

이번 보도는 냄새만 맡은 뒤 내지른 추측성 기사가 아니었다. 꽤나 자세했다. 처음부터 양 형사의 살해까지 일목요연하게 정리되어 있었다. 덕분에 김태손 총재의 실종까지 수면 위로 떠올랐다.

차기 대선의 당선자로 유력하게 손꼽히는 김태손 총재의 실종사건과, 그 잔혹성 그리고 용의자가 형사인 데다, 동료 살해사건까지 겹쳐 세상은 용광로처럼 들끓었다.

경찰청 역시 이미 발칵 뒤집혀졌다. 국회의원 김태손 실종사건을 맡긴 수사본부 내부에 살인자가 있다는 것은 경찰청으로써는 상상도 못한 일일 것이다. 이미 수사본부를 해체하려는 움직임이 보였다.

하지만 장주호는 이 사건에서 손을 뗄 생각이 없었다.

수사본부 해체 이야기가 구체화 되기 전에 장주호는 반드시 현도진을 잡아야 했다.

급히 경찰서장에게 전화를 걸었다.

— 무슨 일이야.

"김태손 사건 수사에서 저희를 배제시킨다는 이야기를 들었습니다."

— 당연한 수순이 아닌가.

"막아주십시오."

경찰서장이 웃음을 터뜨렸다.

— 자네, 지금 장난하나.

"그렇게 하셔야 할 겁니다. 당연한 수순이라고 하셨습니까?
저희 강력1팀의 수사 배제 이후의 수순은 뭐라고 생각하십니
까. 바로 내부감찰입니다.

전화기 너머에서 숨을 들이키는 소리가 났다.

장주호의 말 그대로였다. 사건의 범인이 경찰 내부에 있었
던 것이 밝혀지는 경우, 즉시 사건에서 배제되고, 감찰을 실시
한다. 경찰 내부의 공범자 색출을 비롯해, 기강 해이에 대한 문
책이 이루어지고, 경찰의 비리까지 다루어진다. 그럴 경우 곤
란해질 사람은 장주호였다. 그리고 장주호의 비리 윗선에 바로
경찰서장이 있었다.

"그간 윗대가리를 위해 많은 일을 해오셨으니 어려운 일은
아니실 겁니다."

이것은 부탁이 아니었다. 둘이 살아남을 동아줄을 찾아야 한
다는 경고였다. 침묵을 지키는 것으로 보아 경찰서장은 이미
자신의 동아줄이 되어줄 사람을 머릿속에서 추리고 있을 것이
다. 장주호는 주저치 않고 전화를 끊었다.

가슴이 답답했다. 화를 억누르려 창밖으로 시선을 던졌다.

"팀장님."

말을 걸어온 것은 선우신이었다. 그 난리 뒤, 이틀이나 지났으니 죽을 것 같은 슬픔에 빠져 허우적대는 얼굴은 아니었다. 하지만 살아가는 데는 우선순위가 반드시 있다. 그는 자신이 지금 당장 해야 할 일 뒤로 슬픔을 잠시 묻어 둔 것처럼 보였다. 창백해진 선우신의 얼굴을 보며 장주호는 추위를 느꼈다. 선우신이 느끼고 있는 슬픔이 자신에게 없는 것을 들키고 싶지 않았다.

"가실 겁니까?"

장주호의 대답은 한 템포 늦게 돌아왔다.

"가야지."

그 말에 강력1팀 전원이 침묵 속에 몸을 일으켰다. 평소와 다르게 검은 재킷에 검은 바지, 흙빛의 얼굴들이었다. 저승사자의 그림자가 한번씩 이렇게 훑고 지나갈 때면 모두 지옥의 입구까지 끌려갔다 던져진 사람들 같았다.

하루 종일 누군가의 뒤를 쫓고, 영업사원도 아닌데 실적에 쫓겨야 한다. 위염은 기본이고, 궤양은 선택이다. 잠자는 시간이 일정키를 바라는 건 사치고, 외진 곳에 잠시라도 차를 세울라 치면 경찰 새끼가 자러 왔다는 소리를 듣는다. 양말 한번 제때 갈아 신지 못해 발가락은 다 갈라져도 달려야 한다. 취조하면 인권 유린이라도 하지 않았나 기자들이 눈을 번뜩이고, 범인 대신 쏟아지는 계란 세례를 온몸으로 막다 보면 악플러가 움직인다. 어떻게든 잡아넣으면 과잉수사고, 놓치면 부실수사다. 그렇게 살다 죽으면 그제야 불쌍하다는 소리 한번 듣는다. 운이 좋으면 9시 뉴스에 20초가량 보도되어 그나마 명예가 생기고, 그것도 안 되면 싸늘하게 식어가는 것, 그뿐이다. 그것이, 이 기상과 이 맘으로 충성을 다하여야 한다는 대한민국의 현실이다.

경찰서 1층 로비에 다다르자 앞서 걷던 장주호가 걸음을 멈춰 섰다. 천천히, 수십 개의 발이 멈췄다. 돌아선 장주호가 하나하나의 얼굴들을 돌아보았다.

누군가 울먹하는 목소리를 냈다. 희미한 미소를 지으며 장주호가 정면으로 다시 몸을 돌렸다. 크게 심호흡을 했다. 1층 방화문을 힘주어 열었다. 모두의 얼굴에 수백 개의 플래시 세례가 파도처럼 쏟아졌다.

양 형사의 입관식은 강력1팀 팀원이 도착함과 동시에 시작되었다. 형사 생활 13년. 친구 같은 것이 있을 리가 없다. 동창회며 모임 같은 곳에 나갈 시간도, 정신도, 여유도 없는 것이 형사의 생활이었다.

양 형사의 어린 자식이 고통을 참는 얼굴로 영정을 들고 걸어 나왔다. 그 뒤로 혼절을 여섯 번이나 반복했던 아내와 휠체어에 탄 노모가 다른 사람들의 도움을 받아 행렬을 따랐다.

지독한 비탄과 침통의 슬픔으로 장주호와 선우신 그리고 강력1팀이 걸어 나왔다.

노모의 슬픔, 남편을 잃은 아내, 아버지의 죽음을 인정할 도리 없는 아들의 얼굴을 서로 찍기 위해 기자들이 아귀다툼을 하며 카메라를 들이댔다. 오열은 아우성에 묻히고, 슬픔은 셔터 세례에 산산조각이 났다. 선우신은 걸음을 멈추고 소요의 소용돌이를 물끄러미 보았다. 지친다. 생명체가 없는 괴물이었다. 그것이, 그들의 눈물이 저들에게는 실적이다. 하지만 누구의 탓도 할 수 없었다. 시대다. 이 시대가 그러하다.

그러한 시대에 살고 있는 우리가 죄인일 뿐이다.

그때 우두커니 선 선우신의 옆으로 누군가 빠르게 걸어왔다. 넋을 놓고 있다 다가선 남자가 팔을 잡는 바람에 정신을 퍼뜩 차렸다. 이미 행렬은 운구차량 앞까지 당도해 있었다.

씁쓸한 시선을 거두고 조금 전 남자에게로 고개를 돌렸다. 이번 일로 지원 나온 강력2팀의 박철욱 형사였다.

"이거."

얇은 서류 파일 한 권이었다. 선우신이 그것을 받아 장주호에게 넘겼다. 제천 쪽이든 어디서든 뭔가 발견하게 되면 언제라도 보고를 해 달라는 것이 강력2팀에 대한 장주호의 부탁이었다. 장주호는 차분히 파일을 넘겼다. 한 장, 조금 후 다시 한 장, 그보다 더 많은 시간을 소비한 후 다시 한 장을 넘겼다. 한 장씩 넘어 갈수록 장주호의 얼굴이 굳었다. 그는 뭔가를 결심한 얼굴로 박철욱 형사를 보았다.

"한 시간 후 수사 브리핑 하겠습니다. 준비를 부탁합니다."

박철욱 형사가 짧은 묵례를 한 후 빠른 걸음으로 사라졌다.

장주호는 휴대폰을 꺼내 조금 전 받은 문자를 다시 확인했다.

'당분간 수사는 그대로 진행'

경찰서장으로부터 온 메시지였다.


**6**


양 형사의 시신이 운구되는 과정은 거의 TV 생중계처럼 실시간으로 방송되고 있었다. 평일 낮 4시의 시답잖은 어린이 프로그램이 방송되는 중간에도 속보 형식으로 실시간 상황이 자막을 통해 보도되고 있었다. 어린이 프로그램 자막으로는 상당한 위화감이 있었다. 학부모들이 항의하지는 않을라나, 하고 도진은 시시한 생각을 했다.

싸구려 모텔 방 벽에 기대 나초칩을 안주로 맥주를 마셨다. 식욕은 느껴지지 않지만 만약을 위해 삼시 세끼 밥은 챙겨 먹으려고 애쓰고 있다. 맥주를 마시는 것도 입이 심심해서일 뿐, 취할 정도로 마시진 않는다. 앞으로 어떻게 해야 하나 계획을 세우는 데 취기는 방해가 된다.

여차하면 도진은 제 발로 강력1팀을 찾아갈 생각도 가지고 있었다. 하지만 그것은 가장 마지막에 어쩔 수 없을 때 할 선택이었다. 일단은 돌아가는 수사 상황을 파악한 뒤, 예술가를 찾아볼 생각이었다. TV 속 애니메이션의 두더지가 끽끽거리며 걸어 다니는 화면을 보며 도진은 그날로 생각을 돌렸다.

발단은 재희의 여행 제안이었고, 도진이 장소를 찾기 위해 인터넷을 뒤졌던 것이 시작이었다. 우연히 그것을 본 선우신이 무엇을 하냐고 물어 왔고, 휴가를 계획하고 있다고 가볍게 답했다. 그러고 나서 조금 뒤, 선우신이 여행안내 책자를 주며 말했다. 좋은 곳을 표시해 뒀으니 참고하라고. 표시된 곳이 바로 제천에 있는 이악오토캠핑장이었다. 귀찮은 마음도 있어서 더 찾아볼 것도 없이 여행지로 선택했다. 그러고 보면 탐문 수사 때 선우신은 마치 이악오토캠핑장에 처음 가보는 사람처럼 행동했었다. 그때 뭔가 이상하다고 생각해야 했다.

갑자기 TV 속이 소란해졌다. 도진은 생각에서 빠져나왔다.

어린이 정규방송이 끝나기 무섭게 득달같이 뉴스 속보가 시작되고 있었다.

쉴 새 없이 터지는 플래시는 마치 파도 같았다. 그 파도 속을 시신을 실은 차량이 뚫고 움직였다. 화면 좌측 맨 앞에 서서 중계를 하던 아나운서가 귀에 단 인이어에 손을 대고 집중하는 모습이 도진의 관심을 끌었다.

"잠시 후, 이 사건을 맡은 송파경찰서 강력1팀의 현재 수사 상황 브리핑이 시작될 예정이라는 소식입니다. 사건이 보도된 이후, 그동안 비밀리에 수사를 진행했던 경찰에 대해, 범인인 강력계 형사 감싸주기가 아니냐는 의혹의 시선이 있었습니다만, 송파경찰서 강력1팀에서는 해당 건을 루머일 뿐이라 일축하였습니다. 세간에서는 수사본부를 해체하고 다른 팀으로 교체해야 한다는 주장이 일었는데요, 그간 조사를 진행해온 강력1팀이 이 사건에 가장 적합하다고 판단되어 범인 검거 후 경찰의 기강 해이 등을 감찰하겠다고 밝힌 바 있었습니다. 오늘 브리핑에서는 새나라당 김태손 총재의 살해사건에 대해서도 언급할 예정으로 알려졌는데요."

아나운서의 말이 몇 마디 더 진행되었다. 도진은 맥주를 삼켰다. 나초칩을 입안에 구겨 넣었다. 파삭, 입안에서 나초칩이 부서졌다.

화면이 바뀌고 아무도 서 있지 않은 단상이 화면에 가득 펼쳐졌다. 웅성이는 소리가 한동안 흘렀다. 잠시 뒤 장주호가 화면 안으로 걸어 들어왔다. 화면을 보며 도진은 인상을 썼다.

"개새끼."

"브리핑을 시작하겠습니다."

예의 수사 브리핑이라는 것이 그러하듯 사건의 발생부터 순차적으로 읊어 나갔다. 사회에 조금만 관심이 있다면 누구나 다 알 만한 일들이 시간 낭비 속에 토해졌다. 도진은 새로운 사실이 나오지 않을까 했던 기대에 조소했다.

"현재 유력한 용의자로 송파경찰서 강력1팀 소속 현도진을 지목하고 수사해 나가고 있습니다."

"혹시 추가된 진행 사항은 없습니까? 사망한 고 양세혁 형사님을 살해한 것은 확실한 증거가 있지만 새나라당 김태손 총재에 대한 살인을 했다고 하기에는 증거가 불충분하지 않습니까?"

기자단 중 세 번째 줄 왼쪽 끝에 앉은 기자가 손을 들고 질문했다. 꽤나 날카로운 질문이다. 호오, 하고 도진은 관심 있게 지켜보았다. 기자는 질문이 끝나기가 무섭게 타이핑할 준비를 위해 노트북 패드에 손을 내렸다.

증거라. 도진은 가만히 생각했다. 증거라고 할 만한 것이 뭐가 있겠나 싶었다. 형사라는 족속이 다 그렇다. 이놈인 것 같으면 이때다 하고 우르르 모든 죄를 덮어씌운다. 도진은 한심하다는 듯 고개를 좌우로 저었다. 화면 속에 장주호의 얼굴이 잡혔다. 어딘지 결연해 보였다.

"오늘 발견된 사항입니다만……."

장주호가 조심스러운 듯 잠시 말을 늦췄다.

"김태손 전 새나라당 총재의 손괴된 시신 중 일부가 금일, 시신이 발견되었던 캠핑장에서 추가로 발견되었습니다."

"일부라면 정확히 어디를 말씀하시는 겁니까?"

"……손가락입니다."

도진은 흐음, 하며 나초칩을 파삭, 깨물었다. 배수관에 걸렸을 거다. 일부러 손가락만은 싱크대 배수관으로 흘려보냈다. 그냥 재미였다. 처음부터 숨기려고 했던 것이 아니었기에 도진은 크게 관심을 두지 않았다. 어차피 시신의 손가락이 살아 움직이지 않는 이상 자신을 가리킬 일은 없다. 그러나 이어지는 장주호의 한마디는 도진의 모든 생각을 정지시키기에 충분하였다.

"발견된 시신의 부위에서 용의자 현도진의 머리카락이 발견되었습니다."

TV 방송은 어느덧 기자회견을 종료했다. 얼마 전 이혼한 여배우가 '여자로서 당당해지자'라는 내용의 팬티 라이너를 선전하고 있었다. 천천히 손을 뻗어 리모컨을 들고 TV를 껐다.

순식간에 암흑보다 짙은 정적이 도진을 내리눌렀다.

아직도 믿을 수 없는 장주호의 발언이 귓가를 윙윙대며 울렸다. 머리카락이 발견되었다고 한다. 그럴 리가 없다. 그따위 실수를 할 정도로 허술하지 않다. 무엇보다 자신이 김태손을 발견했을 때는 이미 사후였다. 기자회견 내용으로 보면 경찰은 도진이 김태손과 몸싸움을 벌인 뒤 사망에 이르게 한 정황으로 보고 있었다. 머리카락이 방갈로 어딘가에 떨어져 있었다면, 만에 하나 천에 하나쯤 벌어지는 말도 안 되는 실수였다손 치더라도, 그것이 손가락에 걸려 있을 수는 없다. 시신이 벌떡 일어나 그를 쥐어뜯은 것이 아니라면.

도진은 계속해서 되짚으며 생각을 이어나갔다. 아무리 생각할수록 결국 이르게 되는 답은 하나였다.

이 사건은 조작됐다.

그리고 지금까지도 조작되고 있다.

예술가는 지금도 자신이 펼쳐 놓은 그물망 안에서 발악하는 자신을 보고 있다. 사건을 조작하고 그 사건에서 빠져나가기 위해 안간힘을 쓰고 있다. 분명 생각보다 가까운 곳에서.

"선우신."

도진은 벌떡 일어났다. 낡은 옷걸이에 걸린 검은 점퍼를 입었다. 검은색 야구모자도 깊이 눌러썼다. 만약 이악오토캠핑장으로 가게 하고 시신을 그곳에 미리 방치한 그 모든 것이 조작된 것이라면 가장 처음 도진에게 그곳을 소개한 선우신이 예술가일 확률이 얼마나 될지 따져보았다.

# 집

## 1

21층짜리 13개 동이 모인 아파트 단지에 차를 주차시켰다. 어둠이 깔린 시간에도 단지 내부는 환했다. 운전석과 조수석의 문이 한꺼번에 열림과 동시에 운전석에서는 선우신이, 조수석에서는 장주호가 각각 내렸다. 장주호는 목을 꺾어 아파트를 올려다보았다. 절로 휘유, 소리가 나왔다. 아파트는 서울 강남에 위치한 곳으로, 무인 경비 시스템을 포함 최신 시설을 자랑하는 초호화 주택으로 유명했다.

"이야, 말로만 들었지."

감탄하는 선우신의 목소리는 아파트의 위용에 기가 눌려 보였다. 장주호는 미간을 찌푸리고 주변을 둘러보았다. 아파트

값은 보나마나 엄청날 테고 관리비만 해도 상상도 못할 액수가 청구될 것이다. 아무리 생각해도 형사 박봉으로 유지할 수 있는 생활이 아니다. 도진의 수배 건으로 그의 부모를 만나보았지만, 도진이 형사가 되면서 특별히 생활비를 보태준다거나 하는 지원은 하지 않았다고 했다.

역시나 도진의 호수가 적힌 우편함에는 관리사무소에서 발송한 단수 안내문과 각종 은행 이름이 찍힌 연체 통지문 그리고 법원에서 날아온 압류 예정 통고문, 공과금 연체 고지서가 어지럽게 박혀 있었다.

"굉장히 여유 있게 보여서 부잣집 아들인 줄로만 알았는데……."

선우신의 혼잣말에 장주호는 쓰게 웃었다. 엘리베이터를 향해 걸으며 도진의 부모를 만났을 때를 떠올렸다. 두 명 모두 인터넷에서 검색만 해도 알 수 있을 정도의 유명인이었다. 그들의 경력만 들었을 때 분명 장주호 역시 도진의 호사스런 생활이 그들의 지원 아래 가능했다고 생각했다.

하지만 그런 생각은 그 두 명을 만났을 때 완벽히 반전됐다. 두 사람의 얼굴은 아들이 일으킨 문제로 인해 큰 충격을 받았다거나, 걱정스러워 하는 얼굴이 아니었다. 몹시 불쾌한 얼굴이었다. 치욕스러워하고 있었다. 이런 사람들에게 아들이 저지른 짓거리를 전해봐야 도움이 되지 않을 거라는 걸 장주호는 즉시 느꼈다.

아니나 다를까. 도진의 어머니 쪽이 빠르게 말을 뱉었다.

그 녀석의 일은 유감이다. 하지만 우리와 이야기를 나눌 필요가 없다, 그 녀석이 고등학교 2학년일 때 이미 두 손 두 발 들었다, 연락을 끊고 산 지 15년도 더 됐다, 그 녀석에게도 말했지만 무슨 짓을 저지르던 간에 우리에게 먹칠만 하지 않는다면 상관없다, 하지만 이런 일이 벌어졌으니 당신네들에게도 말하겠다, 만약 이 일과 관련해 언론에 우리의 이름이 오르락내리락하면 이야기가 다르다, 가만히 있지 않겠다.

"팀장님 여긴데요."

선우신이 아파트 출입문 하나를 손으로 가리켰다. 장주호는 말없이 뒤로 물러섰다. 경찰의 입회하에 구급대 측에서 문 개방이 이루어졌다. 수색영장까지 모두 발급된 이후라 문제가 될 것은 없었다.

철컥, 문이 열렸다. 장주호와 선우신은 혹시 일어날지 모를 상황에 대비하며 천천히 안으로 걸음을 디뎠다. 적막했다. 어둠이 짙게 깔려 있었다. 잠깐 시간을 들여 혹시 소리가 나지 않는지 귀를 기울였다. 소리는 없었다. 당연한 일이다. 자신이 세운 빚더미의 왕국에 몸을 숨길 만큼 멍청이는 아니었다.

손을 뻗어 벽을 더듬었다. 6구짜리 스위치가 손에 잡혔다.

첫 번째 스위치를 눌렀다. 현관 앞 등의 불이 들어왔다. 슬쩍 올려다보고는 거의 동시에 버튼 다섯 개를 눌러 켰다. 순식간에 어둠이 밀쳐지고 그 자리에 빛이 들어찼다. 깨끗한 대리석

바닥에 부딪힌 빛이 산란했다.

"대단하네요."

선우신이 감탄했다.

아닌 게 아니라 내부는 겉에서 보는 것보다 훨씬 더 호화로웠다. 벽에 걸린 대형 TV, 천연가죽 소파, 와인 바, 도시의 전경이 한눈에 보이는 테라스까지. 모든 것이 화려하고, 반짝였다.

우편함에서 꺼내 온 연체 고지서를 장주호는 꾹 움켜쥐었다.

"일단 들어왔던 흔적이 있나 보고, 단서가 될 만한 것들이 있나 찾아보자."

장주호가 재킷을 벗어 바닥에 놓았다. 뒤지다 보면 범행의 동기를 건질 수도 있다. 이미 출국금지까지 된 마당에 그는 독안에 든 쥐다. 정 아쉬운 상황에서는 집에 숨어들 수밖에 없다. 큰 숨을 들이쉬며 만반의 준비를 마치고 장갑을 꺼내던 장주호는 멍하니 서 있는 선우신을 발견했다. 벽을 향해 서서 꼼짝도 않고 있다.

"왜 그래?"

"팀장님……."

마치 뭔가에 홀린 듯한 표정으로 선우신이 돌아보았다.

"왜?"

의아해 하는 장주호를 보며 선우신이 옆으로 비켜섰다. 강아지가 있었다. 정확히 말하자면 박제된 강아지다. 마치 주인을 반기듯 헉헉거리는 모습 그대로 박제되어 있다. 잔인하긴 하지만 박제를 수집하는 사람이 부유층에는 유난히 많다. 크게 놀랄 만한 일은 아니다. 그나저나 강아지 박제라니 독특하긴 하네, 하고 장주호가 말했다.

"하지만 이거……."

"아, 무슨 동물보호협회에서 나왔어? 시간 없으니까 빨리 움직여!"

장주호가 핀잔을 주며 먼저 서재로 들어갔다. 그럼에도 선우신은 움직일 수 없게 되어버린 사람처럼 꿈쩍도 하지 않았다. 아무래도 자신의 눈을 믿을 수가 없어 다시 한번 돌아보았다. 이미 숨이 없는 강아지의 모습에 선우신은 차라리 눈을 질끈 감아버렸다.

그 강아지였다. 선우신으로 하여금 도진을 다시 보게 된, 겉은 차가워 보여도 속 안에 품은 따뜻함이 있을 거라 느끼게 했던 그날의, 그 강아지였다.

'이리 온.'

치정살인이 벌어졌던 현장에서 유일한 생존자였던 강아지에게 손을 내밀며 도진이 했던 말이다. 그것이, 선우신으로 하여금 도진을 추종하게 했던 접점이기도 했다. 차갑고, 다른 사람에게 줄 상처 따윈 생각지도 않는 듯, 무심한 말만 했던 도진에게도 따뜻한 점이 있구나, 감동하게 했었다.

'이리 온.'

그 손짓에 따라갔던 강아지가 여기 있다. 그때 모습 그대로.

선우신은 소름이 돋았다. 그 잔인함에 치가 떨렸다.

"뭐 해. 아직도 그러고 서서."

서재에 들어갔던 장주호가 머리를 빠끔히 내밀었다. 별다른 인기척이 나지 않아 경고를 주러 다시 나온 모양이었다.

"서둘러."

"네."

장주호가 다시 서재로 들어갔고 선우신은 주먹을 꼭 쥐었다.

생각보다 이렇다 할 소득은 없었다. 서재며 거실, 드레스룸, 심지어 화장실까지 뒤졌지만 도진의 여죄를 증명할 단서라거나 몸을 숨길 수 있는 장소가 적힌 메모 따위는 발견되지 않았다. 현도진과 김태손의 관계가 어떤 것인지에 대한 단서 역시 아무것도 나오지 않았다. 기가 막히고 허무하도록 청결하며 단정한 집이었다. 그의 잔인함을 대변해 줄 수 있는 건 오로지 강아지 박제뿐이었다. 마지막으로 안방을 뒤지며 장주호는 거의 절망에 빠졌다. 하다못해 다이어리나 스케줄러라도 발견되어 그의 도피처를 캘 수 있지 않을까 한 기대가 산산이 부서졌다. 도주한 범인의 경우 수배 전단지 때문에 도피 행각에 어려움을 느껴, 평소 알던 친구나 여자의 집에 숨어드는 경우가 다반사기 때문이다. 하지만 이 집에서 그런 단서는 나오지 않았다. 할 수 없는 일이다. 사건이 터지기 전까지 도진은 송파경찰서 강력1팀의 형사였다. 친구를 만나고 사귈 시간은 없었을 것이다. 여자도 마찬가지다. 경찰서 안에서 만날 수 있는 여자들이라

봐야, 경찰 혹은 범인, 아니면 경찰의 아내들뿐이다.

"아무것도 없는데요."

다용도실을 수색하던 선우신이 안방의 문을 열고 말했다.

이곳은 포기해야겠군, 장주호가 자리에서 일어섰다.

"여기도 그다지."

"그럼 어쩔까요?"

물어봐야 뻔하다. 나오지 않는 곳에서 뭘 더 어쩐단 말인가.

"가지."

선우신이 대꾸 없이 돌아서 방을 나갔다. 장주호는 불을 끄려고 스위치에 손을 올린 채로 방을 한번 더 시선으로 훑었다. 가짜로 만들어 낸 성안에서, 그는 오롯이 혼자인 채 어떤 생각과 어떤 관념으로 살았을까.

알 수가 없다. 알아도 이해할 수 없을 것이다.

달칵, 스위치 소리와 함께 방 안에 어둠이 들어찼다. 돌아섰다. 문을 닫고 나가려다 이내 멈칫했다. 스치듯 본 무언가가 장주호의 뒷덜미를 잡았다. 둥그렇게 커진 놀란 눈이 어둠속으로 되돌아왔다. 그 눈동자에 빛이 서렸다. 빛은 창밖의 도심에서 온 것이 아니었다. 애초에 창은 커튼에 가려져 있었다. 근원지는 벽이었다. 왼쪽 벽에서 빛이 새고 있었다. 마치 옹벽의 균열에서 물이 새어 나오는 것처럼. 어둠 속에서 사각형을 그리며 빛이 발했다. 온몸이 긴장했다. 빳빳하게 선 신경이 말하고 있다. 저것. 바로 저것이라고.

장주호는 다시 방 안의 불을 켰다. 사각형의 빛이 사라졌다. 정확히는 빛이 빛 사이로 숨어들었다고 해야 맞을 것이다. 천천히 걸어 사각형의 빛이 있던 벽 앞에 섰다. 자세히 보니 더 정확히 알 수 있었다. 이 안에 뭔가가 있다는 것을. 주변을 둘러보니 뒤늦게 벽에 기대어 서 있는 그림이 보였다. 처음에는 바닥에 그림을 놓은 것에 대해 딱히 이상하게 여기지 않았었다. 그것도 나름의 전시라고 생각하는 것이 예술품 수집가 중 흔히 있는 보관법이니까. 하지만 이제야 알 수 있었다. 이 그림이 있던 자리는 바로 이 벽이다. 그런 사실을 살짝 누렇게 변한 벽지가 말해 주고 있었다. 정확히 사각형 안쪽으로는 벽지가 하얗다. 그림의 사이즈와 일치했다.

"뭐 하세요?"

선우신이 되돌아와 물었지만 장주호는 대답할 겨를이 없었다. 온 신경이 그곳에 쏠려 있었다. 고개를 갸웃거리며 선우신이 방 안으로 들어와 장주호의 옆에 섰다. 그럼에도 아랑곳 않고 장주호는 턱을 긁으며 생각에 잠겼다. 손을 뻗어 사각형을 밀었다. 꼼짝도 하지 않았다. 이번에는 미닫이문을 열 때처럼 오른쪽 옆으로 밀었다. 덜컥, 하고 분명 움직였다. 장주호는 선우신을 보았다. 선우신의 목젖이 꿀꺽 움직였다. 이번엔 손바닥에 힘을 주고 밀었다. 드르륵 무거운 소리를 내며 기어이 벽이 움직였다.

두 사람은 그 자리에 그대로 굳었다.

사각형 안에는 빨간색 하이힐 한 짝과 국회의원 배지가 전시되어 있었다.


"진짜 이해 안 가요."

"그동안 수사하면서 저런 놈, 한두 번 봤냐."

조수석에 탄 장주호가 유리에 머리를 기댄 채 무덤덤하게 말했다. 밤거리는 빛의 산란으로 혼란스럽고, 머리는 복잡하고, 마음은 스산하다. 빨리 서에 들어가야 하는 것만 아니라면 혼자서 택시를 타고 가는 것이 낫지 않나 싶을 만큼, 지금은 선우신이 아무런 말도 걸지 않고 입을 다물어줬으면 했다. 대충 대답하는 것은 우회적으로 그런 심중을 내비치고자 했던 것인데 영 먹혀들지 않는 모양이었다.

"그래서 전 더 이해 안 간다구요. 용의자로 초점만 맞춰지면 바로 들어오는 게 가택 수사인데, 그것도 형사 일을 모를 리 없는 사람이⋯⋯. 들키지 않을 거라고 생각했을까요?"

그런 건 아닐 것이다. 정확히 말하자면 체포에 대한 생각 자체가 없었을 것이다. 사이코패스. 그들에게 살인이란 놀이에 가깝다. 살인을 범죄로 인식하고는 있어도 그 뒤는 생각하지 않는다. 생각보다 꽤 많은 사이코패스가 전리품에 희열을 느껴 집이나 자신만의 공간에 흔적을 남긴다. 아마도 그것에서 정복욕을 느끼는 것이리라.

"우리 눈으로는 이해할 수 없어. 애초에 시각 자체가 틀린 놈들이야."

"그런데 저거⋯⋯."

선우신이 턱짓을 했다. 룸미러 안에서 보이는 그의 턱짓은 뒷자리에 둔 압수품들을 가리키고 있었다. 비닐 팩에 담긴 것은 도진의 집에서 수거해 온 하이힐과 국회의원 배지다. 검사를 해보나 마나 배지는 김태손의 것이리라.

"한 명 더⋯⋯, 라는 거겠죠?"

생각만 해도 치가 떨리는지 선우신이 운전을 하면서도 몸서리를 쳤다. 장주호는 살짝 고개를 돌려 하이힐을 보았다. 아찔할 만큼 높은 빨간색 킬힐이다. 저 구두가 배지와 함께 보관되었다는 것은 한 명의 희생자가 더 있고, 희생자가 여자라는 사실을 자명하게 보여주고 있었다.

"그렇겠지."

선우신이 깊은 한숨을 내쉬었다. 장주호는 잠깐 생각에 잠겼다.

"여자들은 왜 하이힐을 신는 거지?"

"예?"

지금 상황과 맞지 않는 질문이라 생각해서인지, 장주호가 갑자기 그런 걸 물어 의외인 건지 되묻는 선우신의 목소리는 좀 놀란 것 같았다.

"저렇게 높은 거, 왜 신는 건지 알 수가 없어. 걷기만 힘들고, 일하기도 힘들잖아?"

선우신은 어깨를 으쓱했다. 하지만 생각해 보려는지 잠시 시선이 위로 향했다 내려왔다.

"그야 예쁘니까, 겠죠?"

"흐응."

"왜요? 사모님께서도 저런 거 신으세요?"

놀리듯 선우신이 웃었다. 장주호는 창밖으로 고개를 돌렸다.

알지 못한다. 저런 구두가 있는지 없는지. 아마도 없을 것이다. 결혼 후의 그녀에게는 아마도. 아내에게 그런 구두는 신지 못하게 했다. 형사의 아내에게는 여러 가지 위협 같은 것이 있어서 여차할 때 좋지 않으니 신지 않는 게 좋다, 라고 얼토당토 없는 말로 꼬드겼다. 하지만 아내는 그런 말은 코웃음으로 넘길 정도의 눈치는 있는 사람이었다. 슬슬 장주호가 본색을 드러냈다. 그런 구두를 결혼한 여자는 신을 필요가 없다. 싸구려처럼 보인다. 결혼한 여자가 대체 밖에서 왜 예뻐 보여야 하며, 여자라는 존재로 있어야 하는지 이해하지 못하겠다. 정숙하고, 단아하게. 그것이 여자의 미덕이다. 구두에서 시작한 간섭은 그녀의 일상생활에까지 뻗쳐 나갔다. 지금에 와서는 장주호 역시 인정을 했다. 지나쳤다. 그녀의 동창회며, 이런저런 모임까지 모두 나가지 못하게 했던 것은 조금 반성한다. 하지만 이 세상이 너무 거칠기 때문이기도 했다. 그녀가 집에 없는 것이 늘 불안했다. 집에 있어야 할 시간에 있지 않으면 경찰서에서 보아 왔던 숱한 사건들이 머리에 떠올랐다.

아내는 장주호와의 그런 문제를 친구들과 의논했다. 친구들은 나이 들어가는 남자에게 흔히 보이는 간섭이라고 조언했다. 그런 조언을 해주는 친구들 정도는 앞으로 만나도 좋겠다, 고 아내의 일기를 훔쳐보며 생각한 적도 있다.

'역시 하이힐을 신는 건 좋지 않아.'

그 하이힐을 신었던 사람이 어떤 여자인지, 살해당했다면 그 시신은 어디 있는지 알 수 없지만 장주호는 아마도 여자의 행동거지에도 분명 문제가 있었을 거라고 생각했다.

휴대폰을 열었다. 오늘도 여전히 아내로부터 전화는 없었다. 오전에는 큰맘 먹고 문자도 보내 보았지만 답신조차 없다. 아랫입술을 질끈 깨물었다.


## 2


피가 쿨럭 하고 쏟아진다. 도진을 향한 원망스런 눈빛도 함께 쏟아진다. 살을 찢는 고통에 흰자위의 핏줄이 터져 발갛게 물들어 간다. 양 형사는 숨이 넘어갈 것처럼 헐떡이며 이를 악문 채 그의 이름을 천천히 내뱉는다. 거기에는 증오가 담겨 있다. 그의 양 볼이 파들파들 떨린다. 이내 그 얼굴은 여자의 것으로 바뀐다. 재희다. 죽음에 대한 공포가 더 가득한 얼굴이다. 다시 파들거리며 얼굴은 김태손의 것으로 바뀐다. 이미 죽어 있는 파리한 피부다. 천천히, 느긋한 속도로 얼굴들이 다시 바뀐다. 양 형사, 재희, 김태손 그리고 다시 양 형사. 바뀌는 속도는 점점 빨라진다. 그러면 그럴수록 도진은 숨을 쉴 수가 없다. 온몸이 경직되어 간다. 숨을 쉬어 보려 잔뜩 가슴을 부풀린다. 그럴수록 심장이 조여든다.

"헉!"

날카로운 숨과 함께 도진이 벌떡 일어났다. 빛이 눈을 찔렀다. 상황 파악이 되지 않는 듯 둥그렇게 커진 눈이 한동안 그대로 있었다. 금방 달리기라도 한 것처럼 가슴이 펄떡인다. 공기가 폐부로 스며든다. 온몸이 땀으로 흥건하다. 그제야 도진은 자신이 꿈을 꾸었다는 것을 알았다. 믿기지 않는 듯 주변을 둘러보았다. 낡고 허름한 모텔 방이다.

역시 꿈이었다.

두통이 시작되었다. 도진은 이마를 짚었다. 인상을 찡그려도 두통은 나아질 리 없다. 예전 같으면 진통제라도 한 알 사 먹었을 텐데 지금은 그마저도 쉽지 않다. 굳이 나가 보지 않아도 김태손이라는 거물의 살해사건으로 대한민국이 들끓고 있다는 것 정도는 알 수 있다. 하물며 약국을 운영하는 사람은 시간 많은 인텔리다. 뉴스를 통해 도진의 얼굴을 보지 않았을 리 없다.

문제는, 자신은 김태손을 죽이지 않았다는 거다.

이마에서 손을 떼고 정면을 노려보는 도진의 눈이 빛을 발했다. 선우신. 그 이름이 머릿속을 떠나가지 않았다.

'휴가지 찾으신다면서요? 여기 좋은 데 몇 곳 표시해 놨는데 참고하실래요?'

그렇게 말하며 선우신이 여행안내 책자를 내밀었다. 남편이 한동안 집에 안 들어올 일이 생겼으니 어디 여행이라도 가자며 재희가 조르는 통에 애를 먹던 와중이었다. 예전에는 쿨했던 관계였는데 근래 들어 유난히 매달리고 있다. 한번쯤, 원하는 걸 해주고 그도 충분히 즐긴 뒤, 슬슬 관계를 정리할까 싶던 참이었다. 한적하고 좋은 곳을 찾으면 좋긴 했다. 하지만 형사가 된 뒤로 휴가다운 휴가 한번 보내본 적이 없는 도진이다. 좋은 곳을 알 리가 없다. 당연히 인터넷의 힘을 빌리고 있었다.

그가 내민 것은 흔히 볼 수 있는 국내 여행안내서였다. 뒤적거리다 보니 그곳이 그곳 같고, 이곳이 저곳 같고 하나같이 비슷했다. 표시된 곳이 있댔나, 하고 뒤적거렸다. 표시된 곳은 달랑 하나였다. 그때는 '뭐야, 많이 아는 척하더니. 한 군데였어?' 하고 생각했다. 지금은 '그게 시작이었군' 생각하고 있다.

그곳이 바로 이악오토캠핑장이었다.

원인은 알 수가 없다. 선우신이 그에게 무슨 억하심정이 있어서, 어떤 마음으로 그런 엄청난 일을 꾸며 뒤집어씌웠는지 모른다. 단언할 수 있는 것은 김태손만큼은, 도진은 죽이지 않았고, 선우신에게는 뭔가가 있다는 것이다.

도진은 옷을 갈아입고 가방을 당겨 주변의 물건들을 정리해 집어넣기 시작했다. 그가 이 방에 묵었다는 단서가 될 만한 것을 모두 담았다. 30분 뒤, 그는 가방을 둘러메고 방을 나섰다.


## 3


경찰서 앞으로 진입하자마자 기자들이 몰려들었다. 개떼같이, 라는 말이 어떤 것을 뜻하는 지 몸으로 느끼고 있었다. 곤란한 듯 한숨을 쉬며 선우신은 경적을 울렸다. 조심스럽게 아주 천천히 차를 앞으로 몰았다. 차라리 모래사장을 가르는 게 낫겠다, 싶은 생각을 하며 장주호는 눈을 감아버렸다. 감은 두 눈 위로 빛의 번쩍임이 쏟아졌다. 선우신이 조수석에 달린 햇빛 가리개를 내려주었다. 치우라고 하려다가 그것마저도 귀찮아 그냥 두었다. 다행히 기자들은 경찰서 안까지 밀고 들어오지 못했다. 고맙게도 정문에서 통제를 해주었다.

"내리자."

차가 정차한 뒤에도 멍하니 앉아 있는 선우신에게 장주호는 마치 한숨과도 같은 어조로 말했다. 선우신이 내키지 않는 듯한 표정으로 한숨을 쉬며 내렸다. 그 마음은 충분히 이해한다. 어차피 깨지러 들어가는 것이다. 이렇게 기자 떼가 모여 있다는 것은 그만큼 언론의 압박을 받고 있다는 것이다. 당장 잡아내라고 벼락이 떨어질 것이다.

장주호의 휴대폰이 울린 것은 그가 안전벨트를 풀었을 때였다.

모르는 번호다. 이런 경우 기자일 확률 95퍼센트다. 받지 말
까 하다 통화 버튼을 눌러버렸다. 죄를 지은 놈은 따로 있는데,
왜 전화까지 피해 가며 죄인 취급을 받아야 하나 싶은 객기에
가까웠다.

"여보세요."

— 장주호 씨 휴대폰인가요?

고개를 갸웃했다. 기자라면 '장 형사님 되시죠?'라고 말을
걸어온다.

"그렇습니다만."

— 여기 제이럴 택밴데요. 지금 댁에 안 계시나요?

'아, 택배' 하고 중얼거리며 동시에 등을 카시트에 묻었다.

긴장한 자신이 바보가 된 것 같았다. 유리창을 두드리는 소
리에 전화기를 귀에 댄 채로 고개를 돌렸다. 선우신이 그를 보
고 있다. 장주호는 먼저 가라는 뜻으로 손짓을 했다. 가벼운 묵
례를 한 선우신이 경찰서 안으로 들어가는 모습을 보며 다시
전화기에 귀를 기울였다.

"아, 저기…… 지금 집에 아무도 없나요?"

— 네?

택배기사의 반문에는 어이없어하는 기색이 역력했다.

"아, 그게……."

— 초인종을 눌러도 응답이 없으셔서요. 어떻게 할까요? 경

비실에 맡겨요?

불친절한 어조였다. 화가 치밀어 오르는 것을 애써 참았다.

"그런데 어디서 온 거죠?"

— 하아. 제이씨 코리아라고 되어 있는데요.

한숨과 함께 짜증스런 답이 돌아왔다. 제이씨 코리아라면 아내가 정기적으로 구독하는 잡지다.

"아, 저 그거면 급한 것은 아니거든요. 경비실은 빨리 찾아가지 않으면 싫어해서요. 죄송하지만 내일 다시……."

— 죄송합니다만 저희도 바빠서요. 미안하지만 여기 소화전 안에다 넣고 갈 테니 찾아 가세요.

"아니, 저 소화전이라니……."

미처 따져보지도 못한 채 일방적으로 전화가 끊어졌다. 택배 회사의 불친절은 말로만 들었지 직접적으로 당해본 것은 처음이다. 언제나 아내가 집에 있었기에 이런 전화를 받은 것 역시 처음이기 때문이다. 너절한 잡지 하나 때문에 이런 대접을 받다니, 욕지거리가 치밀어 올랐다. 소화전이라니. 만약 물건이 없어진다면 정식으로 클레임을 제기하겠다고 장주호는 다짐했다. 그러다 보니 자연히 아내에게로 그의 화가 돌아갔다. 이렇게 기분이 상한 것이 아내의 잘못인 것만 같았다. 왜 집에 없어서 이런 전화를 받게 만드나 말이다. 다음으로 느껴진 감정은 걱정이었다. 몇 번 아내에게 전화를 걸어봤지만 받지 않았다. 집에 없다는 것도 오늘에서야 알게 되었다. 택배가 아니었다면 더 며칠 뒤에 알았을지도 모르는 일이다.

짚이는 곳은 있다. 아내의 친정이다. 분명 일부러 그의 전화는 받지 않고 친정에 가서 시위라도 벌이는 중일 것이다.

평생을 가도 뉴스는 들여다보지도 않을 위인이니 지금 경찰서가 이 지경이 된 줄도 모르고, 데리러 오지 않는 남편을 씹어가며 장모와 입방아를 찧을 것이리라.

잠시 머뭇거리다 휴대폰을 움켜쥐었다. 처가의 전화번호는 검색을 해야 걸 수 있다. 원래는 아내가 먼저 전화를 걸어 올 때까지 연락하지 않으려 했다. 하지만 택배라는 좋은 명분이 있다. 게다가 아내의 물건이니 대놓고 화를 내며 전화를 해도 된다. 이게 얼마만의 통화지, 하는 생각과 함께 통화 버튼을 눌렀다. 왠지 모르게 긴장도 되었다. 입가에 미소를 감추지 않았다.

신호가 한참이나 이어졌다. 슬슬 장주호의 이마에 금이 그어지기 시작했다. 인내심이 바닥난다. 전화를 끊으려다 달칵하는 소리에 급히 다시 귀에 가져다 대었다.

— 여보세요.

느릿하고 가라앉은 목소리다. 장인이 돌아가신 뒤로 걸핏하면 누워 지내니 목소리에 기운이 없는 것이 장모의 특징이다.

듣는 사람까지 기운이 빠진다.

"장모님, 저 장 서방입니다."

대답은 장모의 느릿한 말투처럼 늦게 되돌아왔다.

— 아, 자네. 웬일인가?

장주호는 고개를 갸웃했다. 웬일이냐고 묻는 장모의 목소리에는 무심한 사위에 대한 화 같은 것이 담겨 있지 않았다. 나랏일 한다고 뻐기는 남편의 뒷바라지를 하느라 고생인 자신의 딸이 화가 나 친정집으로 갔다면 으레 그에게 쏟아져야 할 원망도 느껴지지 않았다.

"아, 별일 없으신지 궁금해서요."

— 별일 있을 게 뭐 있어. 혼자 사는 여편네가.

"무슨 그런 말씀을 하세요."

가지 않았다, 고 생각할 수밖에 없는 상황이다. 장주호는 자연스럽게 인사를 몇 마디 더 주고받았다. 끊으려 잘 지내시라는 인사를 하자 장모가 한마디를 덧붙여 왔다.

— 근데 한번 안 오나?

"네?"

— 자네 우리 집에 온 게 언제인지 대체 기억이나 하나? 재희도 요즘 들어서는 연락도 없고.

멋쩍은 웃음과 함께 죄송하다는 형식적인 대답밖에 할 수 없었다. 머뭇거리다 전화를 끊었다. 아내는 친정에 없다. 아무리 생각해도 달리 갈 만한 데가 없다. 아내는 분명 집에 있을 것이다. 그와 힘겨루기가 하고 싶어 택배가 와도 일부러 문을 안 열고 전화도 받지 않는 것이다. 매번 배송받는 잡지의 연락처를 그의 전화번호로 해놓은 것만 봐도 그렇다. 잡지를 신청할 때 연락이 안 될 경우를 대비해 연락처를 두 개 적도록 되어 있기 때문에 장주호의 전화번호까지 넣은 것이었지만, 일이 이렇게 되고 보니 그것마저도 의도한 것 같았다. 형사의 직감이다. 가슴속에서 화가 불끈 치솟았다. 그는 풀었던 안전벨트를 거칠게 당겨 매었다. 시동을 걸었다. 당장 집에 가봐야 할 것 같다.

하지만 그는 출발하지 못했다. 경찰서 안에 들어갔던 선우신이 황급히 달려오고 있었다.

"팀장님!"

무슨 큰일이라도 난 듯한 표정. 장주호는 반사적으로 버튼을 눌러 시동을 껐다. 차체의 진동이 순식간에 멎었다.


**4**


모자를 깊숙이 눌러썼어도, 누군가 알아볼 것만 같은 공포감에 도진은 자꾸만 모자를 당겨 내렸다. 고개는 숙여지고, 이것이 바로 죄인인가 싶기보다는, 불편하고 짜증스러울 뿐이다. 전 국민적 공분을 산 주인공이니, 누군가 얼굴을 알아보는 것은 일도 아니다. 잡힌다면, 하고 생각하며 도진은 더 고개를 숙였다. 웃긴 것은, 이렇게 고개를 숙여야 하는 이유가 정작 자신이 저지른 살인 때문이 아니라는 것이다. 그리고 그 진짜 살인자, 살인 예술가를 지금 만나러 가는 길이다. 도진의 눈이 서늘하게 빛났다.

관악구의 한 주택가로 도진은 몸을 빠르게 밀어 넣었다. 다행히 늦은 시간대라 사람은 많지 않고 얼굴이 드러날 일도 적었다. 도진은 주변을 조심스레 둘러보며 기억을 되짚었다. 몇 달 전, 회식에서 술 취한 선우신을 업고 온 적이 있었다. 술은 잔뜩 먹어 놓고, 정신을 놓아버린 선우신을 업고 쌍욕을 하며 올라왔던 길이다.

골목 양옆으로 띄엄띄엄 가로등이 불을 밝히고 있다. 낡은 녹색 의류수거함 위에 검은색 고양이 한 마리가 나른하게 몸을 누이고 있었다. 도진의 발걸음 소리에 기민하게 고개를 쳐든다. 휙 하니, 가볍고도 빠른 몸놀림으로 담장 위에 올라선다. 항의하듯, 한번 노려보고는 눈동자의 푸른빛을 밝혀 어디론가 사라져버렸다.

도진은 벽에 바짝 붙어 빠르게 걸음을 옮겼다. 아무리 인적이 드물어도 주의를 기울여야 한다. 실수는, 아주 별것 아닌 순간에 찾아온다. 어쩌면 형사 생활 중 그나마 가장 친근했던 선우신의 집에 정보를 캐러 찾아올 것을 예측해 이미 근방에 경찰이 대대적으로 잠복해 있을지도 모른다. 다행히 수상한 차나 사람은 보이지 않았다. 시동은 꺼진 채로 차의 시트가 뒤로 심하게 넘어가 있는 차량, 과하다 싶을 만큼 선팅이 된 차량. 빠르게 시선을 굴려보았지만 의심 가는 차는 없었다.

청소를 하는 척하는 사람, 신문을 읽는 척하다 흘끔거리는 사람도 역시 보이지 않는다. 아직, 대한민국 경찰의 상상력이란 그리 예리하지 못한 모양이다.

선우신은 오래된 빌라 5층에 거주하고 있었다. 5층짜리 빌라인지라 엘리베이터도 없다. 그래서 다른 층에 비해 1층과 5층은 저렴한 편이다. 돈은 없으니, 해라도 가득 들라고 5층을 계약했다, 는 이야기를 들었다. 당연히 경비실 따위도 없다.

도진은 자신과는 너무 다른 거주 상황에 코웃음을 쳤다.

1층으로 들어서니 정면에 위층으로 올라가는 계단이 있고 그 옆으로 1층의 두 세대가 서로 마주보고 있었다. 입구 오른편에는 녹슨 우편함이 다닥다닥 붙어 있었다. 선우신이 살고 있는 502호 우편함에는 거의 터지기라도 할 것처럼 우편물들이 쌓여 있다. 그만큼 그간 집에 돌아오지 못했다는 반증이다. 우편물을 꺼내는 순간 젊은 여자 하나가 하이힐을 또각거리며 안으로 들어왔다. 낯선 남자가 우편함에 뻗대고 서 있는 것이 이상한지, 아니면 그야말로 낯선 남자라 그러는 것인지 의혹이 담긴 눈빛을 보내 왔다. 도진은 아무렇지 않은 척 우편물들을 뒤적거렸다. 마치 이곳에 입주해 있는 주민의 친척이나, 적어도 사돈의 팔촌으로는 보일 터였다. 예상대로 여자는 시선을 거두고 계단을 오르기 시작했다.

쌓여 있는 우편물은 주로 광고지와 고지서 따위였다. 겨울방학 기간 동안 등록하면 20퍼센트 할인해 준다는 학원 광고지와 치킨 배달을 30분 안에 못 해주면 전액 환불한다는 치킨집 광고지 등등 쓸모없는 것이 많았다.

역시, 하고 중얼댔다. 행여 이악오토캠핑장에서 온 우편물이 있지 않을까 생각했다. 그도 아니라면 다른 캠핑장이나 유원지 근처의 숙박업소에서 온 팸플릿이라도 있지 않을까 하고 기대했던 것이 사실이다. 선우신이 예술가라면 예술품을 숨기기 위한 방갈로나 숙박업소를 물색했을 테고, 그곳에 기입한 개인정보 때문에 그와 관련된 각종 광고물이 오지는 않을까 생각했던 것이다. 역시, 인생은 소설보다 야박하다.

도진은 마뜩잖은 눈으로 고개를 들어 위를 올려다보았다.

그리고 이내 계단을 오르기 시작했다.

5층을 계단으로 올라가는 일은 체력적인 면에서 도진에게 식은 죽 먹기나 다름없었다. 다만 건물 전체에 계단 올라가는 소리가 들린다는 것은 여간 신경 쓰이는 일이 아니었다. 발소리를 죽이고 계단을 하나씩 올랐다. 시선은 위로 두었으면서도 온몸의 신경이 곤두서 사방으로 향했다. 누군가라도 맞닥뜨리거나, 다른 사람의 눈에 띄어서는 안 되었다. 가급적 얼굴을 보이거나 의심을 사서도 안 되었다. 어차피 잡힐 몸이라 쳐도, 자신을 이 꼴로 만든 녀석 정도는 혼을 내주어야 하지 않겠는가.

계단을 오르자 벽에 붙은 '5'가 보였다. 층을 알려주는 표식이다. 양옆으로 501호와 502호가 마주하고 있었다. 5층짜리 빌라 건물의 5층에 선우신이 살고 있다는 것은 다행스러운 일이다. 선우신의 집을 제외하고 501호에 현재 사람이 있는지만 주의하면 되는 일이다. 복도식 아파트나 중간층이었다면 지나가는 사람들 때문에 신경이 몇 배로 더 쓰였을 것이다.

도진은 501호의 초인종을 눌렀다. 몇 초쯤 숨을 죽이고 기다려보았다. 만약 누군가 나온다면 신문 판촉 영업사원 정도로 둘러댈 생각이었다. 안은 조용했다. 그래도 혹시나, 싶어 다시 눌러보았다. 역시 아무런 소리도 들리지 않았다. 마음 편히 502호, 선우신의 집 앞에 섰다. 초인종 버튼에 손을 올려 누르는 동안 숨을 멈추었다. 경박한 벨 소리가 복도를 울렸다. 공간은 침묵했다. 조금 더 기다려 본 뒤 정적을 확인하자 그제야 좀 안심이 되었다.

시선을 내렸다. 그 시선 끝에 현관문 왼쪽 하단의 우유 투입구가 보였다. 도진은 발로 투입구를 툭 걷어차 올렸다. 덜커덕하고 반쯤 올라갔다가 다시 닫혔다. 도진은 자세를 낮추고 앉았다. 투입구를 열고 거의 바닥에 닿을 듯 머리를 내렸다. 역시나 현관 앞쪽으로 신문이 가득했다.

사돈의 팔촌보다 더 먼, 친척의 친구의 외숙부가 운영한다며 부탁해 온 것을 거절할 수 없어 구독을 했다고 들었다. 게다가 다른 집에는 서비스로 끼워서 들어가는 스포츠 신문까지 제값을 주고 있었다. 그 꼴이 한심해서 자주 집에도 들어가지 못하는 형사가 무슨 신문 정기구독이냐며 핀잔을 준 적이 있었다.

"그때 선우신이 뭐라 했더라?"

팔을 뻗어 바닥에 널브러진 신문들을 죄 꺼내며 중얼거렸다. 아, 그렇다. 분명 '해줄 수 있는 것은 해주는 것뿐이에요'라고 했다. 그때는 사람이 너무 착해도 돌려받을 것은 병신 취급뿐일 거라고 했었는데, 이제 와 생각하니 억울하다. 친척의 친구의 외숙부가 운영하는 신문사에서는 신문도 정기구독해 주더니, 제 부모보다 더 많은 시간을 보고, 더 많은 밤을 함께 지새웠던 자신에게는 고작해야 포승줄밖에 없다.

꺼낸 신문을 바닥에 늘어놓고 도진은 날짜별로 분류했다.

아니, 분류했다기보다는 신문이 쌓이기 시작한 가장 첫 신문을 찾는 것이었다. 날짜를 확인하면 그가 언제부터 집에 들어오지 않은 것인지 알 수 있다. 만약 중간에 한번이라도 집에 돌아왔다면 분명 이 신문들을 치웠을 것이다. 그것은 신문 더미가 쌓인 첫 날짜부터 현재까지 선우신은 집에 들어오지 않았다는 이야기였다.

신문은 총 38부로 가장 첫 날짜는 6월 21일이었다.

6월 21일이라면 도진이 휴가를 내고 방갈로에 가기보다 한참 전, 그러니까 김태손이 죽음을 얻게 된 추정 일자보다 앞선 것이었다. 혼돈이 왔다. 김태손을 살해하고 예술품으로 만든 뒤에도 집에 들어오지 않았다는 것일까? 시신을 손괴하고 옷도 갈아입으러 들어오지 않았다? 김태손을 살해하고 시신을 감출 때 썼던 장갑 같은 것들도 어딘가에 버리고?

그럴 리는 없다, 고 도진은 생각했다. 분명 많은 살인자가 살인 도구를 버리긴 하지만, 예술가는 다르다. 습성으로 볼 때 도구를 아무 데나 버릴 거란 생각이 들지 않았다. 자신과 같은 부류라고 생각했기 때문이다.

'혹시.'

도진은 자신의 생각들을 점검하기 시작했다. 어딘가 어긋나 있는 것 같은 느낌이 들었다. 무언가 빠트리고 있는 것이 더 있을 것 같다는 생각이 들었다.

처음부터 완전히 틀린 생각을 한 건 아닐까? 혹시 예술가와 선우신이 다른 인물이라면? 선우신이 이악오토캠핑장을 추천한 것과 그곳에서 도진이 시신을 발견하고 손괴하기까지 너무나 심각한 우연의 일치인 건 아닐까?

하지만 그렇게 생각하기에는 너무 부자연스러운 일이었다.

이 세상에 우연에 의해 벌어질 수 있는 일은 지극히 제한적이다. 사건의 현장에서 그간 작은 단서 하나도 우연에 맡기지 않은 탓에 도진은 강력1팀의 공로자로 불려왔다.

바닥에 벌려 둔 신문지들을 주워 모으며 도진은 그런 생각을 했다.

선우신에 의해 이악오토캠핑장으로 가기까지는 절대 우연일 리가 없다. 하지만 그 사이에 미처 알아채지 못한 다른 '힘'이 있었던 건 아닐까? 도진은 생각에 잠겼다.

# 급류

**1**

"팀장님!"

선우신이 달려옴과 동시에 장주호는 휴대폰을 주머니에 쑤셔 넣었다. 당장 달려가고 싶은 마음, 아내에게 화가 나는 마음, 이미 일그러져버린 관계를 예전으로 돌리고 싶은 마음까지 욱여넣었다. 일단은, 하며 이번 역시 아내를 이단으로 밀어 두었다.

"뭐야?"

차에서 내리며 성급하게 물었다.

"찾았습니다! 방배동 모텔에서 투숙했다는 제보입니다."

"방배동?"

장주호는 아찔했다. 방배동이라면 송파경찰서에서 그렇게 멀지 않은 거리다. 이 사실이 알려지는 즉시, 조소와 비난이 쏟아질 것이다. 등잔 밑이 어둡다더니, 그 말을 이렇게 몸소 느끼게 될 줄 몰랐다. 호랑이 담배 피던 옛 시절 말은 절대 무시할 게 못 된다. 역시 호랑이는 담배를 허투루 피우지 않았다.

"그래서, 현재 위치 파악됐나?"

금세 선우신의 표정이 어두워졌다.

"아닙니다. 일단 제보 자체가 현도진이 모텔에서 빠져나온 뒤 이루어진 거라 현재는 모텔에 위치하고 있지 않았습니다. 어디로 갔는지는 아직 파악이 되지 않았고 확인해 본 결과 이미 체크아웃 했다고 합니다."

장주호는 한숨을 쉬었다. 절망에 빠진 것은 한숨을 쉬는 단 5초뿐이었다. 곧 눈이 빛을 발했다.

"일단 모텔 주변에 형사 두 명 잠복시켜. 다시 돌아올 수도 있다."

"네!"

이렇게까지 사건이 커진 마당에 현상수배까지 붙은 도진의 얼굴을 알아보지 못하는 모텔 주인이 그리 흔한 것은 아니다. 숨어 있다 밖으로 나간 이유까지는 알지 못하나 만약 또다시 서울에서 투숙해야 한다면 그 모텔을 선택할 가능성이 크다.

"그런데 왜 아직 서울에 있었을까요?"

"흥. 뭔가 할 일이 더 남아 있었……."

말을 하던 장주호의 입술이 일순 멈추었다. 당혹스러운 기색이 그의 충혈된 눈 위로 스쳤다.

"현도진이 모텔에서 나올 때부터 주변의 CCTV 일제히 확인해. 이동 경로를 전부 파악한다."

장주호의 지시가 떨어지기 무섭게 일은 속속 진행되었다.

도진이 모텔을 나온 순간이 찍힌 CCTV는 쉽게 확보되었다. 하지만 골목으로 들어가는 바람에 다음 이동 경로 파악에 어려움이 생겼다. 골목에는 CCTV가 없는 곳이 많다. CCTV에 찍혔어야 다음 행선지로 연결될 텐데 도진이 모습을 감춘 곳은 하필 방범이 취약한 곳이었다. 마치 형사팀의 수사 자체가 그의 손바닥 위에서 벌어지는 양, 그는 아주 느긋하고 유유히 꼬리를 감추었다.

역시 국내 강력사건 검거 1위 송파경찰서의 형사답다, 고 장주호는 비죽 웃었다.

"저 골목에서 연결되는 도로 위 CCTV 모두 수집해. 하나도 빠짐없이. 절대 놓쳐서는 안 된다. 알았나?"

지시를 받은 선우신이 도진의 모습이 찍힌 영상을 찾아 장주호의 눈앞에 들이민 것은 이전보다 시간이 꽤나 걸렸다. 하지만 아주 정확히 도진의 모습을 알아볼 수 있었다. 주변을 경계하고 되도록 건물에 붙어 얼굴을 돌리거나 고개를 숙인 채로 걷고 있었다. 그러면서도 주변의 시선을 끌지 않는 자연스러운 모습이다.

그다음으로 도진을 찍은 CCTV 영상은 서초역 쪽이었다. 모텔에서 나온 지 한 시간 후의 시각이었다. 하지만 그마저도 5초 정도의 분량이었다. 이번 역시 골목길로 모습을 감추었다.

"대체 어디로 가는 걸까요."

선우신의 심각한 목소리에 장주호는 입을 다물었다. 뭔가의 생각에 깊이 빠진 모습이었다.

"서초역이라."

"저쪽이면 관악구로 갈 수도 있는데. 제가 관악구 살거든요."

선우신은 그냥 한번 해본 말이었다. 하지만 그 말에 장주호가 선우신을 홱 돌아보았다. 부지불식간에 둔기로 얻어맞은 사람 같은 표정이었다.

"팀장님?"

"출동 준비해."

심상치 않은 표정에 선우신은 적잖이 당황하는 눈치였다.

"네?"

"신림이다."

"신림이요? 현도진이 왜 신림에……."

장주호는 지체 없이 자리에서 벌떡 일어났다. 벗어 두었던 재킷을 집어 들었다.

"너희 집이야. 네 집으로 가는 거라고."

그 말을 던져 두고 장주호는 문을 박차고 나갔다. 멍청히 서 있던 선우신은 애써 정신을 차리고 뒤를 쫓아나갔다. 달려 나간 장주호가 승용차 운전석으로 뛰어올랐고, 시동을 켠 뒤, 사이드브레이크를 풀고 액셀러레이터를 밟음과 동시에 선우신이 다급하게 조수석에 올라탔다. 불식간에 무전을 받은 형사들이 경찰서 식당에서, 화장실에서, 흡연실에서 뛰어나와 일제히 주차되어 있던 승합차로 뛰었다. 십수년간 단련되어 있는, 일사불란한 모습이었다. 장주호가 운전하는 승용차가 굉음을 내며 경찰서를 빠져나갔고 그 뒤를 승합차가 따랐다.

시속 140킬로미터에 육박하는 속도와 곡예 운전에 선우신은 자기도 모르게 입에 침이 말랐다. 조수석 창 위에 붙어 있는 안전바를 손으로 꼭 잡았다. 평일 오후 2시를 넘긴 시각이라 차가 많이 밀리지 않아 다행이었다. 선우신은 사이드미러를 통해 승합차가 바짝 뒤쫓아 오는 것을 확인했다. 자세한 내용을 듣지 못하고 긴급출동 명령이 떨어졌으니, 지금 차 안은 가히 전쟁터를 방불케 할 것이다. 방검조끼를 서둘러 착용하고, 총의 상태를 점검하고 있을 것이다. 바짝 마른 입술에 침을 간신히 적시고, 누군가는 마음을 다지고, 누군가는 기도를 하고 있을 것이다. 집에 두고 온 여우 같은 마누라와 토끼 같은 자식들을 짧은 순간에 머릿속으로 그려보는 사람도 분명 있을 것이다. 한두 번 있는 일도 아니기에 익숙해질 법도 하지만 절대 익숙해질 수 없는 일이다. 오늘이 마지막이지는 않을까, 하는 생각은 쉽게 끊어지지 않는다.

그런 두려움과 함께 출동하고 있다.

문득, 고개를 돌려 장주호를 보았다. 장주호는 입을 꾹 다물고 앞을 노려보고 있다. 무서운 얼굴이었다.

"그런데요, 팀장님."

"뭐?"

완전히 운전에 집중한 채로, 지금은 누구의 말도 듣고 싶지 않다는 듯한 대답이다. 선우신은 여전히 물끄러미 그를 응시했다. 그런 그가 뭔가 이상했는지 이번에는 고개를 살짝 돌리며 다시 물었다.

"왜?"

"아, 아닙니다."

별 싱거운 녀석 다 보겠네, 하는 표정을 짓다가 장주호는 다시금 예의 무서운 얼굴로 돌아갔다. 전방을 응시하며 먹이를 노리는 맹수처럼 운전에만 열중했다. 차는 어느덧 관악구로 접어들고 있었다. 거리를 걷고 있는 사람들을 보다 선우신은 다시금 슬쩍 장주호를 보았다.

CCTV 속 현도진이 이동하던 골목은 어느 곳으로 간다, 딱히 짚을 수 없는 중간 지점이었다. 그 골목만 빠져나가면 어디로든 갈 수 있는 루트라고 볼 수도 있었다. 그럼에도 그 수많은 루트 속에 어떻게 신림, 그중에서도 자신의 집으로 간다는 것을 확신하는 걸까.

그런 생각들 속에 선우신은 문득 그런 생각이 들었다.

제천 이악오토캠핑장. 그곳에 장주호는 무슨 생각으로 미리 루미놀을 준비해 왔던 걸까. 강력계 형사들 중 차에 루미놀을 가지고 다니는 형사는 없다. 보통은 감식반을 부른다.

어떻게, 라는 생각이 꼬리를 물어갔다.


## 2


문을 여는 것은 간단했다. 열쇠는 계단 옆 화분 아래에 있었다. 평소 인근에서 수사하는 형사의 잠자리를 위해 기꺼이 열쇠를 내어주었던 선우신이다. 화분 밑에 있어, 하는 말을 떠올린 것은 기억해 냈다기보다는, 열고 들어가야 한다는 생각이 들자마자 자연스럽게 떠올랐다. 설마 아직도 거기 두었을까 하는 걱정은 금세 사라졌다. 화분 받침대 밑에 얌전히 남아 있는 열쇠를 꺼내며, 등잔 밑이 어둡 듯, 형사가 더 허술하다는 생각을 했다.

역시나 내부는 한동안 사람이 들어가지 않은 탓에 온기를 완전히 잃었다. 신발을 벗지 않은 채 거실로 들어섰다. 지금 자신의 존재가 드러나지 않았다면야 최대한 흔적을 없애기 위해 신발을 벗었을 테지만, 이왕 이렇게 된 마당에 도주가 용이하도록 신발은 벗지 않는 것이 좋겠다고 판단했다.

거실과 방을 쓰윽 둘러보았다. 영화 속 사이코패스처럼 집 안에 도진의 사진을 걸어놓고 다트를 던진다든가 하는 것까지는 기대하지 않았지만, 맥 빠질 만큼 너무 평범했다. 누가 와서 자고 간 것인지 방 안에 깔린 이불은 제멋대로 구겨져 있었고 베개 세 개가 아무렇게나 널브러져 있었다. 책장에 꽂힌 책은 소설이나 잡다한 만화책 위주였고, 그 수량도 너무 적어 선우신의 성향이나 관심사를 알아보려 뒤지기에는 한심한 수준이었다.

이건 아니다, 하는 생각이 들었다. 집을 둘러볼수록, 선우신과의 일들을 되짚어볼수록 그 생각이 더 강해졌다. 일단 선우신이 자신을 함정에 빠트릴 만한 이유가 전혀 없거니와, 남을 괴롭히며 즐거워한다든가 하는 성향으로 보이지는 않았다. 숱한 사람을 만나고, 숱한 사람을 읽어내고, 숱한 사람을 파악했던 도진이다. 선우신은 그런 사람으로 절대 생각되지 않는다. 오히려 앞에서는 아무렇지 않은 척 행동하고, 뒤에서 일을 꾸밀 만한 주변의 인물이라면…….

도진의 머릿속에 뭔가가 비호처럼 지나갔다. 찡, 하는 이명이 귓속에서 들린 것만 같았다. 모든 사고가 정지했다. 딱 한 사람만이 그의 머릿속에 떠올랐다.

장 팀장, 하고 그는 중얼거렸다.

선우신에게는 어떤 동기도 찾아낼 수 없었다. 하지만 장주호라면, 분명 동기가 있다.

거기까지 생각했을 때, 창밖에서 끼익하는 마찰음이 들려왔다. 도진은 창으로 다가갔다. 벽에 바짝 붙어 커튼을 살짝 들었다. 창이 무척 더럽고 먼지가 많아 다행히 바깥에서 이쪽이 보이진 않을 것 같았다. 틈 사이로 도진은 바깥을 내려다보았다. 진입한 차량이 형사들이 사용하는 관용차량이라는 것을 한눈에 알 수 있었다. 운전석에서 다급히 내린 것은 장주호, 조수석에서 선우신이 내렸다. 어떻게 알고 왔지? 하는 생각도 잠시, 뒤따라 들어온 예닐곱 대의 차량이 다급히 빌라 앞에서 멈춰 섰다. 차 안에서는 형사로 보이는 건장한 남자들이 빠르게 내려 빌라를 에워쌌는데 모두 무장을 하고 있었다.

낭패였다. 이곳에서 나가려면 입구 말고는 다른 길이 없다.

빌라 한 동을 형사들이 둘러싸고 있으니 뛰어내릴 수조차 없다. 피해야 한다는 생각은 본능이었을 뿐, 계획도 대책도 전혀 없었다. 장주호가 건물 안으로 들어오는 것이 보였다. 뒤따르려던 다른 형사에게는 손짓으로 제지했다. 아마도 뛰어내릴 때를 대비해 입구를 철저히 봉쇄해야 한다는 생각을 한 것 같았다. 형사 딱지 붙이고 생활한 세월만큼 노련하다. 그래서 더 대하기 껄끄럽다.

도진은 몸을 날리듯 방 안을 뛰쳐나갔다. 뒤 베란다로 들어가 내려다보았다. 역시나 형사들이 포진해 있었다. 어쨌든 벗어나야 한다는 것은 뇌의 지시보다 몸이 더 빨랐다. 선우신의 집을 벗어나자 아래층 쪽에서 타닥거리는 발소리가 들려왔다.

분명 올라오는 소리였다. 평범한 발소리였지만 상황이 상황인지라 굉장한 압박감이 느껴졌다. 도진은 빠르게 옥상으로 향하는 계단으로 뛰어올랐다.

어? 하는 소리가 아래에서 들렸다. 아마 도진의 발소리를 들은 것이리라. 잠깐 멎었던 아래쪽 두 형사의 발걸음이 더욱 다급하게 빌라에 울려 퍼졌다. 그럴수록 도진은 더 빠르게 계단을 디뎠다.

다행히 옥상으로 통하는 문은 열려 있었다.


## 3

5층에 다다른 장주호는 다급히 쫓아오는 소란한 발소리 사이에서 뭔가 다른 소리 하나를 잡아냈다. 정확히 소리가 들려오는 쪽으로 고개를 치켜들었다. 날카로운 눈빛이 소리를 쫓았다.

뒤따라온 선우신은 주머니에서 주섬주섬 뭔가를 찾고 있었다. 열쇠를 찾는 것이리라. 다급한 손놀림이 오히려 시간을 지체시켰다. 장주호는 선우신의 뒤적이는 손을 잡았다. 쳐다보는 선우신을 향해 고개를 저었다. 말없이 현관문의 손잡이를 잡고 돌렸다. 문은 부드럽게 열렸다. 선우신의 눈이 둥그레졌다.

안으로 진입했다. 당연히 현도진은 없을 거다, 하는 생각이 강했다. 위로 달려 올라가던 발걸음 소리가 현도진이라는 건 굳이 보지 않아도 알 수 있었다. 그러니 문이 열려 있을 거라고 짐작할 수 있었다. 하지만 조급해할 필요는 없다. 이 정도의 지체는 해도 좋다. 어차피 위는 옥상이고 아래쪽은 형사들이 깔려 있다. 빠져나가려면 손목에 수갑을 찬 뒤에나 가능할 것이다.

"별로, 뒤진 건 없어요."

선우신이 집 안을 둘러보며 말했다. 그렇겠지, 하고 장주호는 생각했다.

"위로. 옥상으로 간 거다."

다시 밖으로 나간 장주호가 옥상으로 향하는 계단을 뛰어올랐다. 건물 내에 진입한 형사들이 우르르 뒤를 따랐다. 그 맨 앞을 장주호가 이끌고 있었다. 어떻게든 잡아야 한다는 생각이 강했다. 예상대로 옥상 출입문 역시 열려 있었다. 거칠게 밀친 방화문이 바깥쪽 벽에 부딪혀 요란한 진동음을 내었다. 옥상에 발을 디딘 즉시, 흠칫하며 멈춰 섰다. 밀고 들어오려는 형사들을 향해 팔을 내밀어 제지시켰다. 모두 자연스레 정면을 응시했고 숨을 들이켰다.

현도진이 서 있었다. 옥상 난간에 두 발을 딛고 올라서 있었다. 위태해 보였다. 하지만 표정만은 여유로웠다. 이쪽을 보며 차갑게 비죽 웃는 것도 보였다.

"난 아니야."

옥상 위에 적막이 가라앉았다.

"그래, 양 형사 그 돼지 새끼는 내가 죽인 거 맞아. 후, 개새끼. 그 새끼 평소에 수사할 때마다 엉뚱한 짓으로 발목을 잡더니 마지막까지 이럴 줄 알았지, 내가."

현도진은 피식피식 자조적인 웃음을 흘리고 있었다.

"뭐라는 걸까요?"

"기다려."

속삭이며 묻는 선우신에게 역시 목소리를 낮춰 장주호가 대답했다. 저것은 패닉에 가깝다. 자존심이 강하고, 자기가 예상한 것보다 훨씬 더 막다른 곳에 몰린 사이코패스들이 흔히 보이는 상태다. 이럴 때 섣불리 도발하면 돌이킬 수 없는 사태가 온다는 것을 장주호는 알고 있었다.

"근데 그건 아니라고. 그 김태손…… 예술가……."

정신없이 말을 뱉어 내던 도진의 눈이 무언가를 잡아챘다.

도진은 총을 꺼내려 상의를 젖히는 장주호의 손을 보았다. 동시에 장주호의 까맣게 죽은 엄지손톱을 보았다. 예전 길성파 마약조직 검거 때 몸싸움을 하다 다친 것이라고 들었다. 내버려 두면 살이 올라오겠지 했는데, 손톱은 길성파처럼 그대로 죽어버렸다. 장주호는 당시 그 손톱을 아주 자랑스럽게 여겼다. 영광의 흔적이라고 떠벌렸던 기억이 있다. 오죽 자랑할 것이 없으면 손톱 갖고 자랑하냐고 비웃었다. 머릿속에 떠오른 그때의 기억을 비집고 엉뚱한 생각 하나가 머리를 들이밀었다.

그러고 보니 이악오토캠핑장에서 관리소장이 그런 말을 했었다.

'아, 그러고 보니…… 엄지손가락이던가. 매니큐어를 칠했던 거 같은데요?'

매니큐어? 도진은 길을 가다 물벼락을 맞은 사람처럼 뻣뻣하게 굳었다. 그건 매니큐어가 아니었다. 잠깐의 순간이라 검은색으로 칠했다고 보였을 수도 있다. 그것은 까맣게 죽어버린 손톱, 바로 장주호의 것이었다. 온몸에 소름이 돋았다.

'예술가가 장 팀장이라고?'

머리를 크게 한 방 맞은 것 같았다. 충격 끝에 오는 것은 '왜?'였다. 선우신을 잠시 의심했을 때도 도진은 의심 뒤에 '왜?'를 붙였었다. 결국 선우신은 자신에게 누명을 뒤집어씌울 이유가 없다는 결론에 다다랐고, 그것은 선우신이 예술가가 아니라는 것을 의미했다. 하지만 장주호에게 붙인 '왜?'의 뒤에는 꺼림칙한 것이 남아 있었다.

그에게는 '왜?'에 대한 이유가 있다.

"이런."

초점이 흐려져 갈피를 못 잡고 있던 눈이 장주호의 눈에 고정되었다. 서서히 초점이 돌아왔다. 도진의 입꼬리가 비죽 올라갔다. 조소하고 있었다.

"현도진."

"이봐, 장 팀장. 다가오지 않는 게 좋을 거야."

섣불리 도발하면 역효과일 수 있다. 장주호는 총을 꺼내려다 일단 보류했다.

"현도진."

"여기서 내가 도망가려다 자칫 발을 헛디뎌서 떨어져 죽으면 그걸 어떻게 감당할래? 그러잖아도 내 덕분에 부실수사 딱지 붙었는데, 이번엔 과잉수사 딱지 붙이고 한번 고생해 보려하는 거야?"

키득거리며 도진이 등을 보이고 섰다. 선우신이 발을 떼었다. 장주호가 막았다. 인상을 찡그린 선우신을 향해 장주호는 다시 한번 고개를 저었다.

도진이 뒤돌아보았다.

"거기서 날 새겠어, 응? 이번 헤드라인엔 말이야. 음…… 그게 좋겠군. 닭 쫓던 개 지붕 쳐다보는 격!"

말을 마침과 동시에 도진은 정면을 보았다. 숨을 크게 들이마시는가 싶더니 힘껏 발을 굴렀다. 그의 몸이 붕 떠올랐다.

허공에서 그의 두 다리가 몇 번 버둥거렸다. 장주호의 시선에서 도진의 몸은 정면에 있다가, 허공으로 치고 올랐다가 이번엔 빠르게 내리박히는 중이었다.

"현도진!"

장주호의 고함이 공기를 뒤흔들었다. 빌라 입구에 포진해 있던 형사들이 무슨 일인가 싶어 일제히 고개를 들었다. 그들은, 검은색 형체가 하늘을 가로지르고 있는 것을 보았다. 그 형체가 도진의 몸이라는 것은 조금 뒤늦게 파악했다.

파박!

다른 쪽 건물 위로 도진의 몸이 굴렀다. 자연스레 나온 낙법이 도진의 몸을 보호했다. 잠깐 비틀거렸을 뿐, 그는 굳건하게 일어났다. 빌라 옥상에 아직 멀뚱히 서 있는 장주호와 선우신을 향해 도진은 팔을 뻗고 손을 흔들었다. 쾌감이 머리를 타고 발끝까지 흘렀다.

"안녕. 닭 쫓던 개들."

그는 피식 웃음과 함께 빠르게 다른 건물로 뛰었다.

꽉 깨물고 있는 장주호의 입술이 터질 것 같았다. 부들거리는 주먹은 당장 닿는 대로 뭐든지 파괴할 것처럼 분노하고 있었다.

"쫓아! 쫓으라고!"

선우신이 주저 않고 계단을 박차고 달려 내려갔다. 빌라 입구에 포진해 있던 형사들이 일제히 한 방향으로 뛰었다. 모두의 고개가 오른쪽으로 돌아가 있었다. 목표는 단 하나, 건물의 옥상을 뛰어넘으며 도주하고 있는 현도진이었다. 똑같은 모양의 빌라가 밀집해 있는 단지라 가능한 일이었다.

장주호는 바닥에 침을 탁 뱉었다. 고개를 좌우로 꺾었다.

뒷걸음질 치다, 멈춰 섰다. 그는 정면으로 빠르게 달리기 시작했다. 난간 근처에서 크게 도약했다. 으억, 하는 짧은 신음이 그의 입에서 흘러나왔다.

퍼벅, 하는 소리가 들림과 동시에 가슴과 복부에 큰 통증이 느껴졌다. 정신을 차렸을 때 반대편 건물 난간에 간신히 매달려 있는 자신을 느낄 수 있었다. 벽에 강타당한 복부는 통증 외에는 아무런 감각도 느껴지지 않았다. 살겠다고, 살아보겠다고 뻗어준 50줄의 늙은 팔이 고마울 뿐이었다.

간신히 발버둥 쳐 위로 올라갔다. 거의 기다시피 바닥에 발을 댈 수 있었다. 이미 현도진은 저 멀리 건물에서 도시가스 배관을 타고 도로로 내려가고 있었다. 차라리 선우신이 그랬던 것처럼 아래로 뛰는 게 더 빨랐을 것임에 이견이 없다. 몸은 늙어가는데 마음은 아직도 청춘 언저리에 남아 있다.

장주호는 재킷 안주머니에 손을 집어넣었다. 고집스럽게 입을 악다물고 옥상 끝으로 갔다. 골목으로 진입하는 택시가 눈에 띄었다. 장주호는 신음을 흘렸다. 도진이 잡아탄다면 택시 바퀴에 총을 쏘아야겠다고 마음먹었다. 골목이라 다행히 택시의 속도는 빠르지 않았다. 바퀴를 맞추는 것이 쉽지는 않을 테지만 해볼 만했다.

그렇게 생각한 것도 잠시, 순간 도진이 도로가에 버려진 벽돌을 들어 택시 운전석 유리창을 내리쳤다. 놀라서 멈춰 세운 택시 기사를 끄집어내려는 도진이 포착됐다. 형사들은 훨씬 먼 곳에서 악을 쓰며 달려가고 있다. 선량한 시민인 택시 기사에게 버텨주기를 바라다니, 어불성설이다. 오히려 장주호가 훨씬 더 가까운 곳에 있었다. 하지만 건물에서 뛰어내릴 자신 따위는 없었다.

몸은 늙었다. 형사로써의 육체는 이미 10년도 전에 자격 미달이 되었다. 하지만 아직도 현역의 자리에 있는 이유는 단 하나였다.

노련함.

재킷 안주머니에서 손을 뺀 장주호에게는 권총이 들려 있었다. 그는 고개를 우로 꺾고, 권총을 든 팔을 뻗었다. 거칠어진 호흡을 크게 내뱉었다. 숨을 멈췄다. 택시 기사와 현도진의 실랑이가 벌어졌다. 그의 총구 앞에 현도진이 서 있다. 좀 멀기는 하지만 사정권 안이다. 방아쇠에 걸린 손가락에 힘이 들어가는 것은 한순간. 이번엔 택시 기사의 모습이 그의 총구에 걸렸다. 인상을 쓰고, 장주호는 인내심 있게 기다렸다. 아주 잠깐이면 된다. 기회는 한 번. 그것이 사건의 종지부가 될 것이다. 장주호의 눈에 순간 서슬 퍼런 빛이 스쳤다.

'지금!'

탕!

총소리가 들렸다고 생각한 순간, 도진은 어깨에 충격을 느꼈다. 어깨가 뜨거웠다. 어, 하고 위를 쳐다본 순간 건물 위에서 자신을 노린 장주호의 총구가 보였다. 매캐한 화약 냄새가 났고, 이내 격통이 밀려들었다.

왼손으로 오른팔의 상처를 짚었다. 어떻게든 도주해야 했다. 도주할 수밖에 없다. 다시 운전석에 올라타려다가 중심을 잃고 크게 뒤로 휘청거렸다. 상처에서 피가 폭죽처럼 분출되었다. 손으로 상처를 막고, 이를 악물고 걸음을 옮겼다. 뒤에서 총성이 한 번 더 들려왔다. 그렇다 해도 멈출 수는 없다.

이제 더 이상 벗어날 수 있는 방법은 없다 하여도 손에 수갑

이 채워지기까지는 끝낼 수 없었다. 도진은 자세를 낮추고 옆 골목으로 몸을 던졌다.

바닥으로 피가 떨어지지 않게 하기 위해 애를 쓰며 도진은 골목으로 늘어선 대문들을 향해 손을 뻗었다. 다행히 한 집의 대문이 열려 있었다. 안으로 몸을 숨겼다. 간발의 차로 형사들이 골목 안으로 진입했다. 골목을 따라 끝까지 들어가면 큰 길로 이어졌다.

"대로변으로 빠져나가 행인들 사이로 몸을 숨길 거야! 놓쳐서는 안 돼!"

고성이 들려왔고, 다다다다, 발소리들이 골목을 메웠다가 멀리 사라졌다. 도진은 벽에 기댄 채 크게 한숨을 내쉬었다.

천천히 눈을 떴을 때 그의 시야에는 분노만이 보였다.

검은 엄지손톱. 이제 사건의 윤곽은 드러났다.

장 팀장, 하고 내뱉으며 도진은 이를 악물었다.

# 반전

**1**

현도진을 놓친 것은 큰 오점이었다. 그것은 사고에 가까웠다. 다 잡은 현도진을 놓친 것이 알려지게 된다면 그 비난의 화살을 어떻게 할 것이냐며 경찰서장이 난리를 피웠다. 장주호역시 분노가 머리를 마비시킬 만큼 치달았다.

그때, 휴대폰이 울렸다. 어디서 본 듯한 번호이긴 한데, 저장되어 있지 않아 알 수가 없었다.

"여보세요."

— 장 서방.

"장모님이세요?"

— 지금 나 좀 보세. 시간 좀 내게. 없어도 내게.

타이밍이 좋지 않았다. 그는 스스로도 통제하지 못할 만큼 흥분해 있었다. 다른 일에 신경 쓰고 싶지 않았다.

그럴 심적 여유가 남아 있지 않았다. 하지만 거절할 수가 없었다. 짜증스러운 기분이었다.


몇 시간 뒤 그의 앞에 찻잔이 놓였다. 꽃무늬가 그려진 찻잔이었다. 이따위 한가한 일은 집어치우고 당장 일어나고 싶은 생각이 굴뚝같았다. 처갓집에 올 때마다 느끼는 이 여유로움은 도저히 익숙해지지가 않았다. 하지만 간신히 참아내며 살짝 고개를 숙였다.

"감사합니다, 어머님."

조용히 찻잔을 들어 입에 가져다 대었다. 뜨거운 홍차가 혀를 적셨다. 떫다. 고급 차인지 뭔지 입맛에 맞지 않았다. 하지만 맛있는 척, 좋은 차네요, 하는 얼굴로 삼켜야 한다. 그것만 해준다면 장모는 적어도 '무식한 사위'를 참아준다.

"자네의 전화를 받고 아무래도 이상해서 내 재희에게 전화를 해보았네. 받질 않아. 확실히 말해 보게. 재희가, 집을 나간 건가."

잔을 내려놓던 손이 멈칫했다. 눈으로 아내의 방문을 쏘아보았다. 장모의 집에 있는 아내의 방은 결혼한 뒤에도 계속 그대로였다.

아내가 쓰던 물건과 가구는 깨끗한 상태로 먼지 한 톨 없이 관리되었다. 아내 취향의 색색 이불들이 계절이 바뀔 때마다 침대 위에 올라갔다. 마치 아내가 돌아올 때를 기다리는 것 같았다. 혹시 이곳에 돌아와 있는데, 장모가 연극을 하는 건 아닌가, 하는 생각이 들었다. 그런 낌새를 알아차렸는지 장모가 서둘러 말을 이었다.

"우리 애와 연락조차 닿지 않아. 대체 무슨 일인지."

장모의 얼굴이 어두워졌다. 장모에게 아내는 하늘이고 땅이었다. 아내의 한숨 한 번에 하늘이 무너지고 땅이 꺼지는 사람이었다. 아내에 대한 장모의 유난한 사랑은 매번 장주호를 짜증나게 만들었다.

"큰일이 있었던 건 아닙니다. 그냥…… 친구 집에라도 가 있겠죠."

"친구 집에라도 가 있겠죠? 자네 어떻게 이리 무심한가! 그 애가 갈 데가 어디 있다고. 속상한 일도 서운한 일도 모두 나에게 털어놓던 아이인데. 이번엔 연락도 없고, 대체 언제부터……."

장모의 말이 멈추었다. 뭔가를 깨달은 듯 미간을 좁혔다.

독사 같은 눈이 장주호를 쏘아보았다.

"자네, 우리 애가 언제부터 집에 없었는지, 연락은 언제부터 안 됐는지 알고는 있나?"

장주호는 시선을 피했다. 알지 못한다. 그냥 어느 날인가부터 연락이 안 됐다. 집에 제대로 들어오지 않으니 화가 나서 그러는 걸로 알았다. 집에 없다는 것도 택배 기사가 아니었다면 알지 못했을 것이다.

"장모님, 저 노는 사람 아닙니다. 나랏일 하는 사람이에요. 당장 오늘도……."

"하! 그 잘난 나랏일."

장주호의 말허리를 가차 없이 자르고, 장모는 콧방귀를 뀌었다. 원체 장주호의 일을 달갑지 않게 여겼던 장모다. 처음부터 결혼을 반대했었다. 경찰은 국가의 지팡이는 되어도, 제 딸의 지팡이가 되는 건 싫었던 모양이다. '격 떨어져'는 장모가 그를 볼 때마다 으레 하는 소리였고, '꼴에'라는 말이 부수적으로 따라붙었다. 장주호는 무릎을 움켜쥐었다. 떨리는 손을 진정시키기 위해서였다. 하지만 떨리는 것은 그의 손만이 아니라 심장이었고, 당장이라도 끊어질 것 같은 신경줄이라는 것을 뒤늦게 깨달았다.

"그따위로 하려면 차라리 이혼을 해. 남의 귀한 딸 데려가서 대체 뭐 하자는 건가."

장주호가 숨을 멈췄다.

"이래서 격이 안 맞는 사람하고는 엮이질 말았어야 해."

부들거리는 손으로 찻잔을 움켜쥐었다. 뜨거웠던 찻잔이 식어 있었다.

"우리 애가 괜히 이렇게 안 하던 짓을 할 리가 없지. 싸구려 인간한테 얼마나 지쳤으면……."

쾅!

찻잔이 장모의 뒤편 벽에 부딪쳤다. 산산조각 난 찻잔이 사방에 흩어졌다. 홍차가 흰색 벽지 위에 궤적을 그리며 흘러내렸다. 일격에 질려버린 장모의 푸른 얼굴이 경련하고 있었다.

"자네 지금!"

하지만 장모가 독사 같은 입을 놀리는 것도 딱 거기까지였다. 장주호가 응접실 테이블 위를 박차고 올라 맞은편에 앉은 장모의 목을 우악스럽게 움켜쥐었다. 나이답지 않게 잘 관리된 깨끗한 피부 위로 푸른 힘줄이 툭 불거졌다. 빨갛게 달아오른 얼굴과 충혈된 눈동자가 고통스러워 보였다.

"자네…… 윽. 윽…… 이거 좀……."

"닥쳐."

장주호의 목소리는 싸늘했다. 파괴된 인성 덕에 손의 떨림이 멈추었다. 그 어느 때보다 머릿속이 냉철해졌다. 그는 스윽, 고개를 옆으로 돌렸다. 전화기가 보였다. 로코코풍의 앤티크 전화기라고 입이 마르게 칭찬하던 것이 생각났다. 수화기를 들었다. 전화기와 연결된 구불거리는 선을 처음 보는 것처럼 한참이나 응시했다. 그리고 장모를 보았다.

"어차피, 한 명이든 두 명이든 별 차이 없어."

장모의 버둥거림이 거세졌다. 하지만 장주호의 손이 더 빨랐다. 수화기 줄이 어느새 장모의 목 위를 감았다. 줄을 쥔 손에 힘을 주었다. 충혈된 장모의 눈에서 검은자가 천천히 뒤로 밀려났다. 입이 흉물스럽게 벌어졌다. 그는 아주 천천히 양쪽 줄을 당겼다. 그리고 아주 차분히 그녀를 감상했다.

"이보게."

"예?"

정신이 돌아왔을 때, 장모는 그의 눈앞에 멀쩡하게 있었다.

한심스럽다는 듯 그를 응시하며 턱짓으로 가리켰다.

"전화 오잖나."

"아? 예, 예!"

전화는 선우신으로부터 온 것이었다. 어디냐고 빨리 복귀하라는 재촉이었다.

— 경동신문사 기자가 어떻게 알았는지 용의자를 놓친 것에 대해 보도하겠다고 연락해 왔어요!

선우신의 목소리가 잔뜩 격앙되어 있었다. 기자라, 또 한동안 들썩이겠군. 그는 아무렇지 않게 혼자 중얼댔다. 세상은 나의 일도, 가족의 일도 아닌, 타인의 살인에 상당한 유난을 떤다. 그것이 형사 생활을 하며 장주호가 가장 이해가 가지 않는 부분이었다. 하지만 장주호는 일부러 더 다급하게 전화를 받았다. 그것만이 이곳에서 벗어날 수 있는 유일한 명분인 것처럼.

전화를 끊고 장주호는 자리에서 일어섰다.

"서에 급한 일이 있어서. 다시 연락드리겠습니다."

조금이라도 지체하면 뒷덜미를 잡힐 세라 그는 빠르게 응접실을 벗어났다. 신발을 신고 문고리를 잡아 쥐는 손이 성마르다. 그리고 드디어 문을 연 순간, 장모가 뒤따라 나왔다.

"재희에게는 내가 계속 연락해 보겠지만, 우리 애 돌아오면 이혼을 생각해 보도록 하겠네."

손이 떨렸다. 그는 문을 열고 그 집에서 벗어났다. 쾅 하고 거세게 문을 닫았다. 그렇지 않으면 상상 속 괴물이 현실로 나와 장모의 목을 조를 것 같았기 때문이다. 상상이 상상으로 끝나지 않을까 봐 두려웠다. 처음도 쉬웠는데, 두 번째는 망설이지도 않을 것 같았다.

대문을 나서기 무섭게 커다란 숨을 내쉬었다. 발밑에 깔린 뭉툭한 그림자를 보고 나서야 쪼그라든 자신의 모습을 깨달았다. 몰랐다. 뒤돌아 생각해 보면 늘 그랬다. 이 집에서 자신은 늘 이렇게 쪼그라들어 있었다. 돈을 못 벌어 오는 무능한 사위, 늘 함께 있어 주지 못하는 한심한 남편. 장주호는 허리를 폈다. 다시금 크게 숨을 들이쉬었다. 폐부에 공기가 가득 찼다. 쭈글쭈글한 풍선에 헬륨이 주입된 듯 몸을 똑바로 세웠다. 이제 돌아갈 시간이다. 한심하고 무능한 누구누구의 무엇이 아닌, 자신의 영역으로. 그곳에서만이 숨을 쉴 수 있고, 가슴을 펼 수 있다. 그래서 놓칠 수 없다. 누구도 그 자리를 빼앗게 해서는 안 된다. 그곳은 자신만의 세상이었다.

그래서 김태손도 살해했다.

장주호는 경찰서에 도착했다. 차가 경찰서 안으로 진입하기 무섭게 기자단이 몰려들었다. 예상했던 상황이다. 파도처럼 몰아치는 플래시 세례는 눈을 부시게 했다. 그 파도 속에서 장주호는 당당하게 발을 디뎠다. 질문들이 쏟아졌다. 모두들 장주호가 뭔가 한마디라도 해주길 간절히 원하고 있었다.

"모든 것은, 조사가 종료되는 대로 수사 발표를 통해 말씀드리겠습니다."

말이 끝나기가 무섭게 플래시가 다시 터지기 시작했으며 질문이 쏟아졌다. 장주호는 몸을 곧추세운 뒤 격조 있게 묵례만으로 인사를 했다. 그러고는 빛 속으로 당당히 걸어 들어갔다.


## 2


카센터는 서울 외곽에 위치하고 있었다. 도진의 경험상 경찰이 많이 깔려 있을지 모르는 시점이었다. 지하철은 위험했다. 사람이 많은 곳일수록 잠복하는 형사들을 분간해 피하기란 어려웠다. 가급적 사람이 많지 않은 정류장에서 버스를 이용했다. 버스는 승차하는 문 쪽에 CCTV가 있기 때문에 적당히 가리고 고개를 숙인 뒤 타면 되었다. 종착지까지 가지 않고 중간에서 내렸다. 수많은 버스 영상에서 도진을 찾아내기란 어렵겠지만 혹시 찾아낸다 하더라도 그가 어디로 향하는지 혼선을 주어야 했다. 버스에서 내린 뒤에는 한 시간 이상 걷고, 다시 택시를 이용했다. 택시는 오래된 것일수록 좋다. 오래된 택시는 내부에 달린 CCTV의 화질이 좋지 않을 가능성이 크다.

그의 손에는 카센터 명함이 들려 있었다. 휴가를 떠나기 전 맡겼던 자신의 차에 대해 왜 이제야 떠올랐는지는 모르겠다.

어차피 지금 찾는다 하더라도 추적을 당할 것이고 곳곳에서 검문을 당할 게 뻔하다. 지금은 차를 찾기 위해 가는 것이 아니다.

휴가를 가게 된 날 갑자기 차가 망가졌다. 그것이 도진은 탐탁지 않았다. 형사들이 수사할 때 현장에 있던 사람들에게 기본적으로 묻는 것이 있다.

'평소와 다른 점은 없었습니까?'

대부분의 사람이 평소와 다른 점에 대해 우연이라고 생각한다. 하지만 우연은 없다. 우연은 필연이 조작한 환상일 뿐이다.

도진에게 있어 평소와 다른 점은 차가 망가진 것이었다. 그래서 관용차를 타게 됐다. 그날 제천까지 가는 도중 도진은 고속도로를 빠져나온 뒤 국도를 탔다. 관용차에 달린 하이패스 사용 내역이 그의 목덜미를 죄어 왔다.

그날의 우연은 한 가지 더 있었다.

'선배가 관용차 좀 타주세요. 아시잖아요, 저 처음 모는 차는 운전 잘 못하는 거요. 당연히 사용 허가는 받아 왔구요.'

'장 팀장이 결재를 내줬다고? 웬일이래?'

'가끔은 착한 일도 하셔야죠.'

카센터에 도착했다. 도진은 명함에 적혀 있던 주소와 카센터 앞에 붙은 도로명 주소를 비교했다. 제대로 찾아온 것 같았다. 어쩌면 이미 이쪽에 경찰의 연락이 왔을지도 모른다.

그런 생각으로 긴장한 채 문을 밀어 열었다. 안으로 들어가자 남자 직원 하나가 카운터에 앉아 졸고 있었다.

도진은 몸을 비틀어 팔을 숨겼다. 장주호가 쏜 총알은 다행히도 팔을 스쳤을 뿐이다. 상처는 깊지 않았지만 출혈 때문에 옷을 찢어 지혈을 해야 했다. 점퍼를 입었음에도 팔 부위가 부자연스럽게 두툼했다. 눈에 띄지 않게 조심해야 했다.

도진은 발소리를 죽이고 안으로 들어섰다. 내부를 둘러보았다. 사무실을 지키고 있는 것은 졸고 있던 남자 하나뿐인 것 같았다. 경찰은 아직 이곳까지는 짚어 내지 못한 듯했다. 그리고 다른 직원들도 없다. 여차하면 직원 하나쯤은 처리하고 달아날 수도 있겠다는 가능성에 도진은 안도했다.

"실례합니다."

엎드린 남자의 어깨가 살짝 떨린 것 같았다. 하지만 다시 잠에 빠져들었는지 상체를 일으키지 않았다. 도진이 재차 남자를 불렀다. 부스스, 남자가 머리를 들고 도진을 보았다. 그제야 꿈이 아니라 손님이 들어왔다는 것을 알아차렸는지 허겁지겁 자리에서 일어났다. 볼에 흘러 하얗게 말라붙은 침을 연신 손바닥으로 닦아내었다.

"어떻게 오셨어요?"

"지난번에 맡겼던 차를 찾으러 왔는데요."

"아, 예. 차량번호가."

도진은 차량번호와 차종을 말해 주었다. 며칠 전 경찰서에 직접 와서 차를 픽업해 갔다는 이야기도 덧붙였다. 빨리 뭔가를 얻어 내야 한다는 생각에 마음이 조급해졌다. 남자 직원은 컴퓨터에 차량번호를 찍어 조회했다.

"아, 이 차요. 수리 다 끝났어요. 스타트 모터가 고장 났다는 말은 그날 들으셨죠? 그 모터를 갈았거든요."

남자는 도진이 혹시라도 동의도 구하지 않고 비싼 부품을 갈았다며 따지고 들까 봐 걱정하는 모양이었다.

"모터 갈 수도 있다는 이야기는 차 픽업할 때 다 들었어요."

"아, 다행이네요. 12만 원이에요. 결제해 주시고 가져가시면 돼요."

도진은 지갑을 꺼냈다. 카드를 빼다가 도로 집어넣었다. 카드가 추적당하고 있을 터였다. 다행히 현금은 아직 넉넉했다.

도진은 만 원짜리 열두 장을 세어 직원에게 넘겼다. 현금영수증 해드릴까요, 하는 종업원의 말에 손을 내저었다.

"제가 오늘부터 일 때문에 지방 출장이 잡혀 있는데요. 저희 집 근처는 주차장이 협소한데 혹시 돌아오다가 찾아가면 안 될까요?"

남자의 얼굴에 의아함이 서렸다. 그럴 것이었으면 나중에 찾으러 오지 뭘 일부러 계산하러 들렀냐고 묻고 싶은 얼굴이었다. 너무 오래 연락도 안 드리고 있으면 안 될 것 같아 들른 거라고 변명을 덧붙였다. 남자는 12만 원을 세어 현금함에 넣고, 차는 편한 대로 하라 하였다.

"고맙습니다. 그런데요…….'

도진이 운을 뗐다. 애초에 차를 찾기 위해서만 이곳에 온 것이 아니었다.

차는 찾아봐야 추적당하기 쉬울 뿐이다.

"그날 들으니 스타트 모터의 고장이 이물질 유입으로 인한 거라던데."

도진의 질문에 남자가 미소 지었다.

"굳이 그것 때문만은 아니에요. 이물질 유입도 원인이 될 수도 있다는 거죠. 잠시만요."

남자가 수리 내역서를 찾아 꺼내 들었다.

"아, 그런데 그 차는 이물질 유입이 원인 맞네요. 혹시 개인적으로 수리하시다가 알갱이 있는 음료수 같은 걸 쏟은 건 아니세요? 아닌데, 조금 쏟은 것 정도로 이렇지는 않을 텐데."

남자가 중얼대는 말은 거의 혼잣말에 가까웠지만 도진은 하나도 놓치지 않고 들었다. 상상을, 해보았다.

도진이 휴가를 받던 날 장주호가 어슬렁거리며 주차장으로 나온다. 민원인들과 공무를 보러 온 사람들과, 경찰대학 실습생들과, 사람들이 생각하지 못할 만큼 많은 직원들로 혼잡한 주차장이다. 사람이 많을수록 눈에 띄지 않기 쉽다. 장주호의 손에는 음료수가 들려 있다. 음료수일 수도 있고 일부러 이 물질을 넣은 물 같은 것일 수도 있다. 혹은 차량의 모터를 망가뜨릴 수 있는 어떤 용액일 수도 있다. 시동을 건 상태에서 다시 열쇠를 돌리면 망가진 차에 시동이 안 걸리는 것 같은 소리를 낼 수 있다. 몇 번 시도하다 그는 차가 망가져서 짜증이 난 사람처럼 차에서 내려 보닛을 연다. 그리고 뭔지 모를 액체를 붓는다. 차는 망가지고, 차가 필요해진 도진이 관용차를 구한다.

모든 정황은 선우신보다는 장주호 쪽에 맞아떨어졌다. 이 악오토캠핑장을 선택하게 한 것도 장주호라는 가정을 하고 다시 생각해 보았다. 도진을 그곳으로 몰아넣고, 시신을 발견하게 한다. 처음엔 단순히 살인 혐의를 씌우려고 생각했던 것일 수도 있다. 예상치 못하게 도진의 잔인함이 시신을 처리했고, 그것은 악재가 아니라 호재로 작용했다. 도진은 사건을 은폐하려 점점 거짓을 말하고, 그것은 서서히 도진의 발목을 잡을 테니까.

그리고 보니 그가 방갈로를 사용한 것은 성수기를 앞두고 있는 시점이었다. 그런데 방갈로에는 아무도 없었다. 텅 빈 방갈로에 숨겨진 시신이 있는 방은 딱 하나. 그곳으로 도진을 몰아넣기 위해 수를 썼다면 아마도 다른 방들은 모두 선금을 주고 예약을 잡아 놓았던 것일지 모른다. 실제로 그날 관리소장 이충수는 단체 손님이 캠프파이어를 예약해서 자재를 사러간다며 캠핑장을 비웠다. 하지만 도진이 떠날 때까지 단체 손님을 볼 수 없었다.

그 모든 것을 계획할 수 있는 것은, 이미 김태손의 시신이 거기에 있을 거라는 사실을 알고 있는 사람. 살인 예술가, 단 한 사람뿐이다.

"장 팀장, 이……."

분노로 인해 주먹 쥔 손이 바들거렸다. 이를 악물었다.

도진은 김태손의 처남 최용태를 만났던 날을 떠올렸다.

'하여튼 짭새 개새끼들, 손 벌릴 때만 그저……'

김태손에게 받은 뇌물이 문제가 되었을 것이다. 점점 발목을 잡고 진흙탕으로 끌려가는 것을 참지 못해 순간적으로 일을 친 것일 수도 있다. 서늘한 소름이 몸을 훑고 지나갔다.

"그래도 이만하길 다행이에요. 차라리 시동이 안 걸렸으니 망정이지."

카센터 남자 직원의 말에 도진이 정신을 차렸다. 멍하니 서서 한참이나 생각에 빠져 있었다. 머릿속에서 맞추던 퍼즐이 흩어지고, 도진의 신경이 현실로 향했다.

"예?"

"그 모터 말이에요. 고장 나면 시동이 걸릴 수도 있고 안 걸릴 수도 있는 거예요. 시동 모터라고 해서, 말 그대로 시동만 걸리게 해주고 작동을 멈춰야 하는데 고장으로 작동을 멈추지 못하면 계속 작동되는 거거든요. 차라리 시동이 안 걸린 게 어디에요. 시동이 걸려서 운행했다면 운행 중에 화재가 나거나 터질 수도 있어요."

도진은 오싹해졌다. 살인 누명을 덮어씌우려고 일부러 차를 망가뜨렸다는 생각을 처음엔 했었다. 하지만 작정하고 덮어씌우려면 도진이 자기 차를 타고 가는 쪽이 훨씬 수월했을 수도 있다. 어쩌면, 하고 생각했다.

어쩌면, 죽어도 상관없다고 생각했을까?

어차피 김태손 살해사건은 영영 미제로 남겨도 상관없으니, 도진을 휴가를 이용해 죽이려고 했던 것은 아닐까?

장주호는 그를 미워했다. 서로 안 맞는 것은 도진 쪽도 마찬가지였다. 하지만 그냥 싫고 안 맞는다는 이유 하나로 사람을 죽인다는 건 정상이 아니다. 살인 누명을 덮어씌우고, 죽이려고까지 한 것이 그냥 싫어서만 일까?

아니, 그럴 일은 없다. 마음속으로 짚이는 곳은 있었다.

장주호라면, 분명 동기가 있다.

장주호는 그 일에 대해 알고 있는 것이다.


**3**


서장실에 들어서기 무섭게 장주호의 눈앞으로 서류가 흩뿌려졌다. 뒤따라 들어오던 선우신이 흠칫하며 뒤로 물러섰다. 장주호는 선 채로 눈을 아래로 내려 떨어진 종이들을 보았다.

긴급속보로 인터넷을 통해 뜬 기사였다.

'얼빠진 경찰! 김태손 살해사건 유력한 용의자 어이없이 놓쳐.'

제목은 그러했다. 장주호는 아랫입술을 깨물었다.

"어쩔 거야! 대체 이 실추된 명예를 어쩔 거냐고!"

"죄송합니다. 수색하고 있습니다."

이를 악물었지만 분노로 목소리가 떨려 나왔다. 슬쩍 고개를 돌려 선우신을 보았다. 장주호와 서장을 보며 머뭇거리다가 선우신이 조용히 문을 닫고 나갔다.

그 모습을 보며 서장이 코웃음을 쳤다.

"꼴에 부하 직원 보기 쪽팔린 줄은 아나 보지?"

장주호는 주먹을 꽉 쥐었다.

"검거는 실패했지만 검거 과정에서 용의자에게 꽤 심각한 부상을 입혔으니, 어떻게든 꼬리는 금세 잡힐 겁니다."

"어떻게든? 꼬리?"

하, 하고 웃으며 서장이 명패를 잡아 던졌다. 던져진 명패는 장주호의 옆을 스치고 바닥에 떨어졌다. 서장이 가슴을 씨근덕거리며 소리쳤다.

"지금 꼬리잡기 해? 왜 만날 꼬리만 잡아, 왜! 미리미리 선수 쳐서 대가리 좀 잡을 수 없어?"

"입으로 잡으려면 100번도 더 잡았지."

장주호가 픽 웃으며 중얼거렸다.

"뭐? 지금 뭐라 했어?"

서장이 분을 이기지 못하고 장주호의 앞으로 걸어왔다. 당장에라도 한 대 칠 기세였다.

"지금 경찰의 위신이 어떻게 됐는지 알고 아가리를 함부로 놀려?"

장주호는 피하지 않았다. 얼굴을 빳빳이 들고 협박하듯 말했다.

"경찰의 위신은 뒷돈 받아 처먹는 당신 같은 시발 새끼랑 나 같은 개새끼 때문에 애초에 떨어졌지."

"뭐?"

서장의 안색이 노기로 새파래졌다. 장주호는 서장의 앞에 얼굴을 바짝 들이대고 나직이 말했다.

"그 새끼는 내가 꼭 잡아요. 그러니까 입 꾹 쳐 다물고 있다가 그 새끼 잡아오면 기자회견이나 하라구. 내 덕이요, 하는 얼굴로. 지금껏 그래왔던 것처럼."

얼이 빠진 서장의 얼굴을 뒤로하고 장주호는 주저 없이 서장실을 나왔다. 그의 뒤에 대고 경찰서장이 새된 고함을 질렀다.

"시발! 저 새끼가 미쳤나! 지금 내 목도 걸렸다고! 니 새끼 때문에 내가 죽게 생겼다니까? 듣고 있냐? 듣고 있냐고! 그러니까 좀 잘하라고, 이 개자식아!"

하지만 쾅, 소리와 함께 서장의 고함을 닫힌 문이 가로 막았다.

빠르게 복도를 걸어 나가는 장주호의 뒤를 안절부절못하고 복도에 서 있던 선우신이 따랐다.

"뭐라고 하세요?"

"뭐라거나 말거나. 그거 알아 도움 된 적 있어?"

"서울과 경기지역 대학병원부터 개인병원, 의료원까지 전부 수색하고 협조 요청하겠습니다."

"멍청한 짓 하지 마. 시간 낭비일 거니까. 그 새끼가 미쳤다고 병원을 가겠어? 상대는 현도진이야. 수사 현장 어떻게 돌아가는지 모를 녀석이야?"

"그럼 지금부터 어떻게 하죠?"

선우신의 말에 장주호의 빠른 걸음이 돌연 멈추었다. 선우신을 향해 돌아보며 눈을 빛냈다.

"어떻게 나올까, 너 같으면."


장주호는 주차장으로 내려갔다. 주변을 둘러보았다. 늦은 시간이라 주차되어 있는 차가 많지 않았다. 고요했다. 그 고요함 속에 도사리고 있을지 모르는 무언가를 경계했다. 주차된 자신의 차 옆으로 가 섰다. 허리를 숙여 안을 들여다보았다.

당연하게도 안은 텅 비어 있었다.

뭘 겁내는 거야, 스스로 조소했다. 역시 죄짓고는 못 살겠군, 하고도 생각했다. 차는 어차피 잠가 두었다. 잠긴 차에 들어가 도진이 기다릴 수는 없다. 괜한 겁을 낸 것 같아 스스로가 민망했다.

잠긴 차 문을 열고 운전석에 앉았다. 시동을 걸었다. 적막한 주차장 안을 자동차의 엔진 소리가 메웠다. 그때 어디선가 사람 발소리가 들렸다. 달리는 것에 가까운 급한 발소리. 확인하기 위해 안전벨트를 푸는 순간 조수석 문이 벌컥 열리고 검은 형체가 들이닥쳤다. 장주호가 비명을 지르기도 전에 그가 내민 칼날이 장주호의 목덜미를 겨냥했다. 검은 모자를 깊이 눌러쓴 사람. 굳이 얼굴을 확인하지 않아도 그가 누군지 알 수 있었다.

"현도진."

그의 이름을 부르는 순간 칼날이 목덜미를 살짝 눌렀다.

"운전해."

"미친 새끼. 경찰서에 직접 들어와?"

"닥쳐. 운전해서 여길 빠져나가."

장주호는 도진을 노려보았다. 하지만 도진이 물러설 것 같지 않았다. 곧 액셀을 밟아 차를 출발시켰다.


경찰서를 빠져나가 큰 도로로 차가 진입하자 도진은 우회전하라고 말했다. 장주호는 시키는 대로 했다. 그 뒤로 30분, 차는 도진이 말하는 대로 향하고 있었다. 그 행선지가 어딘지 장주호는 감도 잡히지 않았다.

도착한 곳은 재개발 공사 지역이었다. 이곳은 장주호도 알고 있는 곳이다. 시행사와 시공사가 모두 부도 처리되어 공사가 중단된 뒤 흉물스럽게 남은 곳이다. 이주는 생각지도 못할 처참한 보상금에 반발하는 주민들을 개, 돼지 몰아내듯 용역 업체를 고용해 몰아낸 건설 회사는 공사 시작 1년 만에 최종 부도 처리되었다. 끌려 나간 거주민들의 상처가 고스란히 남아, 짓다만 건물의 갈라진 틈 사이에 스며들어 있었다.

완공되었다면 어느 동의 현관이었을 입구가 거대한 암흑을 삼키고 있는 괴물의 아가리처럼 보였다. 그곳은 서늘하고 공허했다. 추악한 비밀을 행하기에는 적합한 곳이었다.

진입한 차량의 헤드라이트가 흉물의 잔재들을 확인하듯 훑고 지나갔다. 그들이 탄 차의 바퀴가 자갈을 짓이기며 잘그락 소리를 냈다.

차가 정지함과 동시에 도진이 조수석에서 내렸다. 장주호도 안전벨트를 풀고 차에서 내렸다. 원격 조정 장치를 이용해 차를 잠갔다. 철컥하는 소리를 듣고 도진의 시선이 그쪽으로 옮겨 갔다.

먼저 적막을 깬 것은 장주호 쪽이었다.

"나를 여기까지 왜 끌고 온 거지? 인질극이라도 벌여 도주할 생각이라면 일찌감치 접어 두는 게 좋을걸."

장주호는 주머니 안에서 권총을 꺼내었다. 도진은 그것을 물끄러미 바라보다 피식, 웃었다.

"싸움? 좋지. 하지만 그보다 당신, 나한테 할 말이 있을 텐데?"

"무슨 소린지 모르겠는걸?"

"아니. 알 거야. 알아야지. 당신이 모르면 누가 알아, 안 그
래? 아니라면 당신이 여기 도착해서 내가 차에서 먼저 내렸을
때, 그대로 날 들이받더라도 체포하려 했겠지. 당신은 나한테
할 말이 있었던 거야. 아니야?"

장주호는 대답하지 않았다. 하지만 웃음 짓고 있었다. 대답
보다 더 확실한 미소였다. 도진은 분노로 이를 갈았다.

"너지?"

피식, 장주호가 웃으며 되받아쳤다.

"너겠지."

"아니. 이건 당신이 만든 판이잖아."

장주호의 표정이 굳었다.

"김태손은 당신이 죽였어. 여태껏 받아먹은 뇌물 때문에 협
박을 받게 되었겠지."

장주호는 아무런 말을 하지 않았다. 묘한 표정이었다.

"갑자기 휴가를 결재해 준 것. 이악오토캠핑장. 그리고 갑작
스런 내 차의 고장. 당신은 날 죽이거나, 혹은 살인범으로 몰려
고 했어. 당신 예상대로 나는 김태손의 시신이 있는 그 방갈로
에 갔었지. 당신은 일부러 김태손의 휴대폰을 켜놓은 채 갈대
밭에 던져놓은 거야. 제천 쪽으로 수사망을 유도하려고. 하지
만 당신 예상과는 틀어졌지. 내가 시신을 치워버렸기 때문이
야. 당신은 이악오토캠핑장에 가서 실종된 김태손을 찾으려 했

어. 하지만 처음부터 당신이 찾던 건 김태손의 시신이었어. 아무것도 모르는 척 이악오토캠핑장에 갔던 당신은 돌아와서는 굉장히 당황한 표정이었어. 시신이 없어졌기 때문이지. 하지만 어쩌면 다행일 수도 있다고 생각했겠지. 날 살인범으로 몰기가 더 쉬워졌으니까."

"역시, 나쁘지 않은 수사력이야. 아직 감은 남아 있군. 하지만 이걸 어쩌나? 이미 너는 끝난 거나 다름이 없거든."

"김태손의 손가락에 걸린 내 머리카락은."

"장난 좀 쳐봤지."

"어머니에게 전화한 것도 일부러 그런 거지?"

도진의 말에 장주호가 낄낄 웃었다.

"하이패스 내역을 들이밀어 너를 옥죄야 했는데, 재수 없게 네 부모가 그쪽 방면에 거주하고 있다면 핑곗거리가 생기니까. 그걸 차단해야 했지."

"간과하지 말았어야 했어. 일부러 내가 운행한 차의 하이패스 내역을 조회해 볼 사람은, 내가 김태손의 시체를 소멸시켰다는 사실을 이미 알고 있는 사람뿐이라는 걸."

"내 유일한 성급함이었지."

장주호는 애초에 아주 천천히 사건을 도진에게로 몰아가려 했다. 하지만 최용태가 갑자기 목을 죄는 바람에 일이 틀어졌다. 급하게 도진을 옭아매야 했다. 증거가 필요해 CCTV 영상을 찾았지만 자료가 방대해 찾기 쉽지 않았다. 이미 발등에 불은 떨어졌고, 그 불이 점점 커지려는데 손을 놓고 있을 수는 없었다. 할 수 없이 하이패스 내역을 조회했다. 도진의 말대로 그것을 조회할 사람은 이미 도진을 용의자로 지목한 뒤 수사하고 있는 장주호뿐이었다.

"당신…… 그 일 아는 거지?"

장주호가 도진을 보았다. 도진 쪽에서 먼저 그 이야기가 나올 줄은 몰랐던지 당황한 얼굴로 잠시 굳어 있었다. 곧 웃음을 크게 터뜨렸다. 하지만 그 웃음은 금세 사그라졌다.

"그 일? 무슨 일? 그건 네가 알겠지. 네가…… 알아야지."

아까 도진이 했던 말을 장주호는 고스란히 돌려주고 있었다. 그 일이 발단이었다는 것을 도진은 확신했다.

"왜 김태손이 그리되었는지, 나는 몰라. 하지만 이것만은 알지. 너도 어차피 미친 새끼야. 나는 알 수 있어. 장주호 당신. 김태손의 시신을 마디마디 꺾어 놨더군. 당신은 즐긴 거야. 복수 때문이라는 건 허울일 뿐이었어."

장주호는 부정하지 않았다. 살인 자체는 우발적이었고, 죄를 도진에게 씌우려고 했던 것은 복수심이었다. 하지만 김태손을 죽이던 순간 손에 남은 느낌은 말로 형용할 수 없는 것이었다. 두려움이나 죄책감과는 거리가 멀었다. 그 감정이 희열이라는 걸 깨달은 것은 김태손의 시신을 이악오토캠핑장의 싱크대에 구겨 넣을 때였다. 워낙 큰 몸뚱이인지라 팔을 한쪽으로 꺾었다. 으득, 하고 뼈가 부러지는 소리가 들렸다.

심장이 쿵 뛰었다. 어릴 적 개구리 알을 발로 밟아 터뜨릴 때, 모기를 잡았는데 피가 터졌을 때, 그런 희열과는 비교도 안 되었다. 자기도 모르게 그 자리에 앉아 손가락 마디마디를 꺾었다. 정신이 나갔었다, 라고 후에 생각했지만 잊을 수 없는 밤이었다.

"과부 심정 홀아비가 알아주는 거야?"

장주호가 킥킥거리며 웃었다.

"하지만 그래도 넌 들키지 말았어야지. 네가 나와 같은 종족이란 걸. 난 평소 네 행동만 봐도 눈치챌 수 있었거든."

"무슨 소리야?"

도진은 자신이 특별 강의를 할 때 밖에서 그를 응시하던 장주호를 떠올렸다. 그는 그때부터, 아니 어쩌면 훨씬 전부터 그를 주시하고 있었다.

"이거 알아? 사건은 커지면 커질수록 범인의 꼬리가 길어지고 잡기가 쉬워지지."

실제로 그랬다. 시신을 손괴한 것뿐이라면 상황은 이렇게까지 오지 않았을 수도 있다. 하지만 중간에 양 형사를 죽여버렸다. 이미 자신은 시신을 손괴한 것뿐이라며 자백하기에는 너무 멀리 왔다.

"사이코패스라는 건 말이야, 알기만 하면 이용하기가 참 쉬워. 흥분하면 스스로도 통제가 안 되는 새끼들이니까. 너는 남의 공포를 즐거워하는 쪽이었지. 흥분만 시키면 되는 거야. 예를 들면 공포에 떠는 형사를 보인다든가."

그 말이 도진의 머리를 강하게 내리쳤다. 도진의 황망한 표정 앞에서 장주호가 승리감에 젖어 웃고 있었다.

이상하다고 생각하지 못했다. 하지만 이상하다고 생각했어야 했다. 자신과 함께 있는 것을 알면서 굳이 양 형사에게 전화를 걸어 비밀스러운 지시를 내린다는 것은 부자연스러운 일이었다.

"이 개새끼!"

더 이상 참지 못하고 도진은 장주호에게로 달려들었다. 장주호가 깔아놓은 판 위에서 처음부터 끝까지 한 치도 어긋남 없이 놀아났다는 사실에 심한 패배감이 들었다.

그는 발로 장주호의 배를 가격했다. 장주호가 뒤로 나가떨어지며 손에 들었던 총을 떨어뜨렸다. 장주호가 다시 잡으려 했지만 도진이 빠르게 그것을 걷어차 버렸다. 총이 어둠 속 수풀 어딘가로 떨어져 내렸다. 도진은 재차 장주호의 배를 걷어찼다. 자갈밭 위에서 장주호가 몸을 둥글게 말았다.

등이며, 다리며 도진은 상관하지 않고 마구 밟아댔다.

그때였다. 장주호가 도진의 발을 힘껏 붙잡았다. 도진은 잡힌 발을 빼려고 버둥거렸다. 장주호는 도진의 발을 거세게 당겼다가 일순간에 놓았다. 그 반동으로 도진도 중심을 잃고 나뒹굴었다. 틈을 주지 않고 그의 배를 장주호가 깔고 앉았다.

그는 주먹으로 도진의 얼굴을 가격했다. 퍽퍽, 계속되는 난

타에 도진의 얼굴에서 피가 터졌다. 하지만 장주호는 멈추지 않았다. 마치 이 순간만을 기다린 사람 같았다.

도진은 의식이 몽롱해지는 것을 이를 악물고 견뎌냈다. 팔을 뻗어 흙을 움켜쥐었다. 그러고는 지체 없이 장주호의 얼굴에 뿌렸다. 장주호가 비명을 지르며 양손으로 얼굴을 감쌌다.

고통스러운지 그는 비틀거리며 물러서 무릎을 꿇은 채로 신음했다. 도진이 비틀거리며 일어나 그런 그를 발로 걷어찼다.

"으억!"

장주호의 입에서 비명이 터졌다. 그때 큰 도로변으로 대여섯 대의 차량이 지나가는 것이 보였다. 장주호의 시선 역시 그쪽으로 향하는 것을 도진은 보았다. 하지만 아무리 비명을 질러도 달리는 차는 듣지 못할 것이다.

장주호가 갑자기 바닥을 기기 시작했다. 도진은 장주호가 총을 찾고 있는 것이라고 생각했다. 그는 주변을 둘러보고 꽤 큰 돌을 찾아냈다. 그것을 들고 오는 동안 장주호는 이미 차가 있는 곳까지 다가가 있었다. 차를 타고 도주하려던 생각이었을까, 하고 도진은 잠깐 생각했지만 괘념치 않았다. 어차피 차는 장주호가 스스로 잠갔고 열쇠를 꺼낼 손은 남겨 두지 않을 것이었기 때문이다.

도진은 주워 온 돌을 번쩍 들어 가차 없이 장주호의 한쪽 팔을 겨냥해 던졌다.

"끄아아악!"

끔찍한 고통이었다. 장주호는 정신을 잃을 것만 같았다. 한쪽 팔이 땅에 붙은 듯 그의 의지로는 움직일 수가 없었다. 하지만 멈출 수 없었다. 다른 한 손을 다시 도진이 겨냥하고 있었다. 장주호는 남은 한 팔을 힘껏 뻗어 차의 문손잡이를 잡아당겼다.

"문은 열리지 않을 거야."

문은 열리지 않을 것을 장주호도 알고 있는 바였다. 하지만 경보가 울렸다. 도난 방지 경보 시스템이었다. 손잡이를 쥔 손을 놓고 장주호는 바닥에 납작 엎드렸다. 한쪽 팔을 보호하기 위해 가슴 안쪽으로 팔을 그러모았다. 그러고는 고개를 꺾어 도로를 보았다. 이곳을 지나치려던 차량들이 일제히 방향을 꺾었다.

하지만 도진은 경보 시스템 작동의 의미를 알지 못했다. 그는 돌을 번쩍 치켜들었다.

바로 그때였다.

여섯 대의 차량이 공사장 안으로 굉음을 내며 진입했다. 차들의 헤드라이트가 도진의 눈을 쏘았다. 도진은 손을 들어 빛을 가렸다. 맨 선봉에 선우신이 탄 차가 있었다. 선우신이 차에서 빠르게 내리자 뒤이어 수십의 형사가 일제히 내려 그를 에워쌌다.

"손 들어."

선우신의 목소리가 엄중하게 경고했다.

# 4

경찰서 지하에 있는 조사실로 장주호가 걸어 내려갔다. 한쪽 팔은 깁스를 한 상태였다. 돌에 맞은 뼈는 무사하지 못했다. 힘든 수술이었다. 상당 기간 깁스 상태여야 할 듯하고, 회복 속도도 빠르지는 않을 거라는 것이 의사의 소견이었다. 개자식, 하고 장주호는 진단을 받자마자 낮게 으르렁거렸다.

"괜찮으십니까?"

들어서는 장주호를 보고 선우신이 상태를 물었다. 무슨 말이 필요하냐는 듯 장주호는 깁스한 팔을 들어 보였다. 그러고는 책상 위에 놓인 보고서를 훑어보았다. 현도진을 잡았으니 상부에 승전보를 울려줘야 했다. 최종 검토를 하는 장주호의 표정이 밝았다. 그 얼굴을 선우신은 물끄러미 보았다.

'어떻게 나올까, 너 같으면.'

현도진을 잡던 날 그렇게 물은 장주호는, 자신 같으면 치욕을 되갚아 주러 갈 것이라고 말했다. 아닌 게 아니라 현도진 같은 성향의 사이코패스들은 범행을 드러내 보여 자신이 항상 우위에 있다는 감각을 즐긴다. 하지만 자신이 우위에 설 수 없는 상황이 오면 어떻게든 치욕을 갚으려 하다 일을 그르치게 마련이다. 그날 장주호의 판단은 한 치의 오류도 없었다.

하지만, 왜 자신을 찾으러 오리라고 단정 지었던 것일까.

현도진이 이를 갈며 준비할 복수가 어떻게 자신을 향하리라는 것을 알았을까.

장주호는 자신의 차량에 위치 추적기를 부착했다. 그리고 당직 형사에게 본인의 차량이 자택이나 경찰서 이외의 곳으로 향하면 즉시 출동하도록 명령했다. 그리고 바로 그날 일이 터진 것이다.

현도진은 장주호에게 어떤 되갚음을 하려 했던 것인가.

장주호는 왜 자신이 현도진의 목표라 생각했던 것인가.

대체 둘 사이에 무슨 일이 있었던 것일까.

선우신은 혼란스러웠다.

"어때?"

장주호가 물었다. 선우신은 정신을 퍼뜩 차렸다. 지금은 그런 것이 중요한 것이 아니다. 일단 용의자 현도진은 잡았다.

그 결과 하나만이 중요했다.

아이러니하게도 현도진을 심문하게 된 조사실은 양 형사가 살해당한 그 방이었다. 양 형사가 걸레처럼 구겨져 죽음을 맞이했던 그곳에, 현도진이 앉아 있다. 체포 당시 저항 때문에 셔츠가 지저분해져 있고, 피곤해 보이는 기색이었다. 하지만 고집스럽게 다문 입술과 강인하게 뜬 눈은 평소의 고고한 현도진 그 자체였다. 이런 상황에서까지 품위를 유지하다니, 대단하다 싶어 장주호는 헛웃음을 지었다.

"계속해서 저 상태예요. 한마디도 하지 않습니다. 예상은 했지만."

벽에 붙은 매직미러를 통해 조사실 안의 상황을 지켜보던 선우신이 턱으로 도진을 가리키며 고개를 절레절레 저었다. 쉽지 않을 거라 예상은 했어도 막상 닥치니 두 손 두 발 다 들고 싶어졌다. 양 형사의 이야기로 양심에 호소도 해보았고, 어차피 더 이상 입을 다물고 있어도 피해 갈 수는 없다고 협박도 했고, 부모님을 생각하라는 회유도 해봤지만 도진은 입을 열 생각이 전혀 없어 보였다. 자꾸만 그곳에서 시신으로 발견되었던 처참한 양 형사의 모습이 떠올라 오금이 저리고 사지가 굳을 것만 같은데, 계속 시간을 지체하며 뻔뻔한 침묵으로 일관하는 현도진을 볼수록 선우신은 한계를 느껴야 했다.

"들어오라고 하는군."

장주호의 느닷없는 중얼거림에 주먹을 말아 쥐고 입술을 깨물며 간신히 화를 참던 선우신이 고개를 들었다. 심문실 안에서 도진이 이쪽을 보고 있었다. 하지만 고개를 이쪽으로 돌렸을 뿐, 딱히 선우신이나 장주호를 보고 있는 것은 아니리라 생각했다. 그도 그럴 것이 조사실과 그들이 서 있는 방 사이에 있는 유리창은 특수 유리로, 이쪽에서는 조사실 안쪽이 다 보이지만 안쪽에서는 바깥을 볼 수가 없다. 그러니 안에 있는 도진이 바깥에 서 있는 장주호를 보고 안으로 들어오라는 신호를 보낸다는 것은 납득이 안 가는 일이었다.

"무슨 소리세요, 팀장님. 안에서는 이쪽이 안 보여요."

"잊었어? 저 녀석도 형사였어. 바로 얼마 전까지."

그는 도진을 노려보며 말했다.

"알 거야. 내가 여기서 지켜보고 있다는 걸. 그리고 내가 올 때를 기다리고 있는 거야. 나는 그걸 알아."

장주호가 몸을 돌려 조사실 문의 손잡이를 움켜쥐었다.

"들어가시게요?"

대답 대신 장주호는 고개를 끄덕였다.

"카메라, 돌릴까요?"

그 물음에 장주호는 잠시 생각에 잠기더니, 이내 고개를 저었다. 무슨 생각이 들었는지 그는 왼쪽 포켓 위를 더듬었다. 총이 손에 만져졌다. 그러고 나서야 손잡이를 비틀어 열었다.

조사실 안으로 들어갔을 때, 도진과 눈이 마주쳤다. 그는 장주호를 확인하고는 눈에 띄게 씩 웃었다. 그 웃음이 하도 차가워 장주호는 소름이 돋았다. 자리에 앉으려다 고개를 돌려 유리창을 보았다. 역시나 안쪽에서는 바깥쪽이 보이지 않았다.

"앉으세요."

마치 장주호가 그의 집에 손님으로라도 온 양 착석을 권하고 있었다. 여유로운 척하는 건지, 진짜로 여유로운 건지 장주호는 기가 막혀 잠시 그를 보았다. 도진이 어깨를 으쓱했다. 여기서 기운 뺄 일은 아니다. 장주호는 도진의 맞은편에 앉았다.

"진술을 거부하고 있다지?"

날카로운 눈으로 노려보며 장주호가 물었다. 표정의 변화 하나, 눈빛의 동요 하나까지 잡아내려는 얼굴이었다. 그런 그의 모습에 도진이 비죽 웃었다. 변함없는 오만한 태도는 장주호를 자극하기에 충분했다. 하지만 장주호는 애써 차갑게 미소 지었다.

"그래야지, 그럼. 묵비권을 행사할 권리는 개새끼나 돼지새끼한테도 있으니까."

"날 자극해서 뭐라도 하나 얻어내고 싶겠지만 장 팀장, 그건 포기하는 게 좋을 거야."

"그럼 한 가지만 물어보지."

장주호가 몸을 앞으로 기울였다.

"그때, 그 공사장에서 형사들이 들이닥쳤을 때, 넌 내게서 차 열쇠를 뺏어 도주하려고 시도했을 수도 있었어."

"그랬다면 온몸에 총알이 박혔을 테지."

"아니. 궁지에 몰리면 누구나 거기서 도망쳐 보려고 안간힘을 쓰지. 물론 어떻게 해볼 수도 없는 상황이면 포기해 버릴 수도 있어. 하지만 넌 포기하는 느낌이 아니었어."

"그래서?"

"뭐지? 네가 노리고 있는 것은?"

도진은 대답하지 않았다. 하지만 그의 눈에 파란빛이 스쳤다. 도진은 체포되던 순간을 떠올렸다. 도주를 시도해 볼 생각이 찰나에 스치지 않았다고는 할 수 없다. 자동차 열쇠는 장주호의 주머니에 있고 그런 장주호는 쓰러져 있었다. 하지만 아무리 열쇠를 꺼내 무사히 그곳을 나갈 수 있었다 해도 도망이 끝나지는 않는다.

이미 벗어날 수 없다고 결론을 내린 것은, 절망의 절벽 끝에 섰을 때였다. 파 놓은 함정에 보기 좋게 걸린 것이다. 함정이라 함은 이미 도망칠 구멍을 모두 메웠다는 뜻이기도 했다. 타깃이 함정에 빠지면 남는 것은 흙을 덮는 일뿐이다.

도진이 아무리 발을 빼려 해도 흙은 아주 정확히, 그리고 제대로 덮여갔다.

끝난 건가? 진 건가? 하는 생각이 들었다.

아니, 아직 설욕의 기회는 남아 있다. 어차피 벗어날 수 없는 굴레라면 내 몫의 치욕을 네 몫으로 남겨주겠다고 생각했다.

"대답이 없군. 뭐 듣지 않는다 해도 상관없겠지만. 그럼 고생 좀 하라구."

장주호가 자리에서 일어섰다.

"선우신을 불러줘."

장주호의 눈이 휘둥그레졌다. 곧 그것은 비웃음으로 바뀌었다.

"네 노림수가 고작 그거야? 선우신에게 진실을 말하겠다?"

도진은 대답하지 않았다.

"과연 그게 네 뜻대로 될까? 그래. 나도 시험해 보고 싶군. 선우신과의 면담에 네가 얻을 것은 뭘까? 더한 패배감은 아닐까? 나도 궁금한 걸?"

장주호가 나가고 문이 닫혔다. 고요 속에서 도진은 조용히 의식을 집중했다.

## 5

선우신과의 면담은 금세 이루어졌다. 면담을 요청한 지 단 하루만이었다.

"한 가지만 물어보자."

선우신과 마주 앉기 무섭게 도진이 먼저 입을 열었다. 그를 보는 선우신의 표정이 딱딱하게 굳어 있었다. 선우신은 그를 만나고 싶지 않았다. 하지만 내일 아침 9시 정각, 이곳 송파경찰서를 벗어나 서울구치소로 이감된다는 이야기를 전하러 온 참이었다. 그는 노트북 너머로 눈을 치켜뜨고 도진을 응시했다.

도진이 하겠다는 이야기를 들을 가치가 있을까. 잠시 고민하다 이내 노트북 뚜껑을 덮었다. 그나마 동고동락하며 힘든 수사 생활을 했던 한때의 형사 동료에게 주는 마지막 배려라고 해도 좋을 것이다. 말해, 라고 하는 듯 선우신은 깍지를 낀 손을 책상 위에 올려놓고 도진을 응시했다.

"이악오토캠핑장, 나한테 왜 소개시켜 줬나?"

선우신의 이마가 살짝 찌푸려졌다. 이 상황에 어울리지 않는 질문이라 생각해서 그랬는지도 모른다.

"소개라니, 그냥 캠핑장 추천 책을 줬을 뿐인데."

말끝이 살짝 흐려졌다. 습관상으로는 존댓말을 쓰는 것이 절대적이지만, 순간 도덕적 브레이크가 걸렸다. 인간 같지도 않은 인간에게 존댓말을 쓴다는 것 자체가 어불성설 아니냐는,

도덕적 잣대였다.

"그걸 왜 니가 줬냐고."

허, 하고 선우신은 기가 차 숨을 뱉었다. 이제와 남의 탓을 하고 싶은 건가, 하는 생각이 들었다. 좋다고 추천해 준 곳에 제가 시신을 숨겨 놓고, 발각되니 이제 와서 너 때문에 발각나기 쉬운 곳에 숨겼다고 말하고 싶은 것인가. 어이없어 하며 대답을 하려는 순간 그는 말하기를 멈추었다. 이어지는 생각의 선로가 다른 곳으로 향하고 있었다. 생각해 보면 이상한 사건이었다. 어째서 캠핑장 같은 곳에 시신을 숨겼을까. 다른 이용객이 들어온다면 반드시 발각될 곳에, 어째서. 마치 발각되기를 기다린 듯. 그것도 형사 생활을 오래했고, 최연소 팀장 후보에까지 거론될 만큼, 누구보다 뛰어났고 누구보다 수사의 생리를 잘 아는 현도진이.

흔들리는 선우신의 눈동자를 도진은 놓치지 않았다.

"그 책자, 넌 어디서 났어?"

"……어차피 그 추천 책에는 여러 곳의 캠핑장이 소개되어 있었어. 굳이 이악오토캠핑장을 짚은 게 아니잖아."

선우신의 말투에 숨김과 머뭇거림이 짙게 묻어 있었다. 도진은 선우신을 똑바로 응시했다.

"아니. 이악오토캠핑장에만 특별히 체크가 되어 있었어. 믿을 수 없으면 네 눈으로 확인해. 탈의실 내 옷장에 그대로 있을 거야."

표정만으로도 도진은 선우신의 충격을 감지할 수 있었다.

역시나, 책자에 표시를 한 것은 선우신이 아니었다. 선우신은 분명 그 책을 누군가에게 전해 받아 도진에게 건넨 것이다. 그날 선우신은 책자를 건네며 좋은 곳 몇 군데에 체크를 해 뒀다는 말을 했다. 하지만 체크되어 있던 곳은 이악오토캠핑장 단 한 곳이었다. 그때는 대수롭지 않게 넘겼지만 지금은 사정이 다르다. 그것이 말하는 것은 하나였다. 선우신은 그 책자를 읽은 적이 없다. 추천한 것도 선우신이 아니었다.

"장 팀장이지?"

나지막한 그의 목소리에는 확신이 있었다. 남의 생각을 꿰뚫을 수 있다는 자신이 있었다. 무엇보다 엄청난 비밀을 공유하게 된 자와의 은밀함이 있었다.

그 와중에도 선우신의 머릿속은 온통 뒤엉켰다. 현도진이 자신의 죄를 잠시나마 모면해 보고자 넘겨짚어 본 거라면, 소 뒷걸음치다 쥐 잡은 격이라 하더라도, 꽤나 솜씨 좋게 넘겨짚은 격이었다. 그의 말이 대부분 맞았다. 애초에 책자를 준 것은 장주호였다. 표시를 해놨다고 한 것도 장주호가 그렇게 말했기에, 선우신이 도진에게 그리 전달한 것이다. 그것은 과연 무엇을 뜻하는 것인가. 우연이라고 생각해 보려고 해도 자꾸만 화살표가 머리를 비틀어 막다른 지점을 가리키고 있었다. 그곳은 돌아올 수 없는 구멍 속처럼 거대한 암흑이었다.

"대답은?"

재차 물어보는 현도진의 말에, 그의 눈을 응시한 뒤에야 선우신은 자신이 일어나 있다는 것을 깨달았다. 그는 도진의 눈을 응시했다. 믿을 수 없는 상황에, 피하고 싶은 진실에 확대된 선우신의 동공이 의아한 표정을 짓고 있는 도진을 비추고 있었다.

분명히 이 눈으로 현도진이 양 형사를 살해하는 것을 CCTV를 통해 지켜보았다. 잔혹했고, 극악했으며, 그럼에도 그의 비참한 죽음으로부터의 도주를 도진은 즐기고 있었다.

"범인이 누구든, 어차피 너도 개새끼야."

뒤도 돌아보지 않고 심문실을 나왔다. 두려웠다. 다들 미친 것만 같았다. 미친 것들 속에서 자신도 미치지 않으려 발버둥 치다 이내 미쳐버릴 것만 같았다. 조금만 더 지체했으면 현도진의 목을 졸랐을지도 모른다.

도진에게 만나는 여자가 있다는 건 알고 있었다. 그냥 느낌이 그랬다. 매번 나가서 전화를 받는 것도 그랬다. 하지만 정상적인 관계가 아닌 것 같았다. 그것도 느낌이었다. 도진이 여행지를 찾는 것을 본 건 우연이었다. 지나가던 길에 그의 모니터를 우연히 보고 알았던 것이다. 그는 즐거워하며 여행지를 고르고 있었던 것 같지는 않았다. 하기 싫은 일을 억지로 해내는 듯한 얼굴이었다. 그때는 도진을 선배로서 존경하는 마음이 있었기에 좋은 여행지를 추천해 주고 싶었다. 뭘 찾아? 하고 한가한 오후 인터넷을 뒤지던 선우신에게 장주호가 물어 왔다. 그래서 장주호에게 이야기했던 것이다. 그때의 장주호의 표정이 뭐라 표현하기 어려울 만큼 이상했다는 것을 선우신은 이제 와서야 깨달았다. 좋은 곳들을 체크해 놨다며 오토캠핑장 책자를 준 것도, 그래서 받은 것도 그날이었다. 다만 도진이 본인을 너무 싫어하니, 내가 주는 것을 알면 무척이나 재수 없어 할 거다, 그러니 네가 줘라, 도움을 주려 했던 것도 애초에 너였으니, 하고 말했던 것도 장주호였다.

이상하다고 생각한 것은 그것뿐만이 아니었다.

'미리 준비한 것 같았던 루미놀.'


선우신은 사무실로 향했다. 장주호는 자기 책상을 지키고 있었다. 송파경찰서 내의 수사는 종결되므로 지금까지의 수사 상황에 대한 브리핑이 있을 예정이었다. 각 언론사와 방송사에 뿌릴 관련 내용의 공식 문건을 작성 중이었다. 아직 현도진의 자백은 이루어지지 않았으나, 양 형사를 살해한 과정이 담긴 CCTV가 정확한 물증으로 남았으며, 김태손의 사체 일부에서 발견된 현도진의 머리카락이 상황적 증거를 말해 주고 있었다. 증거인멸과 도주의 우려가 있어 구속영장이 발부되었다. 차후의 조사는 구치소로 이감되어 재판으로 이루어질 예정이다. 타이핑을 하는 장주호의 얼굴이 후련해 보였다. 신나 하는 초등학생 같아 보이기도 했다.

"팀장님."

책상 옆으로 가 섰다. 장주호는 고개도 돌리지 않고 '어' 하고 대답했다. 타이핑이 이어졌고 선우신은 입을 다물었다. 기껏 옆에 바짝 붙어 서서는, 불러 놓고 아무런 말이 없자, 그제야 장주호가 고개를 들었다.

"현도진 그 새끼 아무 말도 안 하지? 그럴 줄 알았어. 너도 알겠지만 독한 새끼야. 순순히 불 거라 처음부터 생각한 것도 아니잖아? 이후의 일들은 검찰에서 할 테니, 이제 잊자고. 응?"

"여쭤볼 것이 있습니다."

"여쭤볼 것?"

정작 호기롭게 말은 던져 놓고 선우신은 막판에 머뭇거렸다. 뭐라고 물어보겠다는 건가. 왜 이악오토캠핑장의 책자를 주었냐고? 그쪽으로 현도진을 몰아서 뭘 얻으려 하신 거냐고 물을 수는 없었다. 아무런 증거도 없었다. 다만 책자를 준 것일 뿐이다. 현도진의 세 치 혀에 놀아나고 있는 것일 수도 있다. 그가 날름거린 혀가 선우신으로 하여금 진짜 범인은 장주호일 수도 있다고, 자신의 죄를 도진에게 씌우는 거라고, 영화에서나 나올 법한 말도 안 되는 이야기를 세뇌시키고 있는 건지도 몰랐다. 사실은, 부정하고도 싶었다. 그래서는 안 되었다. 이미 현도진이 양 형사를 살해한 것만으로도, 송파경찰서의 위신은 땅바닥에 떨어져, 지나가는 개도 오줌을 뿌릴 정도다. 잘못된 조사는, 있어서는 안 되었다.

"저, 그게……."

말하기를 머뭇거리는 선우신을 응시하던 장주호의 눈이 둥글게 휘어졌다.

"대단히 큰 폭풍이 휘몰아쳤었어, 그렇지?"

"네? 아, 네."

전에 없이 부드러운 목소리였다.

"선우신 형사가 진짜 고생이 많았어. 어려운 사건이었고, 아마 현도진이나 양 형사 같은 선배 형사들을 깍듯이 받들던 자네였으니, 맘고생도 심했을 거야."

철제 서랍을 열고 안에 있던 서류 뭉치를 꺼냈다. 이악오토 캠핑장 시신 유기사건으로 시작된 이번 사건의 자료와 보고서들이었다. 장주호는 책상에 꺼내 놓은 서류 뭉치를 손으로 탁탁 쳤다.

"이제 이건 잊자고. 검찰로 송치하면 끝이야. 또 다른 일들이 몰려들 테지만."

선우신의 마음이 움츠러들었다. 저것만 넘기면 된다. 그러면 더 이상 세간의 질타를 받을 일도 없다. 지금 머릿속을 괴롭히는 물음표가 '묻지 말아야 할 것'에 가까워지고 있었다.

머릿속이 어지러운 지금 이 순간에도 자신을 똑바로 응시하고 있는 장주호의 눈이, 오히려 자신의 머릿속을 읽을까 두려워지기 시작했다. 그때 아참, 하고 장주호가 말했다.

"이번 사건 해결한 거 말이야, 상부에서 그 공로에 대한 치하가 대단해. 사건을 해결하는 데 주요한 공을 세운 형사를 뽑아 올리라더군. 알겠지만 이럴 경우 분명, 일 계급 특진일 거고."

여전히 눈을 똑바로 응시하던 장주호가 씩 웃어 보였다. 의도한 바는 아니었지만 선우신의 목울대가 꿀꺽, 움직였다.

"널 추천하려 해. 모두 고생했지만."

그 말 한마디가 뭔가를 크게 내리친 기분이었다. 그간 선우신이 견고히 지켜온 무언가가 쩡, 소리를 내며 깨졌다. 신념이었다. 그냥 이렇게, 양 형사처럼 살다 죽기는 싫어졌다. 곱은 손가락으로 남의 식당 설거지를 하는 어머니가 머릿속을 스쳐 지나갔다. 그는 입술을 깨물었다. 옳은 삶은, 애초에 없다.

"감사합니다."

일 계급 특진. 연차가 그리 오래되지 않은 선우신으로서는 크나큰 행운이다. 경찰서 내에서도 이 정도의 빠른 행보는 흔치 않다. 이것은 자랑스러운 일이며, 앞으로도 그의 이력에 큰 훈장이 될 것이다.

"축하한다. 아, 그런데."

악수하던 두 손이 허공에서 멈췄다. 장주호가 손을 살짝 뗐다. 당황한 선우신의 눈이 둥그레졌다.

"뭔가 나한테 물을 것이 있다고 하지 않았나?"

당혹의 빛이 순간 선우신의 얼굴을 스쳤다. 그러나 그런 기색을 보인 것도 잠시, 선우신은 웃으며 고개를 가로저었다.

"아닙니다! 별건 아니었고 그저 앞으로 어떤 사건을 맡게 될지 여쭤보려 했습니다."

떨어졌던 두 손이 다시금 굳건히 서로를 움켜쥐었다.

선우신은 복도로 나왔다. 마음 언저리에 묵직한 돌덩이가 하나가 남아 있긴 했지만 치워버리기로 했다. 자신의 목표가 바로 저 앞에 있고, 그곳을 향해 똑바로 길을 걷는데, 발에 차이는 돌부리 하나 있다고 걸음을 멈출 수는 없잖은가.

선우신은 그대로 계단에 발을 올렸다. 2층으로 올라가 오른쪽으로 꺾어졌다. 중간쯤에서 멈춰 섰다. 눈을 치켜떴다. 직원용 탈의실이라고 붙은 푯말이 보였다. 남자 탈의실은 파란색 도형이 그려져 있고, 여자 쪽은 빨간색이었다.

파란색 도형이 그려진 나무문을 노려보았다. 손잡이를 움켜쥐는 손에 힘이 잔뜩 들어가 있었다. 문을 열고 들어가니 다행히 이용 중인 사람은 없었다.

신발을 벗고 올라갔다. 임시로 만든 나무 마루에서 삐거덕 소리가 났다. 오른쪽으로 은색 캐비닛이 늘어서 있었다. 가로 45센티미터, 세로 1미터 정도의 직사각형 캐비닛이다. 개인별로 이름이 적혀 있고, 화장품을 넣어 두든 만화책을 넣어 두든, 애인이나 걸그룹 사진을 붙여 두든 상관은 없었다. 캐비닛에는 대부분 형사들이 입던 속옷이 퀴퀴한 냄새를 풍기며 박혀 있었다. 빨아 입기는커녕 빨아 달라고 집에 보낼 여유도 없기 때문이다. 선우신은 자신의 이름이 적힌 옷장을 그대로 지나쳤다.

그가 멈춰 손을 뻗은 옷장에는 '현도진'이라고 적혀 있었다.

'이악오토캠핑장에만 특별히 체크가 되어 있었어. 믿을 수 없으면 네 눈으로 확인해. 탈의실 내 옷장에 그대로 있을 거야.'

그는 크게 숨을 들이켰다. 천천히 옷장을 열었다. 한동안 열지 않아 습해져 있는 것을 제외하고는 생각보다 깔끔했다.

속옷이 마구 던져져 있지도 않았고 난잡한 사진도 붙어 있지 않았다. 인간미라고는 하나도 없는 자식, 이라고 선우신은 중얼거렸다. 스킨, 로션 같은 화장품류가 몇 개 들어 있었고, 수건과 사용하지 않은 깨끗한 양말 몇 켤레가 개켜져 있었다. 책이 두어 권 구석에 세워져 있었는데, '캠핑장 여행 추천'이라고 적힌 붉은색 글자가 가장 먼저 눈에 들어왔다. 도진에게 주었던 여행안내서였다. 팔을 뻗어 집어 들고 침묵 속에 응시했다. 왠지 숨을 멈추고 있었다. 그는 손톱 끝으로 여행안내서의 표지를 톡톡, 두 번 두드렸다. 눈을 깜박였다. 이번에는 좀 더 느리게 눈을 감았다가 떴다. 한 번 더. 그리고 다음번에는 다시 뜨지 않을 것처럼 깊이 감았다가 눈꺼풀을 들어올렸다.

여행안내서에는 현도진의 말을 증명이라도 하듯 이악오토 캠핑장 한군데에만 노란색 메모지가 붙어 있었다.

눈은 감을 때 감고, 뜰 때 떠야 한다. 감아야 할 때 억지로 뜨고 있다면 눈이 시리고 아픈 것은 불 보듯 뻔한 일이다. 그리고 지금이 감아야 할 때인지 떠야 할 때인지 아는 것은 거의 본능적인 일이었다. 선우신은 여행안내서를 손에 든 채로 캐비닛을 닫았다. 캐비닛에 붙은 도진의 이름표를 가만히 노려보았다. 그는 그것을 거칠게 잡아뗐다.

선우신은 탈의실의 문을 닫고 복도로 나갔다. 경찰서 안은 평소처럼 분주했다. 그 분주함에 복귀하려는 선우신의 심장은 그 어느 때보다 차분했다. 그는 아무 일 없는 사람처럼 복도를 걸었다. 맞은편에서 청소원 아주머니가 쓰레기통을 밀고 있었다. 파란색 원형 쓰레기통에 달린 바퀴를 이용해서 밀며 쓰레기를 수거하고 있었다. 허리가 아픈지 큰 한숨과 함께 허리를 펴고 두드렸다. 눈이 마주쳤다. 특별히 아는 사이도 아니고, 그저 오가며 '아, 저 사람은 형사구나'와 '아, 청소하는 아줌마구나' 정도의 생각만 오갔을 뿐인데 인사를 해야 하나 어색해지는 순간, 아주머니가 히죽 웃었다.

어색하지 않으려 히죽, 그래서 더 어색했다. 히죽, 하고 선우신도 따라 웃었다.

"안녕하세요."

히죽 웃는 아주머니에게로 다가가 인사를 건넸다. 대답 없이 아주머니는 히죽 웃었다.

"이거 여기다 버려도 될까요?"

아주머니의 얼굴이 환하게 피었다. 청소하는 사람이랍시고 제대로 대우를 받아본 적이 기억도 나지 않았다. 쓰레기통을 밀고 가는데, 웬 놈팡이 하나가 던진 담배꽁초가 코를 스치고 지나간 적도 있다. 골인! 하고 기뻐 날뛰는 놈을 빗자루로 득득 쓸어다가 쓰레기통에 골인시키고 싶은 적이 한두 번이 아니었다.

"아이고, 그럼요!"

선우신은 손에 들린 여행안내서를 보았다. 생각에 빠진 것은 잠깐이었을 뿐, 주저 않고 쓰레기통에 던져 넣었다.

"그럼, 수고하세요."

묵례를 하고 그는 천천히 계단으로 향했다. 그의 등 뒤에 아주머니의 감동 어린 시선이 향했다. 그 시선을 선우신 역시 느끼고 있었다. 쓰레기 하나 버리는 것까지 물어보고 넣는 예의바른 청년이라고 생각하고 있을 터였다. 선우신의 얼굴에 미소가 어렸다. 히죽. 오늘도 그는 성실하고 친절한 송파경찰서 강력1팀의 형사다.


## 6


일 계급 특진. 욕심을 내지 않고 그 대상에 선우신을 추천한 것은 잘한 일이다, 라고 장주호는 스스로 평가했다. 정확히 말하자면 추천한 것이라기보다는 앞으로 추천할 예정이었다. 일계급 특진 대상자를 선정해 올리라는 지시를 받은 것은 아직채 한 시간도 지나지 않은 일이다. 그때 선우신이 들어왔던 것이다. 선우신. 정의 구현이 경찰의 본분인 것으로 착각하는 풋내기인 줄 알았더니 생각보다 눈치도, 타협도 빠른 놈이었다. 하긴, 세상에 정의 따위는 없다. 정의는 살아 있지 않다. 모든 사람은 자신의 이익을 위해 움직인다. 다만 그 이익이 적으면 희생이라 부르고 이익이 많으면 속물이라 말할 뿐이다.

히죽 웃으며 선우신이 제 몫을 챙겨 나간 뒤의 강력1팀에는 사람이 남아 있지 않았다. 하나를 해결하면 여러 개의 사건이 물밀듯 들어오는 곳이다. 컴퓨터의 팬이 윙윙거리며 돌아갔다. 장주호는 일어섰다. 조용한 사무실에 그의 발자국 소리만 어렴풋이 배회했다. 그가 다가간 곳은 현도진의 책상이었다. 곧 이 책상의 모든 물건이 정리될 터였다. 그 전에 장주호가 먼저 '정리'할 것이 있었다. 그는 현도진의 책상 오른쪽 첫 번째 서랍을 열었다. 잠겨 있지 않았다. 서랍을 열자 가장 먼저 검은색 가죽 다이어리가 눈에 띄었다. 다이어리를 꺼내 들었다. 잠시 멈칫하던 손이 다이어리를 열어 뒤적였다.

팔락.

사진 한 장이 바닥으로 떨어졌다. 그 사진에 찍힌 사람들처럼 아주 가볍게, 팔락거리며, 갈지자 모양으로 휘휘 돌다 바닥으로 떨어졌다. 장주호는 허리를 숙여 사진을 집어 들었다.

사진 안에는 남녀 한 쌍이 찍혀 있었다. 사진 속 배경은 여름이었다. 옷을 아주 가볍게 차려 입은 현도진이 오른팔로 여자를 감싸 안고 카메라를 향해 해맑게 웃고 있었다. 모르는 사람이 보면 근심도 없는, 아주 행복한 남자로 보일 것이었다.

어찌 보면 젠틀해 보이고, 여자들이 그렇게 좋아해 마지않는다는 도시적 면모도 보였다. 이런 남자의 내면에 서늘하고 광포한 하나의 인간이 더 들어 있다는 것을 다른 사람들은 모를 것이다.

사이코패스.

또 다른 인간성이 드러나는 즉시 사람들은 현도진의 가슴에 그 이름을 붙일 것이다. 그를 좋은 사람으로 생각했던 사람들은 현도진의 정체를 알고 어떤 기분일까 궁금했다. 충격을 받을 것이고, 정신을 차릴 때쯤 몰려드는 기자들의 질문에, 그 사람이 그럴 거라고는 생각도 못 했다며, 아주 좋은 사람이었다고 공황 상태에서 인터뷰를 하겠지. 혹은 사진 속의 이 여자는 지금쯤 어떤 기분일까. 장주호는 진심으로 궁금했다. 그녀는 아마 몰랐을 것이다. 알아본 것은 나뿐이다. 아무도 못 알아본 그의 면모를 나만은 알아보았다. 장주호는 그렇게 자신했다. 그리고 그것을 이용했다.

자연스럽게 시선이 옆의 여자 쪽으로 옮겨갔다. 미간이 찌푸려졌다. 입술을 붉게 칠하고 현도진과 밀착해 있었다. 풍만한 가슴이 그의 옆구리에 철썩 달라붙어 있었다. 누구도 둘 사이에 들어갈 수 없을 것 같았다. 여름이라 더워 그런 건지 흥분해 있어 그런 건지 여자의 볼은 발갛게 달아올라 있었다.

도진의 진면모를 알아봤던 것처럼 사진을 봤던 그 즉시 장주호는 사진 속의 여자를 알아보았다. 그녀는, 현도진에게 꼭 끌어 안겨 행복한 미소를 짓고 있는 여자는, 현도진의 애인은, 장주호, 그의 아내였다.

이 사진을 장주호는 꽤 오래전에 보았다. 우연이라고 하기엔 꽤나 더러운 우연이었다. 보았고, 분노했고 그리고 이를 악물고, 사진이 있던 자리에 고스란히 정리해 두었었다. 그리고 상황을 정리해 보려 했다. 이해해 보려고도 했다. 왜 이렇게 된 건지 생각해 보려 했고, 문제점을 자신에게서 찾아보려고도 했다. 하지만 인내심이 바닥난 것이 언제였더라. 아마 그의 침대에서, 아내의 몸에서 현도진의 그림자를 보았을 때였으리라. 그리고 인내심이 사라진 바닥에 현도진을 언제고 무릎 꿇리리라 이를 악물었다. 그 '언제'가 그리도 빨리 올 줄은 장주호 본인도 알지는 못했지만.

그날을 빨리 당긴 것은 김태손이었다.

그날 밤, 김태손은 장주호와의 만남을 요청했다. 장주호가 김태손과의 연을 끊고 싶다는 통보를 했던 날 밤이었다. 소나기가 세차게 내리고 있었다. 김태손이 지정한 약속 장소는 서울 외곽에 있는 호숫가였다. 그 근방 어딘가에 김태손이 최용태도 모르게 차명으로 구입해 둔 건물이 있다는 것을 장주호는 알고 있었다. 리모델링을 한다는 핑계로 모든 세입자를 내쫓고 비워 둔 건물이었다. 그곳은 김태손의 아방궁이나 다름없었다. 인간으로서, 정치인으로서 할 수 있는 모든 더러운 일들이 대부분 그곳에서 이루어졌다. 가끔은 그곳에서 여자를 사기도 했다.

호숫가는 적막했다. 인적이 드물다 못해 공포스러웠다. 시커먼 호수의 물이 자신을 집어삼킬 것 같은 착각이 들 정도였다.

그곳에 김태손이 있었다.

"빨리 왔군."

조소 섞인 김태손의 말투에 장주호는 신경이 날카로워지는 것을 느꼈다. 그는 숙였던 허리를 펴고 고개를 들었다.

"목에 칼이 들어와서요."

김태손이 피식 웃었다. 하지만 금세 입가에 미소가 사라졌다.

"목에 박힌 칼을 함부로 빼면 애먼 과다 출혈로 죽을 수 있다는 거, 자네 알고 있나?"

장주호는 김태손을 응시했다. 소름 끼치도록 차가운 남자였다. 그의 말 한마디 한마디가 장주호를 긴장하게 했다.

장주호는 김태손과의 연을 끊고 싶었다. 그리고 실제로 그렇게 하려 했다. 하지만 쉽지 않았다. 조금 전 그의 말은 경고에 가까웠다. 어떤 식으로든 김태손의 뜻에 반(反)하려는 자는 목숨을 내놓아야 한다는 경고. 그것은 불문율이나 다름없었다.

"수행원도 없이 오실 줄은 몰랐습니다."

김태손의 협박 뒤에 잠시 굳었던 장주호는, 이야기를 풀기 위해 먼저 말을 꺼냈다.

"배신당할 만한 일은 자꾸 만들면 안 되지."

그는 히죽 웃었다. 자신의 음험한 비밀을 아는 사람이 많아지는 것이 결코 좋지 못하다는 뜻이었다.

"자, 말해 봐. 뭐가 어쨌다고?"

장주호는 침을 꿀꺽 삼켰다.

"이번 일은, 하지 못하겠습니다."

그러지 않으려고 했지만 목소리가 떨려 나왔다. 김태손의 망나니 아들은 이번에도 사고를 쳤다. 교통사고 정도였다면 백번 양보해 차라리 실수였다고 치부해 줄 수도 있었다. 하지만 이번에는 강간사건이었다. 게다가 신고당할 것이 두려워 차량 트렁크에 여자를 감금했다. 이상기온으로 하루가 멀다 하고 34도를 육박하는 폭염이 지속되고 있었다. 며칠 뒤 트렁크를 열었을 때 여자는 이미 사망한 상태였다. 그것을, 부검 없이 병사 정도로 처리해 달라는 요청이었다.

가급적 단호하게 거절하려 장주호는 눈에 힘을 줬다. 그의 눈을 김태손은 물끄러미 응시했다.

"내가 기르던 개가 있었는데 말이야. 이게 밥을 주고 물을 주니 나만 보면 좋다고 꼬리를 흔들어 대더라고. 그런데 어느 날부터, 이게 훈련을 시키려니 자꾸 나를 보며 짖데. 컹컹, 컹 컹! 그걸 뭐라고 하는 줄 아나?"

장주호는 대답하지 않고 입을 다물었다. 김태손이 씩 웃더니 손등으로 그의 볼을 툭툭 쳤다.

"그래봐야 개 짖는 소리라고 하지. 개 짖는 소리. 응? 알아듣 겠어? 개 같은 소리 하지 말고 개면 개답게 시키는 일이나 잘 하라고, 응?"

가슴이 뜨거워졌다. 뱉어 내지 못하는 장주호의 화가 가슴을 태워버리고 말 것처럼 끓어올랐다. 김태손의 손이 닿은 뺨이 붉게 달아오르는 것만 같았다. 달아오른 것은 찢긴 자존심이었다. 어느새 씨근덕대는 호흡에 맞춰 그의 가슴이 달막거렸다.

"아니면, 같이 자폭할까?"

김태손의 그 말이 머리를 쳤다.

그럴 수는 없다. 정치인들은 과거의 더러운 흔적이 밝혀져도 언젠가는, 어떻게든 정치판으로 돌아온다. 하지만 장주호는 아니었다. 대가를 받고, 불법을 자행해왔던 일이 알려지면 전과자가 되는 건 둘째 치고, 가족을 잃는다. 아내는 두 번 돌아보지 않고, 변명도 듣지 않고, 이해도 바라지 말라는 듯 그를 떠날 것이다. 소원한 관계였고, 귀가를 알리는 초인종보다 더 얼굴을 맞대지 않는 관계였지만, 그럼에도 아내를 잃고 싶지는 않았다.

벗어날 수, 없다.

어떻게 일이 이렇게까지 되어버렸는가. 그것은 아내로부터 기인했다. 아내는 장주호를 한심하게 생각했다. 사흘이 멀다 하고 집에 들어오지 못하는 것은 당연히 감수해야 하고, 목숨은 따는 놈이 임자인 듯 매일 같이 내놓고 살아야 했다. 그런데도 돈은 한 달 벌어 반달도 못 먹고살 정도를 번다며 무시했다.

그래서 눈먼 돈이 생겼을 때 그는 양심의 눈이 멀었다. 옳고 그른 것을 판단할 겨를도 없이 돈 봉투를 안겨주면 좋아서 입이 찢어지는 아내의 얼굴을 보는 것이 좋았다. 그 사이 제 가랑이가 찢어지는 것은 알지 못했다.

하지만 그런 아내는 다른 남자의 품에 안겨 그를 조롱했다.

이게 다 누구 때문인데. 불같은 화가 아내를 향해 치솟았다.

그럼에도 그는 빌었다.

"제, 제발 봐주십시오. 제가 총재님과의 인연을 끊더라도 절대 발설하거나 그런 일은 없을 거라고 약속드립니다. 저 이래봬도 대한민국 형사입니다. 더 이상 불법적인……."

"큭!"

기가 막힌다는 듯 김태손이 웃음을 터뜨렸다. 장주호는 눈을 동그랗게 떴다.

"대한민국 형사? 지나가는 개가 다 웃겠네. 아니, 개는 여기 있었나?"

김태손의 웃음이 점점 격해졌다. 그는 어깨까지 떨며 고개를 한껏 뒤로 젖히고 웃었다. 장주호는 이를 악물었다. 자기가 선택한 길이다. 이 수모는 그 대가였다.

잠시 뒤 김태손은 웃음을 그쳤다. 그는 고개를 끄덕이며 말했다.

"좋아. 부담스러울 수도 있겠지. 그만두도록 해. 발을 빼도 좋아. 어차피 나를 위해 일해 줄 사람이 당신 하나밖에 없는 건 아니니까."

장주호는 당황했다. 쉬운 일이 아닐 거라고 예상했었다. 그래서 김태손이 개니 뭐니 해서 말을 꺼낼 때도 어쩔 수 없다, 받아들이자 하는 마음이었다. 협박과 회유도 이어질 거라 생각했다. 하지만 이건 너무 간단했다. 그래서 더 불안했다.

"하지만 말이야."

역시나 그가 말끝을 잡고 늘어졌다.

"하지만 나에게도 안전장치 하나는 있어야 하지 않겠어?"

장주호는 그 말이 무슨 뜻인지 이해할 수가 없었다. 김태손이 비죽 웃었다.

"나의 불법을 아는 형사가 있다, 라는 게 얼마나 부담스러운 일인지 알아? 그것도 현직의 형사, 심지어 내 편도 아닌."

불안감이 현실로 다가오는 기분이었다. 장주호는 침을 꿀꺽 삼켰다.

"그만둬 주어야겠어."

"총재님!"

"현직에 있으면서 여러 가지를 조작해서 내 뒤통수를 치지 않는다는 보장이 없잖아? 왜? 그러긴 싫은가? 지금껏 나에게 돈을 받아 처먹고 아차 싶으니 발을 빼시겠다? 개면 개답게 복종을 하고 살아야지. 더러운 것들!"

김태손이 침을 퉤 뱉었다. 그것이 장주호의 얼굴에 찐득하니 들러붙었다가 그의 볼을 타고 흘러내렸다. 장주호는 이를 악물었다.

"나에게 등을 돌리는 것이 어떤 일인지 슬슬 알게 될 거야. 그때는 오늘 내가 직접 나와 준 것이 어떤 영광이었는지, 어떤 영광을 놓쳤는지 알게 해주지."

김태손이 등을 돌렸다. 장주호는 정신이 아찔해졌다. 처음부터 알았어야 했다. 자신이 발을 들여놓는 세계가 어떤 곳인지를. 발을 들인 이상 뺄 수 없다는 것을 알았어야 했다. 내일부터 자신의 앞에 놓일 세상이 그는 두려웠다. 좌절감에 고개를 떨어뜨렸다.

열심히 산 결과가 이거였다. 아내를 위해 더러운 돈도 열심히 벌어다 바쳤지만 그는 결국 무능한 쓰레기였다.

"총재님, 한번만 봐주십시오!"

김태손의 등 뒤에 대고 소리쳤다. 김태손이 걸음을 멈추고 뒤를 돌아보았다.

"이런 쓰레기 같은 게…… 억!"

둔탁한 소리가 공기를 흔들었다. 김태손이 머리를 감싸 쥐고 주저앉았다. 손가락 사이로 피가 뿜어져 나오고 있었다.

장주호의 손에 벽돌이 들려 있었다.

제정신이 아니었다. 손에 닿는 대로 움켜쥐고 돌아보는 면상을 내리쳤다. 내리찍고 난 뒤에야 김태손을 공격한 것이 벽돌이라는 것을 알아챘다. 순간 큰일 났다, 고 생각했다.

크억, 비명도 제대로 지르지 못하고 주저앉는 김태손을 보며 끝내야 한다, 끝낼 수밖에 없다는 생각이 강력하게 들었다. 이렇게 된 이상 모호하게 끝내면 자신에게는 더한 지옥이 기다리고 있을 뿐이었다. 이제는 돌이킬 수 없었다.

두 번, 세 번, 둔탁한 소리가 호숫가의 어둠 속에서 울렸다.

하지만 세차게 내리치는 빗줄기가 그 소리를 먹어 치웠다. 일곱 번째쯤이었다. 김태손의 숨이 완전히 끊어져 있었다. 그 독한 인간이 이 정도에 죽다니. 장주호는 자기도 모르게 웃었다. 하지만 곧 욕지기가 밀려왔다. 손에 사람의 머리가 파열되는 느낌이 고스란히 전해져, 떨어지지 않았다.

웩웩.

장주호는 구역질을 해대었다. 깨진 김태손의 머리가 장주호의 옆에서 함께 왝왝, 토악질을 해댔다. 머리에서 쏟아지는 피와 뇌수가 빗줄기를 따라 호수로 흘러들었다. 장주호는 입을 닦고 일어섰다.

모든 것은 김태손 탓이다. 수행원도 하나 동행하지 않고 나온 김태손 때문이다. 내 탓이 아니다. 장주호는 쉴 새 없이 중얼거렸다.

처음에는 시신을 호수에 밀어 넣을까도 생각했다. 하지만 언제고 시신은 떠오를 것이다. 가족들도 모르는 이런 곳에서 그의 시신이 발견된다면 분명 도로에 설치되어 있는 CCTV를 모두 확인할 것이고, 자신의 차량 역시 그곳을 향했다는 것이 발각될 터였다. 김태손과 자신과의 관계는 최용태가 알고 있으니 감출 수도 없다.

결국 김태손의 시체가 토악질을 멈추길 기다렸다가 트렁크에 구겨 넣었다. 트렁크에 김태손의 시신을 실은 채로, 다음 날 경찰서로 출근했다. 일을 해도, 회의에 참석해도, 밥을 먹어도 그는 제정신이 아닌 채였다. 주머니에 넣은 휴대폰이 무겁게 느껴졌다. 울릴 때마다, 최용태에게 온 전화일까 봐 겁이 더럭 났다.

그때 눈에 들어온 것이 현도진이었다. 그는 한가하게 인터넷을 뒤지고 있었다. 눈에 불이 튀었다. 현도진의 뒤통수를 보면서 드는 생각은 단 하나뿐이었다.

'너 때문이다.'

어쩌면 그때 선우신이 현도진에게 다가가 무엇을 하냐고 물었던 것은 신의 계시였을지도 모른다. 현도진은 아무 생각 없이 휴가를 계획하고 있다고 대답했다. 바로 그의 눈앞에서. 그는 주먹을 꽉 쥐었다. 그렇게라도 하지 않으면 당장이라도 현도진을 어떻게 해버리고 말 것 같았다. 장주호는 아내를 떠올렸다. 아내는 며칠 후, 동창 모임에서 관광을 떠난다고 했다……. 아내의 관광이 현도진과 함께라는 것은 보지 않아도 뻔했다. 아내는 그가 알고 있는 한, 단 한번도 동창 모임을 나간 적이 없다. 장모의 유난스런 보살핌 덕에 애초에 친구도 많지 않았다.

그 순간 그는 김태손의 시신을 처리하기로 마음먹었다. 자신의 머리에 아이디어가 떠오른 것이 다행스럽게 느껴지기까지 했다. 그는 당장 서랍을 뒤져, 예전에 어디선가 얻은 여행 책자를 꺼내었다. 자신에게 여행은 가당치도 않다는 생각에 처박아 두었던 것이다. 그곳에서 그는 이악오토캠핑장을 골랐다.

서울, 경기권에서 먼 지역일 것. 규모가 크지 않아 관리하는 사람이 적을 것. 그렇게 인기가 많지 않아 예약이 없어도 숙박이 가능할 것. 계절상 휴가객들은 바닷가를 많이 찾으니 인근에 바닷가가 없어야 할 것. 그 모든 조건을 충족하는 것이 이악오토캠핑장이었다.

이악오토캠핑장이 소개된 부분에 표시를 해놓고는 선우신을 통해 현도진에게 전했다. 그는 그날 당장 방 하나를 예약하고, 제천으로 향했다. 도착한 것은 밤이었다. 캠핑장들은 대부분 여행객들이 퇴실한 후에 반드시 청소를 한다. 그것을 피하기 위해 하룻밤을 묵고 일단 퇴실했다. 그리고 청소를 마쳤을 때쯤, 무언가를 두고 왔다며 열쇠를 받아 김태손의 시신을 구겨 넣었다.

반드시 현도진은 그 방에 묵어야 했다. 가명으로 다른 방들을 모두 예약했다.

그렇게, 모든 것은 끝났다.

끝난 것이었다. 아내에 대한 실망도, 분노도, 현도진에 대한 자격지심도, 김태손이 채워 놓은 굴레도, 모두 다 끝이 났다. 가장 중요한 것은 이 모든 것이 한번에 끝났다는 것. 장주호는 기분이 좋았다.

나중에 김태손의 차량이 한강 둔치에서 발견되었다. 왜 한강에서 발견됐는지는 장주호도 자세히는 알지 못한다. 다만, 그 호숫가의 건물은 김태손이 누구에게도 알리지 않은 곳이었으니, 차를 놓고 택시로 이동했을 거라고 짐작할 뿐이다.

어쨌든, 한강에서 그의 차가 발견된 것은 장주호로서는 호재였다.

휴대폰을 들었다. 역시나 부재중 통화는 없다. 아내는, 현도진의 사건을 알고 있을까? 뉴스 속보는 채널마다 연신 방송하고 있으니, 지금쯤은 알고 있을 것이다. 충격받은 얼굴이 보고 싶었다. 현도진과 붙어먹으려 일부러 자신을 멀리하고 있다는 것쯤은 눈치채고 있었다. 가정 관리에 소홀하고, 아내로서의 책무도 다하지 않으면 그리고 노골적으로 다른 남자의 냄새를 풍기면, 순순히 이혼해 주리라 믿었을 것이다. 이혼하면 바로 누구의 앞에서 다리를 벌릴지 뻔했다.

'아이를 갖자. 너만 좋다면 나는 바로 정리를 하겠다. 아무것도 두렵지 않다. 세상이 뭐라 해도 이건 사랑이지 않냐.'

그런 열렬한 통화를 아내는 장주호가 듣지 못했을 거라고 생각했으리라. 그 자식과 벌거벗고 뒹굴던 그 침대 아래에 녹음기를 부착했던 것은 꿈에도 몰랐을 것이다.

이젠 끝났다. 아내의 사랑도, 아내의 희망도 끝이 난 것이다. 아내는 앞으로 어떻게 할까. 그것이 가장 궁금했다. 아무일 없었던 듯 예전의 아내로 돌아올까? 그렇게 기세등등하게, 남편을 인간 취급도 안 하던 여자의 시무룩한 표정이 상상되어 장주호는 즐거워 미칠 것 같았다. 입양되었다 파양당한 아이처럼 고개를 푹 숙이고, 어깨를 떨고 있을지도 몰랐다.

"팀장님, 서장님께서 부르십니다."

선우신이었다. 아무 일도 없었다는 얼굴이다.

"아, 지금 가지."

시원스레 대답이 나왔다. 그 어느 때보다 유쾌했다.

# 끝난, 끝나지 않은

눈을 감은 채 도진은 한마디 말없이 걸었다. 검찰의 1차 조사를 마치고 나오는 길이었다. 도진은 이번에도 역시 입을 열지 않았다. 심연의 깊은 곳까지 의식이 가라앉았다. 그의 옆을 지키고 있는 것은 신참 교도관 지준구였다. 그는 가급적 도진과 눈을 마주치지 않으려 고개를 이리로 저리로 돌렸다.

지준구는 도진의 바로 옆에 밀착해 팔짱을 끼고 있었다. 수갑에 양손이 다소곳이 묶인 터라 더욱 비참했다. 이 상황이 꿈을 꾸는 것만 같았다.

"송파경찰서 선우신 형사는?"

지준구는 대답하지 않았다. 대답하지 않아도, 알 수밖에 없는 것이 있다. 지금이 딱 그랬다. 선우신에게 면회 요청을 넣은 것은 세 차례였다. 단 한번도 그는 다녀가지 않았다. 선우신은 등을 진 것이다. 진실을 등에 지고, 그 대신에 일 계급 특진을 어깨에 얹은 것이다.

원래 인간이란 다 그런 것이지. 그런 거지만, 그것이 선우신이라 그래서 더 놀랍고, 어이없고, 우습고, 화나고, 분했다.

지준구는 도진을 차 앞으로 이끌었다. 쇠창살을 유리창에 붙인 검은색 승합차가 그를 기다리고 있었다. 어서 와, 라고 아가리를 벌린 고래처럼 문을 열고 후문 현관에 바짝 붙어 있었다. 몰려드는 취재진을 피할 수 있도록 해준 마지막 예우라고 여전히 눈을 피하고 있던 지준구가 말했다. 마지막 예우 좋아하네, 하고 도진은 중얼거렸다.

정문으로 나갔다면 포진하고 있던 기자들이 개떼처럼 몰려들 것이다.

이유가 무엇입니까?

현재 심경은요?

하실 말씀 없으십니까?

쏟아지는 질문들 속을 점퍼의 후드를 뒤집어쓰고 비척비척 걸어야 하는 것이 정상적인, 그러니까 일반적인 수순이었다.

그 일반적인 수순을 따르지 않고, 극비리에 차에 태워 이송한다는 것은 '희대의 살인마, 그에게도 인권은 있는가?' 따위의 언론과 싸워야 할 것임을 의미했다.

그 모든 것을 감수하고 후문을 통해 이송하라 요청한 것은 장주호일 것이다. 그래야 할 만큼 장주호는 반드시 도진을 숨겨야 했다는 것이다. 기자들 앞에서 쓸데없는 말을 지껄일까 두려웠겠지.

현도진이 올라타자마자 차가 출발했다. 쇠창살을 통해 검찰청 건물이 멀어지는 것을 보았다. 뒤늦게 차량을 발견한 정문 쪽의 기자들이 심상찮음을 느끼고 우왕좌왕했으나 이미 차량은 속도를 내어 도로에 진입한 뒤였다. 5분쯤 달렸을 때, 옆으로 한강이 보였다. 해가 한강 위에서 하얗게 부서졌다.

그날도 딱 이런 느낌, 이런 날씨, 이 정도의 시간이었다. 오늘도 남편 없어, 하는 문자 뒤에 스릴 좀 느껴보자는 문자가 다급하게 따라붙었던 날이었다. 시계를 보았고, 늦은 점심을 먹는 대신 재희를 먹어주자, 혼자의 농담에 피식 웃으며 이 길을 달렸다. 벨을 누르고 문이 열렸고, 들어서기가 무섭게 재희는 그의 목을 감아 왔다. 한껏 달아올라 있던 그녀의 몸은 이미 준비가 된 듯 얇은 슬립 하나만을 걸치고 있었다. 흥분한 그녀의 입안에서 단내가 느껴졌다. 도진은 갓 양치한 여자와 키스할 때가 좋았다. 씻고 와, 라고 하고 싶었지만 참아야 했다. 참는 걸 감추느라 일부러 거칠게 몰아쳤다. 거친 것을 재희가 좋아했다. 거칠게 해줘서 차라리 닳고 닳는 것이 나아, 라고 닳고 닳은 여자처럼 공공연하게 말했다.

아, 천천히.

애원하듯 재희가 속삭였다. 도진은 듣지 않았다. 그것이 진심이 아님을 이미 알고 있었다. 이미 알고 있었던 것도 그렇거니와 지금은 시간이 없었다. 얼른 해치워야 했다. '아, 천천히'에 진짜 천천히 했다가는 애정이 식었냐느니 따지며 애초에 있지도 않았던 애정을 내놓으라 억지를 쓰기 때문이었다.

게다가 이렇게 해야 빠른 시간 안에 복귀를 할 수가 있었다.

섹스는 거칠고 그럼에도 나쁘지 않게, 적당한 시간에 끝났다. 씻어야 한다 생각을 하며, 그럼에도 시간이 없어 억지로 찝찝함을 참고 옷을 입는데 화장대 위의 액자가 눈에 띄었다.

액자 안에는 정복을 입고 있는 장주호가 웨딩드레스를 입고 있는 재희와 다정히 앉아 있는 사진이 들어 있었다.

낌새를 눈치챘는지 아직 침대에 엎드려 있던 재희가 상체를 일으켜 앉았다. 속옷도 걸치지 못하고 널브러져 있을 만큼 지친 재희의 젖가슴이 덜렁, 흔들렸다. 머리를 쓸어 넘기며 물어왔다.

"신경 쓰여?"

"……걸레."

그럼에도 풋, 재희가 웃었다.

"난 자기가 그렇게 차갑게 말할 때 더 몸이 들끓더라."

어이가 없어 돌아보자니, 재희와 눈이 마주쳤다. 그녀의 눈이 둥글게 휘어졌다.

"한번 더 할까?"

"간다."

재희의 집을 벗어나자마자 도진은 경찰서로 복귀했다. 아직 재희의 채취가 몸에 남아 있을 터였지만 죄책감은 없었다. 언제고, 길어지기 전에 스스로 잘라내어야 할 꼬리인 것은 알고 있다. 재희가 장주호의 아내란 것은 이미 알고 시작한 관계였다. 장주호의 갈아입을 옷을 들고 재희가 경찰서로 찾아온 것이 첫 만남이었다. 장주호의 아내였기에 시작한 것인지도 몰랐다. 도진은 장주호가 재수 없었고, 재희는 다른 남자가 필요했다. 도진은 장주호를 반드시 눌러주고 싶었고, 재희는 필요한 다른 남자가 도진이길 바랐다. 서로 손해인 관계가 아니었고, 비슷한 종족은 서로를 금방 알아보았다. 그렇게 시작되었다.

"어딜 갔다 와?"

"점심 먹고 왔습니다."

이미 점심쯤 당당히 먹어도 될 만큼 늦은 시간이었다.

"팔자 좋네. 나가서 외식씩이나 하고 응?"

들어오기 무섭게 득달같이 으르렁대는 장주호를 보며 도진은 비꼬아 대는 것을 못 들은 척 자신의 자리로 가 앉았다. 장주호는 고개를 절레절레 저었다. 도진이 한심해서 혀라도 차듯, 아니 차라리 혀를 차는 것이 덜 기분 나쁠 것 같은 고갯짓이었다. 돌아서 나가는 장주호의 뒷모습을 노려보았다.

때에 전 카키색 점퍼를 매일 같이 입고, 머리에는 까치집을 지은 채 경찰서 내를 어슬렁거리는 인물이지만 저래 봬도 한때 최고로 손꼽히던 남자였다. 수사력으로 따지면 도진은 장주호에 못지않다고 늘 자부했다. 하지만 그것을 유독 장주호만 인정해 주지 않았다. 그래서 장주호가 싫었다. 하루에도 열두 번씩 찢어 죽이는 상상을 했던 날도 있었다. 그걸 이행하지 않은 것은 참았다기보다는, 언제고 그 콧대를 누르고 발로 밟아 짓이기고 싶다는 욕망이 강해서였다.

재희가 도진을 유혹한 것은, 그래서 행운이나 마찬가지였다. 장주호가 잘난 척할 때마다 배알이 꼬였다. 하지만 그것은 곧 비웃음으로 바뀌었다. 아무리 잘난 척해 봐야 네 마누라는 지금 네가 벌어다 준 돈으로 젊은 놈 엉덩이에 매달려 신음을 흘리는 중이다, 라고 중얼거렸다. 그런 생각을 할 때마다 승리감에 도취되었다. 짜릿했다. 그것은 마약에 가까웠다. 그만둘 수가 없었다. 재희의 가슴 속을 계속 파고들었다. 장주호가 직접 주문했다는 침대 위에서 장주호가 아끼는 이불을 덮고 재희와 뒹굴 때마다 장주호를 떠올렸다. 그의 아내, 재희의 배 위에 올라타고 앉아 주무르고 깔아뭉갠 것은 재희가 아니라 장주호였다.

승리였다.


아마, 그것이었을 것이다. 장주호가 김태손을 왜 죽였는가, 까지는 알 수 없지만, 죽인 김에 복수를 하려 한 것이다.

차는 어느새 구치소 근처까지 다가와 있었다. 차가 멈추는 바람에 정신을 차리고 보니 왼쪽으로 서울구치소라는 푯말이 보였다. 차는 깜빡이를 켜고 좌회전 차선에서 신호 대기 중이었다.

와버렸다.

끝이다.

끝이다, 하고 생각이 들자 도진은 찬물을 뒤집어쓴 것처럼 정신이 들었다. 아니, 그는 비죽 웃었다.

이제 겨우 일대일일 뿐.

"선우신 형사를 불러주십시오."

어이없다는 듯 함께 차를 타고 온 지준구의 미간이 찌푸려졌다. 무슨 생각을 하는지, 도진이 모르는 바 아니었다. 세 번이나 면회 요청을 묵살한 선우신이 이번에도 오지 않을 거라는 생각이다.

"꼭 해야 할 말이 있습니다. 조사에 중요한 내용이에요."

지준구가 한숨을 내쉬었다. 장주호를 불러주었을 때도 이렇다 할 자백도 없었다던 도진이다. 이번에도 쓸데없는 일이 될 거라고 생각했다.

"조사는 이미 검찰의 일입니다. 할 말이 있다면 다음번 검찰 조사 때 말하시면 됩니다."

"선우신 형사도 그렇게 생각할까요?"

멈칫하는 지준구의 기색을 도진은 느낄 수 있었다. 이미 검찰로 송치되긴 했지만 지금 하려는 말이 어떤 것인지 알 수가 없기에 난감했다. 사건과 관련된 결정적인 '뭔가'라면 자신이 곤란해질 수 있었다. 그것이 '자백'이라던가 움직일 수 없는 더 명확한 '행적'에 관련된 것이라면 '초동 수사 미비'의 함정에 빠져 강력1팀 쪽이 문책까지 받을 수도 있었다. '마음은 흔들리는데, 여전히 의심도 가고'라는 생각을 하고 있는 것이 뻔한 얼굴로 지준구가 도진을 응시했다. 도진은 재차 그를 재촉했다.

"그럼 전화라도 한번 해서 물어보기라도 해주십시오."

이번엔 마음이 흔들리는 기색이 훨씬 강해졌다.

"선우신 형사가 필요 없다 하면, 더 이상 귀찮게 안 하겠습니다."

곤란해하던 지준구의 손이 슬며시 안주머니로 향했다. 천천히 꺼내는 손에 휴대폰이 들려 나왔다. 도진이 씩 웃었다. 목소리를 잔뜩 낮추고, 몸을 조금 비틀고 앉아 도진에게 등을 지고 지준구가 선우신과 통화를 하였다.

그 사이 좌회전 신호가 들어왔다. 차가 천천히 좌측으로 돌았다. 언덕길이 길게 이어졌다. 양쪽으로 늘어선 상록수가 그늘을 만들고 있었다. 도진은 눈을 감았다. 언제 이곳에서 나올 수 있을까? 얼마나 걸리면 가능할까? 7년? 아니, 그 이상도 될 수 있다.

선우신은 서너 시간의 여유를 장주호에게 부탁하여 서울구치소로 향했다. 생각보다 쉽게 여유 시간을 달라는 요청이 수락되었다. 장주호 역시 오늘은 집에 들어가겠다며 벼르고 있었다. 아내가 어디론가 사라졌다느니, 찾아봐야겠다는 말은 하지 않았다.

"이러다 이혼당하겠어."

집으로 향하는 장주호를 먼저 보내고 선우신은 곧장 의정부로 향했다. 현도진을 만나고 싶지는 않다. 현도진은 장주호에 대한 의혹을 자신에게 말했다. 하지만 아무런 조치도 취하지 않았고, 그는 일 계급 특진의 대상이 되었다. 그 사실만으로도 도진은 그것이 어떤 상황인지 알아차렸을 것이다. 자신의 추악한 협상을 알고 있는 작자와의 마지막 대면이다. 더 이상은 마주하고 싶지 않았다. 현도진과도, 그를 닮은 자신의 보고 싶지 않은 면모와도.

접견 신청을 넣고 기다리자 대기실에 걸려 있는 전광판 2번 칸에 '4312'가 찍혔다. 선우신은 일어나 문을 열고 나왔다. 접견실은 대기실 건물 밖 뒤편에 따로 있었다. 접견실이라고 적힌 문을 열자 두 개의 나무문이 또 있었다. 전광판에서 보았던 대로 2번 푯말이 붙은 문을 열었다. 그 안에 '4312'가 있을 터였다.

접견실 내부는 좁았다. 등받이가 없는 철제 의자가 하나 덩그러니 놓여 있었고, 좁은 돌출 테이블 위에 이면지를 아무렇게나 자른 메모지와 고무줄에 묶인 볼펜이 올려져 있었다. 특수 유리로 된 칸막이로 가로지른 저쪽 역시 의자 하나만 덩그러니 놓여 있었고, 마이크가 놓였다. 수감자의 목소리는 마이크를 통해 접견실 쪽 스피커에서 전해졌다. 스피커 밑에는 네모난 전자시계가 붙어 있었는데 숫자는 7부터 시작해서 1분씩 줄어들어 0을 향해 달려갈 터였다. 경찰서에서 그가 잡아넣은 놈들은 모두 이런 곳을 통했겠지만, 정작 선우신에게는 뭔가 낯선 공간이었다.

잠시 숨을 내쉬고 기다리고 있자니, 유리벽 너머의 문이 열렸다. 천천히 들어오는 것은 현도진이었다. 현도진이 들어온 문 바깥쪽에서 교도관이 그들의 대화를 듣고 있을 것이다. 선우신은 자기도 모르게 숨을 멈췄다.

현도진은 수의를 입고 있었다.

그럼에도 차가운 눈빛과 자존심 세 보이는 굳게 다문 입술은 여전했다. 수척했지만 그래서 더 차갑고 단정해 보이는 얼굴로 그는 선우신 앞에 앉았다.

"어때요? 지낼 만해요?"

한쪽 입술 끝을 끌어올려 웃으며, 선우신이 말했다. 이전의 온기도, 정도 없는 말투였다. 현도진도 피식 웃으며 대답했다.

"좋아. 잠복근무 선다고 깜깜한 구석에서 구겨져서 밤새는 것보다는."

반어법에 선우신은 피식 웃어버렸다. 선우신의 웃음을 보며 현도진의 표정이 싸늘하게 식었다.

"개새끼."

선우신 역시 얼굴에서 웃음이 사라졌다.

"너 이 새끼, 장 팀장이 연관된 거 알았지?"

선우신의 몸이 일순 정지했다. 그 얼굴 위로 죄의식의 빛이 잠깐 스쳐 지나갔다. 도진은 그것을 놓치지 않았다. 하지만 저 죄의식의 빛도 곧 사라질 것이다, 라고 도진은 예감했다.

누구에게나 악의는 있다. 나보다 더 잘됐으면 좋겠고, 이왕이면 내가 더 잘됐으면 좋겠고, 이왕이면 남이 잘못됐으면 좋겠다는 생각들. 악은 진실에 등을 돌렸을 때 비로소 전면에 나타난다. 그 과정이 생각보다 짧다는 걸 대부분이 알지 못한다. 악은 찰나의 순간만으로도 충분하다.

선우신은 그저 어깨만 으쓱하였다. 그것은 아주 충분한 대답이 되었다.

"그럴 줄 알았지. 개새끼."

으르렁거리기라도 할 듯 이를 악물다 도진은 졌다는 듯 손을 들었다.

"오케이, 어차피 인생은 시발이야. 널 원망할 생각은 없어. 사람에게는 누구나 악의가 있으니까."

"보통은 개인의 사정이라고 하죠."

가름막 너머에서 선우신이 차갑게 웃었다. 차갑게 웃을 줄도 아는군. 도진은 그에게 박수라도 쳐주고 싶은 심정이었다.

그의 표정을 지켜보던 선우신이 나직하게 한숨을 내쉬었다.

"그 말 하자고 여기까지 불렀습니까? 무슨 소리가 더 듣고 싶어서? 어차피 시발 같은 인생 그 안에서 시발같이 살다 뒤져도 억울할 건 없잖습니까."

선우신이 가름막 앞으로 얼굴을 바짝 들이밀었다.

"내가 아무리 개새끼라도 넌 인생 조진 범인이고 나는 바쁘다 못해 뒤지겠는 대한민국 경찰이거든."

"일 계급 특진이라며?"

하아, 하고 선우신은 한숨을 내쉬었다. 그러고는 고개를 가로젓더니 자리에서 일어섰다.

"설마 축하나 하자고 부른 건 아니겠지만 계속 시답잖은 소리 하려거든 난 이만 가겠습니다."

"일 계급 특진된 기념으로 멋진 선물 하나 줄까?"

뒤에서 여전히 도진의 목소리가 들려왔지만 선우신은 못 들은 척 문손잡이를 쥐었다. 하지만 곧 날아든 도진의 한마디가 그의 움직임을 멈추게 했다.

"곧 송파경찰서에 꽤나 소란스러운 사건이 하나 떨어질 거야. 대한민국이 들썩, 까지는 아니더라도 기자들이 개떼처럼 모여들겠지."

선우신이 돌아보았다. 도진을 노려보았다. 그 시선을 피하지 않고 응시하며 도진이 씨익 웃었다.

"관심 있어 할 줄 알았어. 진실은 개똥으로 만들고 그 개똥 밟고 일 계급 특진까지 따내 올라선 쓰레기니까."

노골적인 비난이었다. 하지만 그럼에도 선우신은 나가지 않고 있었다. 한번 드러낸 본색은 두 번째부터는 쉽다. 그가 그렇게 나올 거라 도진은 이미 예상한 바였다.

"앉아 봐."

차가 신호 대기에 걸리자, 장주호의 차가 건널목 앞에서 멈춰 섰다. 얼마 만에 집에 가는 것인지 계산도 서지 않는다. 장주호는 무심결에 고개를 돌리다가 우측에 시선을 멈추었다.

폐업한 주유소였다. 자기도 모르게 어, 하고 장주호가 웃었다. 단번에, 그 주유소를 알아보았다.

장주호는 그 주유소를 알고 있었다. 그는 시트에 몸을 기대었다. 그러곤 비가 오던 밤을 떠올렸다. 비가 내리듯 피가 쏟아지던 밤, 피가 셔츠를 적시고……. 그리고 주유소에 숨어들었던 한 남자를 떠올렸다. 그날의 푸른 섬광 속에 미소 짓던 한 남자를 떠올렸다. 살인은, 생각보다 대단한 일이 아니었다고, 혼자 터뜨린 웃음을 떠올렸다. 그것은 자신의 모습이었다. 이제는 잊어야 할, 다시금 내면의 저 아래에 잠들게 놔둬야 할 또 하나의 짐승이었다. 김태손은 죽었고, 그 죗값은 자신의 몫이 아니니까.

살인은 생각보다 대단한 일이 아니었고, 복수도 그러했다.

장주호는 현도진도 떠올렸다. 수의를 입고 앉아 장주호를 보며 일그러뜨리던 얼굴을 떠올렸다. 미안한 마음은 없다.

뭐, 그런, 세상이다.

뒤에서 경적이 울렸다. 어느새 신호가 바뀌어 있었다. 장주호는 주저 없이 시선을 거두고 차를 출발시켰다. 주유소가 그의 뒤로 멀어져 갔다. 이제 모든 것이 그와는 상관없이 멀어져 갈 것이다.

'집에 가봐야 해. 이러다 이혼당하겠어.'

선우신에게 우스갯소리 삼아 그렇게 말한 것이었지만, 실상은 '그 여자의 꼴을 꼭 이 두 눈으로 보고 싶다' 쪽이 더 컸다.

남편에게는 이혼을 요구하고 뒤돌아서서 바람을 피운 상대가 희대의 살인마라는 사실에 얼마나 충격을 받았을까. 그 도도하고 잘난 얼굴이 어떤 표정일지 몹시 궁금했다. 장주호는 주차장에 차를 세웠다. 시동을 끄고는 혹시나 싶은 마음에 전화를 걸어보았다. 여전히 아내는 전화를 받지 않았다.

설마 자살이라도 한 건 아닐까, 하는 생각이 없었던 것은 아니었다. 이토록 연락이 되지 않으니 은근히 그런 걱정이 되었다. 장모 역시 그런 부분이 염려되는 건 아닐까 싶은 생각이 들었다. 마지막으로 장모와 통화했던 날의 뉘앙스를 곱씹어 보니 혹시 장모도 딸자식의 바람을 눈치채고 있었고, 그것이 생각지도 못한 방향으로 어긋나는 바람에 잘못된 선택을 한 건 아닐까 우려하는 건 아니었을까. 하지만 그건 지나친 비약이었다. 그런 사실을 알았다면 집으로 먼저 찾아갔을 것이다. 어차피 사위가 맘에 들지 않는 마당에 득달같이 달려들어 이혼시켰을 위인이다. 무엇보다 아내는 스스로 목숨을 끊을 만큼 독한 여자도, 강한 여자도 못되었다. 분명 충격에 사로잡혀 집구석에서 눈물 바람을 하고 있을 것이다.

왜 그러냐고 물으면 자신의 바람을 알지 못할 거라 생각하고 는 연락 한번 없는 당신에게 서운해 그렇다고 오히려 덮어씌워 가며 모면할 것이다.

그러면 그는 평소처럼 밥을 먹고 얼굴을 마주하고, 잠복으로 집을 비워 잔소리를 듣다가, 쉬는 날이면 집에 들어가 섹스를 하곤 할 것이다. 그런 평범한 날들을 영위하면서 장주호는 이 따금 아내의 상처를 헤집을 작정이었다. 은근슬쩍 도진의 상황 들을 흘리면서, 아내의 표정을 지켜볼 것이다. 아니면 '그 자식 들어가기 전에 유부녀도 만났다던데, 대체 어떤 정신 빠진 여 자인지'라고 말하는 정도도 괜찮을 것이다.

계속 신호음만 가는 전화를 끊고 장주호는 차에서 내려 아 파트 안으로 들어갔다. 집으로 들어가려다 말고 걸음을 멈추었 다. 고개를 돌리는 그의 시선 끝에 벽에 붙은 붉은색 소화전이 보였다. 소화전에는 은색 직사각형 버튼이 있었는데 그것을 누 르자 덜컥 소리와 함께 소화전 문이 열렸다. 위급 시 사용하는 것이니 잠금장치는 해 두지 않았다. 덕분에 택배 회사의 기사 들이 택배 전달용으로 애용하고 있었다.

안에는 흰색 서류 봉투에 든 물건이 하나 있었다. 그는 잠시 머뭇거리다 물건을 집어 들었다. 수취인과 발송인을 확인하면 서도, 차라리 얼마 전 아내에게 왔다는 택배가 아니기를 바랐 다. 자신의 집과 마주하고 있는 이웃집의 물건이기를 바랐다.

아니면 그때의 것이 아니라 오늘 배달된 물건이기를.

하지만 그의 바람은 보기 좋게 빗나갔다. 안에 들어 있는 물건은 장주호가 택배 기사로부터 연락을 받았던 그날 온 물건이었다. 아직도 챙겨서 집에 들어가지 않았다는 이야기밖에 되지 않았다.

"저기요."

누군가 부르는 소리에 뒤를 돌아보았다. 서른 중반쯤 되어 보이는 여자가 서 있었다. 어디선가 본 적이 있는 거 같은데, 하는 생각을 하다 옆집 여자라는 것을 깨달았다.

"맞죠? 1206호 분?"

"아, 네. 안녕하세요."

장주호는 멋쩍게 인사했다. 옆집 사람과는 특별히 왕래가 없어, 아무리 우연이라도 만나면 인사하기도 영 어색했다.

"아니, 다른 게 아니라……."

여자가 주저했다. 무슨 말을 하려는지 궁금했지만 장주호는 그저 여자를 보며 서 있었다.

"그 댁에 요새 무슨 일 있으세요?"

"네? 그게 무슨?"

"솔직히 말씀드릴게요. 요새 그 댁에서 심하게 냄새가 나요."

장주호는 멍하니 서 있었다. 무슨 소린지 얼른 알아듣지 못했다.

"요새 여름이라 베란다 문을 다 열어 놓고 쓰는데 그 댁에서 냄새가 너무 심하게 넘어와요."

"아, 그게 요새 저도 한동안 집에 못 들어온 데다가, 아내도 좀 바빠서요. 청소도 못 하고 아마 음식물 쓰레기도⋯⋯."

"아우. 청소를 안 한 정도가 아니라, 이건 막말로 시체 썩는 내가 나요. 선생님께서 형사인지 몰랐다면 벌써 경찰서에 신고라도 했을 거예요. 관리실에 민원도 넣었는데, 아무 연락 못 받으셨어요?"

모르겠다, 라고 장주호는 우물거리며 대답했다. 휴대폰에 부재중 전화는 엄청났다. 사건이 사건이니 만큼 기자들이 많이 연락을 해 왔다. 일부러 피했던 부재중 전화 속에 쓸려갔는지도 모를 일이었다. 재희에게 연락이 갔는지는 알 수가 없었다. 그간 워낙에 연락이 안 된 여자니, 관리실에서 전화했다 하여 받았을 리가 없었다.

죄송하다고 장주호는 고개를 숙이며 말했다. 부탁드려요, 하고 여자가 지나가자 장주호는 인상을 썼다. 아내는 원래부터 청소와는 거리가 먼 사람이다. 입던 옷도 벗어 두면 그곳이 제자리인 양 치울 줄을 몰랐다. 결혼 초에는 음식물 쓰레기를 어떻게 처리해야 하는 줄도 몰랐던 사람이다. 결혼 전에는 옷을 바닥에 벗어 두어도, 음식물 쓰레기를 치우지 않아도, 청소를 하지 않아도 상관없었을 것이다. 장모가 뭐든지 해주었기 때문이다. 그러니 이건 모두 장모 때문이다.

'하지만.'

아무리 그렇다고 해도, 그 정도의 냄새를 아내가 버텼을 리 없다. 진짜 집을 나간 건 아닐까. 불안감이 엄습했다. 하지만 그 불안감을 애써 모르는 체하며 투덜거렸다.

"이 여자 대체 뭐 하는 여자야."

택배 물건을 챙겨 들고 현관문 앞에 섰다. 혹시나 싶은 마음에 초인종을 눌렀다. 아무런 소리도 들리지 않았다. 아주 잠시만 기다렸다가, 비밀번호를 누르고 현관을 열었다. 훅, 하고 차가운 공기가 장주호를 가장 먼저 맞이했다.

"욱."

장주호는 자기도 모르게 한 걸음 뒤로 물러서 코를 막았다.

차가운 공기를 타고 밀려 나온 것은 지독한 악취였다. 한번도 맡아 본 적 없는 기괴한 냄새였고, 그 냄새는 엄청났다. 그는 손으로 허공을 휘휘 저었다. 그렇게 하면 악취가 사라지기라도 할 것처럼. 하지만 문을 열고 있으면 있을수록 냄새는 더 짙어졌다.

가슴 언저리가 울렁, 했다. 비위가 상한 건 아니었다. 짙어진 불안감 때문이었다.

장주호는 조심스럽게 안으로 들어섰다. 등 뒤에서 현관문이 쾅 소리를 내며 닫혔다. 손으로 코를 막고 온 신경을 기울였다. 집 안은 커튼이 쳐져 있어 어두웠다. 현관문 앞에 있는 센서 등이 아니었다면 낮 시간대라는 것도 몰랐을 정도였다. 에어컨이 가동되고 있었다.

장주호의 집은 현관에서 보면 거실을 통해 안방이 보이고 오른쪽으로는 주방, 왼쪽으로는 거실이 있는 구조였다. 안방의 문은 열려 있었다. 열린 틈을 통해 침대 끄트머리가 보였다. 검은 것이 침대 이불 밑으로 비죽 내려와 있었다. 굳은 채 서서 그것을 응시하고 나서야 검은 물체가 사람의 다리인 것을 깨달았다. 그때, 침대 밑으로 투둑, 무언가가 꿈틀거리다 떨어졌다.

구더기였다.

'아우. 청소를 안 한 정도가 아니라, 이건 막말로 시체 썩는 내가 나요. 선생님께서 형사인지 몰랐다면 벌써 경찰서에 신고라도 했을 거예요.'

다리의 색은 부패하여 그런 것인지 피가 말라붙은 것인지 분간할 수 없었다. 그는 비틀, 한 발짝 앞으로 나갔다. 그때 툭, 하고 그의 발끝에 차이는 것이 있었다. 아래를 내려다 본 순간 그는 경직되고 말았다.

붉은색 하이힐 한 짝이었다.

'왜요? 사모님도 이런 거 신으세요?'

선우신의 말이 머리를 쳤다.

함께 있어야 할 또 다른 한 짝은 보이지 않았다. 그 한 짝을 장주호는 다른 곳에서 보았다. 도진의 집에서였다. 그곳에서 발견한 전리품 진열대에서였다. 그는 한동안 움직이지 못했다.

멀리서 경찰차 사이렌 소리가 들렸다.

어두운 구치소의 복도를 도진이 걸어가고 있다. 언제 되돌아 나올지 알 수 없는 길이었다. 그럼에도 그의 입가에는 차가운 미소가 걸려 있었다.

도진은 김태손의 처참하게 꺾인 관절들을 떠올렸다. 시작은 우발적이었는지 몰라도 그것만은 자발적이었을 것이다. 장주호는 분명 살인의 순간을 즐겼다. 장주호가 그에게 했던 말이 귓가에 들려오는 듯했다.

'사이코패스라는 건 말이야, 알기만 하면 이용하기가 참 쉬워.'

'어디 너도 한번 벗어나 보라고.'

그는 히죽 웃었다. 함께 걷던 교도관이 그를 의아하게 쳐다보았다.

# 에필로그

강의실은 어두웠다. 강의실의 맨 앞쪽 중앙에 걸린 프로젝터만이 환하게 빛을 밝히고 있었다. 강의실에 모여 앉은 학생들은 하나라도 놓칠세라 강의에 집중했다. 누군가 실수로 볼펜 한 자루를 떨어뜨린다면 분명, 아주 큰 소리가 날 만큼 조용하고 진지한 분위기였다.

그들의 이목이 집중된 중앙에 선우신이 서 있었다.

"불 켜주세요."

선우신의 말에 강의실의 전등이 일제히 켜졌다. 갑자기 환해진 탓에 여기저기 인상을 찡그리거나 눈을 비비는 학생들이 보였다. 경찰대 학생들로 오늘 선우신은 특별 강의를 맡았다.

"지금 말한 이 사례는 4년 전 세상을 떠들썩하게 했던 범죄의 기록입니다."

학생들이 웅성거렸다. 불과 4년 전 일이니 또렷하게 기억하고 있는 일일 터였다. 현도진과 장주호가 구속된 이후 세상은 그야말로 발칵 뒤집어졌다.

이래서야 어떻게 경찰을 믿겠느냐는 항의와, 경찰들에게 손가락질을 조장하는 방송과, 이 사태를 어떻게든 수습해야 한다는 윗선들이 어우러져 한때 송파경찰서는 최악의 위기를 맞았다. 그 소용돌이 속에서 선우신은 살아남았고, 바로 이 자리에 서 있다.

"다들 알겠지만, 이 사건은 우리 송파경찰서 내부에서 벌어진 사건으로, 아직도 치욕적으로 생각하고 있습니다. 하지만 제가 왜 이 사건을 여러분에게 강의했는지 아나요? 그것은 경찰 내부가 얼마나, 어떻게 썩었는지 여러분들이 모두 알고 경각심을 가져야 하기 때문입니다. 하지만 우리 송파경찰서가 그 이후 어떻게 국민의 신임을 다시 얻기 위해 노력해왔으며, 썩은 부분을 도려내고 어떤 노력을 기울여 쇄신해왔는지 보고 배워주기 바라는 마음에서입니다."

그리고 그것들은 모두 나의 성과다, 라고 말하고 싶은 것을 선우신은 꾹 참았다.

"그렇게만 한다면 여러분들은 지금 우리보다는 더 나은 경찰이 될 거라고 저는 믿어 의심치 않습니다. 오늘 강의는 이것으로 마치겠습니다. 감사합니다."

우레와 같은 박수가 터졌다. 선우신은 흡족하게 그들을 훑어보고는 허리를 쭉 펴고 강단에서 내려섰다. 그가 강의실에서 벗어날 때까지 학생들은 박수를 멈추지 않았다.

4년 전의 일을 직접 자신의 입으로 말한 것은 사건 이후 처음이었다. 자택에 방치한 아내의 시신과 함께 장주호는 현장에서 체포되었다. 그것은 물론 현도진의 제보였지만, 선우신은 자신이 끈질기게 장주호를 내사해왔다고 보고했다. 그리고 장주호가 그간 정·재계로부터 수수해온 뇌물들에 대한 자료도 함께 첨부했다.

장주호는 상고했다. 자신은 죽이지 않았다고 내내 항변했다. 하지만 부패가 너무 많이 진행된 시신에서는 현도진의 유전자가 발견되지 않았다. 선우신은 장주호가 쓰던 빗에서 머리카락을 채취해 시신의 손톱에 끼워 넣었다.

온 국민의 질타가 쏟아질 때도 선우신의 성과는 아무도 부정하지 않았다. 경찰 내부의 비리를 터뜨린 양심 형사라는 타이틀을 얻는 것은 어렵지 않았다.

그동안 장주호에게 배워온 것이 있잖은가.

약간의 돈으로 기자를 매수하면, 언론은 여론을 호도한다.

"팀장님!"

저만치 서 있던 형사 김기욱이 선우신을 발견하고 부리나케 달려왔다. 2년 전 강력1팀으로 배속되었다. 늘 선우신의 옆에서 허리를 굽혔다. 아부라는 것을 알지만 기분이 나쁘지는 않았다.

아니나 다를까 김기욱은 선우신 앞으로 달려오자마자 허리를 굽혔다.

"존경합니다. 꼭 팀장님을 본받겠습니다!"

선우신의 강의를 들은 모양이었다.

"이거 참, 이러지 말래도."

그때 선우신의 휴대폰이 울렸다. 사람 좋은 웃음을 지으며 김기욱을 말리던 선우신은 휴대폰을 꺼내 발신인을 확인하고는 김기욱에게 손짓을 해보였다.

그 손짓이 무슨 뜻인지 눈치챈 김기욱이 다시 한번 허리를 굽혀 인사하고는 복도 끝으로 사라졌다. 선우신은 곧장 화장실 안으로 들어갔다. 그 사이에도 휴대폰은 계속 울리고 있었다.

하지만 바로 받지 않고 화장실 안에 누가 있는지부터 확인했다. 다행히 사람은 없었다. 선우신은 목소리를 낮추고 전화를 받았다.

"아, 너무 오랜만이지 않습니까?"

뒤를 봐주고 있는 베스트 클럽의 민영주 사장이다. 전화기 너머에서 민영주가 연신 굽신거렸다. 핀잔을 준 선우신이 유들유들 웃었다.

베스트 클럽은 국내 거대 룸살롱 중 한 곳이었다. 여러 조사의 타깃에서 빼주거나 정보를 흘려주면 그에 상응하는 대가가 따라오는데, 이번에도 선우신은 베스트 클럽을 구해주었다.

선우신이 씩 웃었다.

"인사 좀 자주 하자고."

그 뒤로 이어지는 대화는 아주 일상적인 것이었다. 하지만 전화를 끊는 선우신의 표정은 아주 흡족해 있었다.

아마 지금 이 순간, 선우신의 개인 차량 트렁크에는 꽤 무거운 아이스박스가 실려 있을 것이다.

출처도, 증거도 남지 않는.

그는 사무실로 돌아갔다. 모두 출동을 나갔는지 사무실은 비어 있었다. 김기욱도 바로 밖으로 나간 것인지 보이지 않았다.

책상으로 가 앉았다. 안락한 의자에 몸을 깊숙이 묻었다. 현장에 흥미를 잃은 지 꽤 되었다. 애초에 월급을 받기 위해 이 자리에 있는 것이 아니었다. 권력이라는 것은 참 재미있었다. 권력은 그를 더 부유하게 하고, 그 부유가 다시 권력이 된다.

가끔, 예전의 꿈을 꿀 때도 있다.

수사 중 살해당한 양 형사의 죽음에 슬퍼하는 자신의 모습, 존경하던 선배의 범죄 행각에 경악하던 모습. 하지만 그 모습들은 모두 순식간에 사라졌다. 장주호 팀장이 승진을 제안했던 그 순간에 모든 것이 바뀌었다.

한 사람의 범죄를 눈감아주면, 그것은 돈과 권력으로 돌아온다.

그 사실을 그때 배웠다.

책상 위에 올려둔 핸드폰이 메시지 수신음을 알렸다. 선우신은 휴대폰을 들었다. 메시지는 김기욱으로부터 온 것이었다.

전화도 아니고 문자라니, 무슨 일인가 생각하며 버튼을 눌렀다.

김기욱으로부터 온 것은 두 개의 동영상이었다.

뭔지 모를 불안감을 느끼며 선우신은 동영상을 재생시켰다.

'아, 너무 오랜만이지 않습니까? 인사 좀 자주 하자고.'

불과 몇 십 분 전 베스트 클럽 사장과 통화한 장면이었다. 심장이 쿵 하고 내려앉았다. 머리가 어질했다. 뒷목을 누군가가 후려친 것처럼 충격이 느껴졌다. 선우신은 다른 나머지 하나의 영상을 열었다. 버튼을 누르는 손가락이 부들거렸다.

그곳은 지하주차장이었다. 화면에 가득 들어찬 차량 번호를 본 선우신은 경악했다. 바로 자신의 개인 차량이었다. 잠시 뒤 한 여자가 주변을 두리번거리며 차로 다가왔다. 그러고는 선우신의 차 트렁크를 열고 들고 온 아이스박스를 싣고 있었다.

꼿꼿하게 곧추 서 있던 선우신의 등이 털썩, 의자로 무너져 내렸다. 그는 멍하니 천장을 올려다보았다.

갑자기 수감된 장주호에게 언젠가 들은 이야기가 머릿속에 떠올랐다.

'자네 요즘 아주 잘나간다는 소식 들었어. 승진한 월급이 엄청 나나 보지? 강남 오피스텔에, 고급 외제차에. 나도 그런 시절이 있었지. 하지만 이것만은 알아두라고. 네가 성공으로 가는 길이라고 여겼던 그 동아줄은 언젠가 네 목을 조일 거야.'

선우신은 웃기 시작했다. 발작적으로 웃음을 터뜨렸다. 왜 이제야 장주호의 그 말을 생각해 냈는지 모를 일이다. 고급 외제차에, 강남 오피스텔 이야기를 누가 수감되어 있는 장주호에게 했단 말인가.

자신은 진실을 알면서 진실에 등을 돌렸다. 살인 혐의를 장주호에게 씌웠다. 그리고 장주호의 모든 비리를 파헤쳤다.

'꼭 팀장님을 본받겠습니다!'

이제 그 일이 목을 조인다.

## 더블

**초판 1쇄 발행** 2023년 1월 10일
**초판 4쇄 발행** 2024년 11월 1일

**지은이** 정해연
**펴낸이** 김문식 최민석
**총괄** 임승규
**기획편집** 이혜미 조연수 김지은 김민혜
　　　　　 명지은 박지원 백승민
**마케팅** 조아라
**디자인** 배현정

**펴낸곳** (주)해피북스투유
**출판등록** 2016년 12월 12일 제2016-000343호
**주소** 서울시 서대문구 신촌로 25-1 보고타워 4층
**전화** 02)336-1203
**팩스** 02)336-1209